ullstein

JUDITH ARENDT

SÜNDENBOCK

DER ZWEITE FALL FÜR
SCHÖFFIN RUTH HOLLÄNDER

Kriminalroman

Ullstein

Besuchen Sie uns im Internet:
www.ullstein.de

Wir verpflichten uns zu Nachhaltigkeit
- Papiere aus nachhaltiger Waldwirtschaft und anderen kontrollierten Quellen
- ullstein.de/nachhaltigkeit

FSC
www.fsc.org

MIX
Papier | Fördert
gute Waldnutzung
FSC® C021394

Neuausgabe im Ullstein Taschenbuch
1. Auflage März 2025
© Ullstein Buchverlage GmbH,
Friedrichstraße 126, 10117 Berlin 2015
Wir behalten uns die Nutzung unserer Inhalte für Text und
Data Mining im Sinne von § 44b UrhG ausdrücklich vor.
Bei Fragen zur Produktsicherheit wenden Sie sich bitte an
produktsicherheit@ullstein.de.
Umschlaggestaltung: zero-media.net, München
Titelabbildung: © Lee Avison / Trevillion Images
Satz: LVD GmbH, Berlin
Gesetzt aus der Scala
Druck und Bindearbeiten: ScandBook, Litauen
ISBN 978-3-548-06963-0

Für Papi
Ich bin so dankbar, dass Du dieses Buch
noch lesen konntest

Sie wünschte sich inständig, weinen zu können. Dass sie jetzt, wo sie hier lag und im Dunkeln an die Decke starrte, die sanfte Berührung der Tränen würde spüren können, die ihr langsam über die Wangen liefen. Nicht heulen, nicht Bäche von Wasser wollte sie vergießen. Aber ein tröstliches Rinnsal auf ihrer Haut, das war es, was sie sich herbeisehnte. Sie war ja bescheiden geworden. Aber so viele Jahre schon waren ihre Tränen versiegt, dass es kaum Hoffnung auf Erfüllung ihres Wunsches gab. Vielleicht war das die späte Strafe, weil sie den Fluss der Tränen stets als Schwäche begriffen hatte, weil sie sich verachtet hatte, wenn ihr das Wasser in den Augen stand. Aber nun sehnte sich Margit Dombroschke danach, dass die Tränen flossen. Ein bisschen, ein kleines bisschen nur. Damit sie sich beweinen konnte. Sie war es so leid. Ihr Schicksal, ihren Körper, ihr Leben, das längst keines mehr war.

Vor allem aber ihn.

Sie hasste ihn, weil sie ihm ausgeliefert war. Weil sie aneinandergekettet waren, ohne dass sie jemals imstande sein würde, diese Schicksalsgemeinschaft aufzulösen. Nicht so er. Er konnte gehen, wann und wohin er wollte. Er konnte sie hier liegenlassen; sie würde verhungern, verdursten, sie würde sich wundliegen, die Wunden würden schwären, nässen, sich entzünden. Schließlich würde ihr Herz vor Erschöpfung und Verdruss aufhören zu schlagen. Aber was dann folgen würde, war noch widerlicher, als einfach nur zu sterben. Fliegen. Kleine Insekten, die ihre Eier ablegen würden. In ihrem Körper! Maden würden schlüpfen, Tausende. Und sich wimmelnd ihres Körpers bemächtigen. Würden an ihrem schimmligen Fleisch fressen, neue Fliegen hervorbringen, ganze Schwärme, bis das Zimmer schwarz wäre von ihnen. Und da würde sie liegen, ein abgenagtes Skelett, mit Fetzen verfaulten Fleisches inmitten von Millionen Insekten. Niemand würde es bemerken.

Aber er würde tanzen.

Bei dem Gedanken spürte sie ihre Beine. Das Kribbeln begann, und Margit wusste, dass dann das Dunkel kam. So begann es meistens, zumindest nachts, wenn sie in dem Bett lag, fast unbeweglich, und auf den Schlaf wartete. Vielleicht war es aber auch der Gedanke an die Insekten gewesen, der nun das Kribbeln hervorrief. Und die Zuckungen. Diese furchtbaren unkontrollierten Zuckungen, die ihre mageren Beine schüttelten. Die Bettdecke verrutschte, sie spürte den kalten Luftzug an den Zehen. Panisch versuchte sie, sich irgendwo festzukrallen, sie spreizte mühsam den rechten Arm ab. Mehrere Zentimeter nur bewegte er sich von ihrem Körper weg in Richtung des metallenen Geländers, das ihr Krankenbett umgab. Dort irgendwo war auch der Knopf. Der rote Knopf an der Schnur, den sie drücken sollte, wenn sie Hilfe brauchte. Aber sie wollte keine Hilfe, nicht von ihm, und so vermied sie es, dem Knopf auch nur zu nahe zu kommen. Ihre Finger, steif und gekrümmt wie Krallen, spürten das Metall des Gitters, und Margit versuchte, all ihre Willenskraft aufzubringen, um die Muskeln ihrer Hand dazu zu bewegen, sich um das Gitter zu schließen, sich daran festzuhalten. Ihre Beine wurden so geschüttelt von den Zuckungen, dass sie fast in die Luft flogen, die Decke war zur Seite gerutscht. Margit presste ihre Zähne aufeinander, bis ihr Kiefer krampfte, aber sie konnte nicht verhindern, dass ihr der Speichel rechts und links aus den Mundwinkeln rann. Die Zunge spürte sie wie einen dicken Teigklumpen im Mund, der immer größer zu werden schien und sie zu ersticken drohte.

Sie wusste, was nun kam, sie konnte es nicht aufhalten, aber sie stemmte sich mit all der ihr verbliebenen Kraft dagegen. Die Augen verdrehten sich unter den Lidern, ihr Kopf wurde schwer, ihr Denken dumpf.

Plötzlich öffnete sich die Tür. Er war da, kein Zweifel. Sie nahm den hellen Lichtschein noch wahr, den die offene Tür aus dem Flur in ihr Zimmer ließ.

»Margit?«

Seine Stimme. Sie wollte schreien, aber sie verlor die Kontrolle. Das Metallgitter glitt ihr aus der rechten Hand, sie hatte keinen Halt mehr.

Das Dunkel kam und griff nach ihr, bis es sie verschlungen hatte.

Die Beats rüttelten sie völlig durch, Ruth spürte die Bässe auf der Kopfhaut ebenso wie in den Zehen. Gar nicht so unangenehm eigentlich, aber sie wusste gleichzeitig, dass sie morgen so gut wie taub sein würde, und das war eine weniger schöne Vorstellung. Aber heute war heute, und es war ihr gerade ganz egal, wie sie sich morgen fühlen würde.

Ruth Holländer nahm noch einen weiteren Schluck von dem Bier aus der Flasche und schob ihre linke Hand in die hintere Hosentasche von Hannes' Jeans. Der hochgewachsene Staatsanwalt versuchte, im Takt der Musik, die die Jungs vorn auf der Bühne machten, zu wippen, aber es wollte ihm nicht so richtig gelingen. Was ihn für Ruth noch unwiderstehlicher machte.

Hannes Eisenrauch – ihr Freund? Lover? Partner? Ja, was eigentlich? – war auf den ersten Blick ein Traum von einem Mann. Groß, schlank, Anfang fünfzig, eisgraues volles Haar, von ausgesuchtem guten, da lässigen Kleidergeschmack, ein formvollendeter Gentleman. Ein Mann also, den Ruth, bevor sie ihn kennengelernt hatte, als aalglattes Arschloch bezeichnet hätte. Eigentlich. Aber seit über einem halben Jahr waren sie sich so nahe gekommen, dass Ruth seine kleinen und großen Macken aufgedeckt und lieben gelernt hatte. Da war zum einen dieser leichte musikalische Autismus. Eisenrauch liebte Musik – vielleicht, weil ihm jegliche musikalische Ader fehlte. Er sang gern laut und inbrünstig bei jedem schlechten Song mit, den sein Autoradio dudelte. Leider traf er keinen Ton, fand den Rhythmus nicht und kannte kaum eine Textzeile. Wenn er mit seinen langgliedrigen und kräftigen Fingern den Rhythmus eines Songs auf dem Lederlenkrad seines SUVs mittrommelte, beobachtete Ruth amüsiert, dass die Finger zwar spastisch zuckten, aber nichts mit der Melodie gemein hatten.

Sie kniff ihn durch die Tasche in sein exzellentes Hinterteil, während Eisenrauch irgendwie entrückt auf die Bühne blickte, mit dem Kopf dezentes Headbanging andeutete und ungeschickt in den Knien wippte. Asynchron versteht sich.

Ruth lehnte sich glücklich an ihn und sah sich um. Dass er heute Abend hierhergekommen war, war ein kleines Wunder. Sie befanden sich mit ungefähr dreißig Leuten in einem dunklen Kellerraum, den Lukas, Ruths Sohn, euphemistisch als »dezent beleuchtet« bezeichnet hatte. Die Wände waren unverputzt, vereinzelt klebten auf den rohen Backsteinwänden noch Plakate oder Fetzen davon. Der Akustik war das nicht förderlich und verleitete den Tontechniker hinter dem Mischpult dazu, gnadenlos zu übersteuern. Er schien das nicht zu bemerken, seine gehäkelte überdimensionierte Rastamütze in den Farben Jamaikas wippte lässig auf und ab, die Finger glitten flink über die Regler, und überhaupt machte der junge Mann den Eindruck, sehr zufrieden mit sich zu sein.

Leider wusste Ruth auch, warum das so war: Der Mann am Mischpult war zugekifft bis unter die Hutschnur. Und dessen war sie sich so sicher, weil es sich um den besten Kumpel ihres Sohnes handelte. Dieser wiederum ging in diesem Moment vorn auf der Bühne theatralisch in die Knie, beide Hände um das Mikrofon geklammert, den Kopf in den Nacken geworfen, die Augen geschlossen, und machte einen Ton, als hauchte der Werwolf, der während des Auftritts von ihm Besitz ergriffen hatte, endlich sein Leben aus. Schließlich ließ sich Lukas rückwärts auf den hölzernen Boden der improvisierten Bühne fallen, den Mikrofonständer zwischen den Beinen. Das Bühnenlicht wurde für einen Moment ganz ausgeschaltet, und die Zuschauer klatschten mehr oder weniger motiviert.

Hannes Eisenrauch hob seine Bierflasche in die Höhe und rief laut: »Uhhuuu!«

Dann sah er zu Ruth hinunter, grinste und küsste sie.

»Eine super Nummer!«, sagte er mit bebender Begeisterung.

»Heb dir die Euphorie für Lukas auf«, erwiderte Ruth lachend, die die musikalische Leistung ihres Sohnes eher durchschnittlich fand. Aber es war sein erstes Konzert, und als Lukas ihr zehn Tage zuvor davon erzählt und sie sogar eingeladen hatte, war sie äußerst skeptisch gewesen, ob es dazu überhaupt kommen würde. Denn natürlich war Lukas nur bei ihr aufgeschlagen, um ihr zweihundert Euro aus der Tasche zu ziehen – Raummiete. Ruth hatte ihrer Verwunderung Ausdruck verliehen, dass man als auftretender Künstler finanziell in Vorleistung gehen sollte, ihrer naiven Auffassung nach trat man auf, um Einnahmen zu generieren, aber sie hatte sich dafür von Lukas als total *oldfashioned* abkanzeln lassen müssen. Laut ihrem Sohn war es heutzutage ein Geschenk, eine einmalige Chance, ein Sechser im Lotto, wenn man als unbekannte Band in Berlin überhaupt eine Auftrittsmöglichkeit bekam. Auch, wenn es sich um einen

Raum mit nichts drin im Souterrain eines leerstehenden Miethauses in Neukölln handelte.

Sie hatte also die zweihundert Euro als Darlehen rübergerückt und sich dafür die halbgare Einladung zum Konzert eingehandelt. Lukas war wohl davon ausgegangen, dass sie sowieso nicht erscheinen würde. Ebenso wie Ruth selbst, die niemals mit Hannes' Zusage gerechnet hatte, als sie ihn einlud, sie zu begleiten. Ihre gemeinsamen Abende waren allzu rar, manchmal trafen sie sich wochenlang nicht. Das lag zum einen an Eisenrauchs Arbeitspensum – er hatte doppelt so viele Fälle auf dem Tisch, als er eigentlich sollte – und zum anderen an dem großen Makel, den er in ihre Beziehung mitgebracht hatte. Er war nämlich, im Gegensatz zu Ruth, noch verheiratet.

Nun erklangen aus einer Ecke des Raumes, in der Nähe der Bühne, die ersten »Zugabe«-Rufe. Ruth glaubte, die Clique ihrer Tochter Annika dort zu erkennen, sie war mit etwa zehn Leuten zum Konzert ihres Bruders erschienen. Mit Hannes und mir zusammen sind wir fast schon die Hälfte des Publikums, dachte Ruth, und in Anbetracht der Tatsache, dass sie alle auf der Gästeliste gestanden hatten, sah sie ihre Chancen, dass Lukas seine Schulden bei ihr mit den Einnahmen des heutigen Abends beglich, als verschwindend gering an.

Lukas und seine Band ließen sich nicht lange bitten, sie kamen auf die Bühne, noch bevor die wenigen »Zugabe«-Rufe endgültig verhallt waren.

»Studiert er eigentlich noch?«, erkundigte sich Hannes Eisenrauch bei Ruth und brüllte damit gegen das Fiepen von Lukas' Mikrofon an.

Ruth zuckte mit den Achseln. Lukas war im dritten Semester an der Uni eingeschrieben, aber ob und mit welchem Erfolg er überhaupt seinem Studium nachging, blieb ihr ein Rätsel. Sie fragte ab und zu, bekam ausweichende Antworten und gab sich damit um des lieben Friedens willen zufrieden. Von ihr aus musste Lukas nicht studieren. Hauptsache, er wurschtelte sich durch und war glücklich dabei. Diese Auffassung teilte ihr Exmann Johannes aber in keiner Weise. Er unterstützte die Kinder finanziell (allerdings nicht mehr als Ruth) und wollte dafür auch eine Gegenleistung sehen. Eine gute Abiturnote, ein schnelles Studium, einen ordentlichen Abschluss. Ruth unterstellte, dass Johannes seine Kinder deshalb einem Leistungsdiktat unterwarf, weil er, nicht zu Unrecht, hoffte, dass sie so rasch auf eigenen Füßen stehen und ihm nicht länger auf der Tasche liegen würden. Seltsamerweise ließen sich Lukas und Annika diese Forderungen von ihrem Vater eher gefallen als von ihr. Nur die leiseste Andeutung Ruths, Annika könne vielleicht mal in ihre Bücher schauen und sich, immerhin war sie nun in der Kollegstufe, auf ihre Seminare vorbereiten, rief bei ihrer Siebzehnjährigen wilde Proteste hervor.

Während Lukas jetzt auf der Bühne zur Akustikgitarre gegriffen hatte und eine Ballade im Stil von Johnny Cash (ausgerechnet!) zum Besten gab, bemerkte Ruth, dass Hannes verstohlen auf seine Uhr guckte. Sie konnte es ihm nicht übelnehmen, sie war selbst hundemüde. Keiner von ihnen war es gewohnt, sich unter der Woche zu später Stunde in verräucherten Kellern bei zu lauter Musik herumzutreiben. Ruth hatte ihr kleines französisches Bistro um neunzehn Uhr verlassen, ihre Freundin und Kollegin Jamila hatte für sie das Aufräumen und Zusperren übernommen. Dann war sie rasch nach Hause geeilt, um sich aufzubrezeln, und um acht Uhr war Hannes vorgefahren, um sie abzuholen.

Das Konzert hatte um halb neun beginnen sollen, aber als sie kurz danach eintrafen, war die Band noch mit dem Soundcheck beschäftigt gewesen. Mit über einer Stunde Verspätung war es endlich losgegangen. Jetzt war es kurz nach elf, und Ruth spürte den Arbeitstag in den müden Knochen. Morgen klingelte der Wecker wieder um halb sechs, der Besuch des Großmarkts in der Beusselstraße stand auf dem Programm.

»Wir müssen nicht bis zum Schluss bleiben«, schrie sie Hannes ins Ohr. »Lukas ist bestimmt froh, wenn die Groupies nicht mitkriegen, dass seine Mami hier ist ...!«

Hannes nickte, nicht im Takt versteht sich, nahm ihr die leere Bierflasche aus der Hand und brachte sie, zusammen mit seiner, zum Tresen, der aus vier aufeinandergestapelten Bierkästen bestand, bewacht von einer fingernägelknabbernden Minderjährigen im Gruftilook.

Ruth nahm dies zum Anlass, ihrer Tochter eine Mitfahrgelegenheit anzubieten. Aber wie erwartet wurde das Angebot ausgeschlagen. Ruth erinnerte Annika überflüssigerweise daran, dass am morgigen Tag Schule war und Neukölln mit dem öffentlichen Nahverkehr einigermaßen weit weg von Moabit, erntete dafür aber nur genervtes Augenverdrehen. Zu ihrer großen Erleichterung versicherte ihr Annikas derzeitiger Freund (wie hieß der eigentlich?), dass er seine Flamme wohlbehalten zu Hause abliefern würde.

Ruth Holländer und Hannes Eisenrauch machten sich auf den Weg. Sie mussten nicht allzu weit laufen, hier in der Gegend bekam man ab und zu noch Parkplätze, ohne stundenlang um den Block kurven zu müssen. Doch das Glück über die günstige Parkgelegenheit wurde beim Anblick von Hannes' Luxusschlitten getrübt. »Kack« war in großen Lettern mit schwarzer Farbe auf die eine Seite des silbernen BMWs gesprüht. »Arsch« zierte die andere. Fassungslos umrundete Hannes seinen Wagen. Einmal, zweimal. Dreimal. Er stöhnte und schüttelte den Kopf.

»Wir hätten lieber die U-Bahn nehmen sollen«, war der geistreiche Kommentar, der Ruth dazu einfiel und den ihr Freund dann auch lieber kommentarlos stehen ließ. Dafür kam der Wutausbruch.

»Scheiße, verdammte!«, schrie der smarte Staatsanwalt und trat mit seinen rahmengenähten Budapesterschuhen wütend an die Reifen seines Wagens.

»Ihr habt sie doch nicht mehr alle! Blöde Antikapitalisten!«, hallte seine Stimme zwischen den Mietshäusern empor. Auch wenn er nicht hoffen konnte, die Täter mit seiner Wutattacke leibhaftig zu erreichen, so regte sich auch sonst nichts und niemand. Die Straße war menschenleer, hinter den erleuchteten Fenstern zeigte sich nicht einmal das Gesicht eines besorgten Mitbürgers, der gucken wollte, wer auf der Straße so herumschrie. Eisenrauchs Gebrüll verhallte ungehört und prallte an der Berliner Bräsigkeit einfach ab.

Mit einer schwarzen Wolke über der Stirn öffnete der Staatsanwalt die Türen des Wagens und bat Ruth stumm einzusteigen. Er startete den Motor, rangierte aus der Parklücke und raste mit hochtourigem Motor aus der Weserstraße.

In Höhe des Hermannplatzes ermannte Ruth sich und erkundigte sich zaghaft, ob Hannes nicht die Polizei rufen wolle.

Eisenrauch schnaubte. »Wozu? Dass wir uns die Nacht auf dem Neuköllner Polizeirevier die Beine in den Bauch stehen und die Jungs dort von ihrer Arbeit abhalten?! Hör doch auf!«

»Ich meine ja nur ... wegen der Versicherung«, gab Ruth zurück.

Eisenrauch warf ihr einen flüchtigen Blick zu.

»Ich hab keine Zeit für den Schreibkram. Und nachher ersetzen sie mir den Schaden ja doch nicht.«

Sie schwiegen. Eisenrauch ärgerte sich über den verunzierten Wagen, Ruth über den verpatzten Abend. Sie hatte mal wieder gehofft ... Aber auch heute Abend war die Hoffnung, dass er in dieser Nacht bei ihr bleiben würde, vergeblich. Sie und der Staatsanwalt waren seit Monaten ein Paar, aber sie hatten erst wenige Nächte miteinander verbracht. Immer kam etwas anderes dazwischen, stets fand Hannes Eisenrauch einen Grund, warum er nicht mit zu ihr kam. Er lebte in Trennung von seiner Frau, wollte eigentlich längst ausgezogen sein, aber verschob es immer wieder. Der Kinder wegen. Ruth wusste nicht, ob Hannes seine Beziehung mit ihr geheim hielt oder ob seine Frau davon wusste. Jedenfalls wollte er nie mit zu Ruth kommen, bei ihr bleiben, in ihrem Bett schlafen. Die schönsten Nächte, die sie miteinander verbracht hatten, waren einem »Weiterbildungsseminar« geschuldet gewesen, das Eisenrauch vorgeschoben hatte, um seiner Frau seine Abwesenheit an einem Wochenende zu erklären. Es war ein himmlisches Wochenende gewesen. Aber es war eben auch nur *eines* gewesen, und das war jetzt auch schon verdammt lange her.

Als Hannes in der Oldenburger Straße vor ihrem Haus in zweiter Reihe hielt, wusste Ruth natürlich, dass sie sich einen weiteren Vorstoß in Richtung gemeinsam verbrachter Nacht sparen konnte, aber der Teufel ritt sie, und sie tat es trotzdem.

»Willst du nicht mit hochkommen?«, fragte sie ihn und ließ die Hand über seine Wange gleiten.

Sie sah ihm an, wie schwer es ihm fiel, ihr schon wieder eine Absage zu erteilen. Aber warum sagte er dann nicht einfach ja?

»Es ist schon so spät«, wand er sich, »ich muss morgen früh raus.«

Ruth schloss die Augen und lehnte sich an ihn. Sie hatte einen Kloß im Hals und musste sich sehr überwinden, ihm die Frage zu stellen.

»Warum, Hannes? Warum kommst du nie zu mir? Ich meine ...« Ihre Stimme wurde brüchig, und sie schwieg. Ruth wollte nicht klammern. Sie wollte nicht bitten und betteln, aber so, wie ihre Beziehung sich entwickelt hatte, war sie nicht glücklich.

Eisenrauch legte ihr den rechten Arm um die Schultern und zog sie noch enger an sich. Er streichelte mit der Linken ihre Wange, ihren Hals und küsste sie schließlich auf den Scheitel. Aber er antwortete nicht.

Ruth schloss die Augen. Sie roch ihn so gern. Die Mischung aus der Wolle seines Jacketts, einer ganz leichten herben Schweißnote und seinem Aftershave. Der Geruch stimmte sie traurig. Sollte ihre Liebesgeschichte schon zu Ende sein, bevor sie überhaupt begonnen hatte?

»Deine Frau?«, rang sie sich schließlich durch zu fragen. Die Scheiben des SUVs waren schon beschlagen, und Hannes unternahm zum Glück keinen Versuch, die Lüftung oder Heizung anzustellen. Die Welt verschwand um sie herum, und sie hatte ihn ganz für sich, dachte Ruth. Was so selten war.

»Nicht nur«, kam es zögerlich von ihm. »Es ist ... ich bin einfach durch den Wind. Vielleicht kann ich dir im Moment nicht das geben, was du willst.«

Was für ein Scheißsatz! Mit einem Ruck löste sich Ruth aus der Umarmung und nahm den größtmöglichen Abstand zu Eisenrauch ein, der sie erst erschrocken und dann wie ein begossener Pudel ansah.

»Hör doch auf, *mich* vorzuschieben!«, ging sie ihn an. »Du weißt doch gar nicht, was *ich* will! Du gibst dir nicht mal die Mühe, es herauszufinden!«

Sie öffnete wütend die Autotür, aber Hannes hielt sie am linken Arm fest.

»Entschuldige, Ruth. Das war blöd.«

Eigentlich wollte Ruth sich am liebsten losreißen und die Autotür mit Wucht zuknallen, aber sie war auch kein Teenager mehr. Also blieb sie sitzen und sah ihn an.

»Ich will mit dir zusammen sein«, sagte er. Fast flehentlich. »Ich will, ich will, ich will. Bitte glaub mir das.«

Sie sah in seine Augen. Jetzt nicht weich werden, Ruthie.

»Aber?«, krächzte sie mit belegter Stimme.

»Aber es ist nicht leicht. Nicht nur wegen meiner Frau. Und der Kinder. Es ist auch der Job ...«

»Ich hab auch viel zu tun, Hannes«, fiel sie ihm ins Wort. »Aber man kann sich die Zeit schon nehmen.«

»Das ist es nicht«, unterbrach er sie seinerseits. »Aber du und ich ... Staatsanwalt und Schöffin ...«

Er brauchte nicht weiterzusprechen. Sie wusste nur zu gut, was er meinte. Es war eine ungute Paarung. Beide am selben Gericht. Jeder Fall, dem sie als Schöffin zugelost werden konnte, konnte sie beruflich zusammenführen. Und das war absolut verboten. Die ehrenamtlichen Richter durften sich mit anderen am Fall beteiligten Personen, also auch den Staatsanwälten, nicht über den Fall unterhalten. Am besten gar nicht unterhalten, um nicht in Verdacht der Befangenheit zu geraten. Zwar war die Wahrscheinlichkeit, dass sie gemeinsam einem Fall zugeteilt wurden, gering angesichts der großen Zahl an Staatsanwälten und noch mehr Schöffen am Berliner Landgericht, aber dennoch. Sie hielten ihre Beziehung auch am Gericht geheim.

»Aber für dieses Jahr haben wir keinen gemeinsamen Fall, und wer weiß schon jetzt, was im nächsten Jahr wird?«, entgegnete Ruth, und sie war sich bewusst, wie kläglich ihr Einwand klang.

»Ich weiß, es ist idiotisch. Aber es kommt so viel zusammen.« Eisenrauch sah total zerknirscht aus.

»Aber worauf willst du warten? Ich bin noch über vier Jahre bei euch am Gericht. Willst du mich so lange hinhalten? Dich so lange quälen? Oder noch besser: bis deine Kinder volljährig und aus dem Haus sind?« Ihre Stimme klang schrill, und Ruth legte eine Pause ein. Dann stieg sie aus dem Wagen und blieb auf dem Trottoir stehen.

»Leb dein Leben jetzt, Hannes. Ehrlich. Ich weiß, wovon ich rede.« Dann schlug sie die Autotür zu. Hannes Eisenrauch startete den Motor, und Ruth sah mit tränenverschleierten Augen, wie der silberne »Kack«-Wagen die Oldenburger Straße hinunterschoss.

Erst als die Verkäuferin die Packung mit den Keksen scannte, fiel ihm auf, dass er sie gar nicht hätte kaufen müssen. Aber Jürgen Dombroschke traute sich dann nicht mehr, den Kauf rückgängig zu machen. Er mochte die Kekse nicht, er kaufte sie für Margit. Sie hatte schon immer ein Faible dafür gehabt, für diese kleinen runden Biskuitkekse, gefüllt mit Orangenglibber, überzogen mit dunkler Schokolade. Er ekelte sich vor dem Glibber. Aber vielleicht würde er die Kekse verschenken. Sicherlich gab es jemanden, der sich darüber freuen würde.

Dombroschke öffnete den Einkaufsbeutel und ließ die zwei Dosen Bier, den eingepackten Schinken, Käse, Silberzwiebeln und die Tafel Nussschokolade hineingleiten. Er zahlte, wünschte der Kassiererin einen schönen Tag, was diese aber gar nicht mehr hörte, weil sie bereits die Waren des nächsten Kunden übers Band zog, und verließ den Discounter.

Vor dem Eingang saß ein junges Mädchen, eine Punkerin. Sie hatte geringelte Strumpfhosen an, kaputt und schmutzig, einen kurzen schwarzen Cordrock und schwere Stiefel. Sie saß immer vor dem Geschäft, jeden Morgen, wenn Dombroschke kam, um seine Einkäufe zu machen, saß sie dort auf der Decke mit ihrem schlafenden Hund und starrte teilnahmslos geradeaus. Anfangs hatte er sich über sie geärgert, sie war schmuddelig und irgendwie aggressiv, obwohl sie nichts tat, als dort zu sitzen. Aber für Jürgen Dombroschke, der stets auf sein tadelloses Äußeres bedacht war, war die Bettlerin eines von vielen Zeichen dafür, dass sich sein Kiez verändert hatte. Seit dem Krieg wohnte er in Reinickendorf, zuerst in der Aroser Allee, dann, als er Margit geheiratet hatte, waren sie in die schöne Wohnung in der Weißen Stadt gezogen. Die Weiße Stadt. Inbegriff der Moderne. Zentralheizung, fließend heißes Wasser. Geflieste Bäder und Küchen. Der Schäfersee ein idyllisches Fleckchen zum Flanieren. Die Residenzstraße ein Einkaufsparadies. Blumenläden, Möbelgeschäfte, Uhrmachermeister, Parfümerien – alles hatte es hier gegeben. Gepflegt und anspruchsvoll. Der Bezirk der kleinen und mittleren Angestellten. Nicht so ein Proletenbezirk wie der angrenzende Wedding.

Aber nun: Ausländer, Bettler und Drogensüchtige. Aus den Möbelgeschäften waren Matratzen-Outlets geworden, aus den Parfümerien Handyshops.

Aber es half nicht zu jammern, hatte Dombroschke gedacht. Er würde hier nicht weggehen und Margit sowieso nicht, also arrangierte er sich, so gut es ging, mit der veränderten Umgebung. Er hatte festgestellt, dass der Gemüsehändler an der Ecke Thaterstraße wunderbares Obst und Gemüse hatte, nicht teurer als im Supermarkt. Als Margit ihn nicht mehr zu den Einkäufen begleiten konnte, hatte er sich in das Geschäft gewagt und war so freundlich und aufmerksam bedient worden, dass er immer wiedergekommen war. Nun war er seit ein paar Jahren Stammkunde. Herr und Frau Görgülü, die Besitzer, oder auch Sohn und Tochter, die im Laden mitarbeiteten, steckten ihm jedes Mal eine kleine Aufmerksamkeit in die Tüte. Ein Stückchen Schafskäse, eine kleine Tüte Oliven, etwas türkischen Honig. Und er kaufte wahrlich nicht viel. Zwei, drei Äpfel, Margits Bananen, eine Gurke. Selten gab er mehr als fünf Euro aus. Aber es war ihm stets eine Freude, den Laden der Görgülüs zu betreten.

Und sogar die Punkerin vor dem Lidl hatte für ihn den Schrecken verloren. Mit der Zeit hatte er sie mit Respekt betrachtet. Wie sie stoisch aushielt, zuverlässig an ihrem Platz war, bei egal welchem Wetter. Weder stechende Hitze noch Dauerregen, noch Temperaturen unter null konnten sie davon abhalten, ihren Stammplatz aufzugeben.

Einmal nur hatte Dombroschke sie woanders gesehen. Eines Sonntags, er drehte mit Margit eine Runde im Rollstuhl um den Schäfersee, hatte er sie beobachtet, wie sie am Ufer des winzigen Sees, der eigentlich ein größerer Tümpel war, stand und die Enten fütterte.

»Magst du die Kekse?« Jürgen Dombroschke hielt jetzt der Punkerin die Schachtel hin und lächelte freundlich. Gleichzeitig ärgerte er sich. Vielleicht hätte er das Mädchen siezen sollen, wäre das nicht respektvoller gewesen? Wie alt mochte sie sein? Sie blickte nun auf und sah ihn erstaunt an. Sechzehn, aber vielleicht auch schon achtzehn, neunzehn, schwer zu sagen, dachte Dombroschke und nickte ihr lächelnd zu.

Das Mädchen nahm die Schachtel, ohne sichtbare Regung. Oder hatte sie genickt? Mit den Augen gezwinkert? Ein Lächeln in den Mundwinkeln gehabt? Er war unsicher, hatte nur den Schmutz auf ihrem Gesicht gesehen.

Sie legte die Kekse neben sich und starrte wieder geradeaus. Er ging zurück in Richtung Residenzstraße, bog links in die Holländerstraße ein und kurz darauf wieder rechts, in Richtung See.

Er dachte an Margit. Was tun mit ihr? Sie konnte nicht immer dort liegen. Er hatte sie gut zugedeckt, lüftete regelmäßig im Schlafzimmer, und doch ... Er hatte sein Lager im Esszimmer aufgeschlagen, neben der Bücherwand. Dort lag er dann und dachte nach, während sie im Schlafzimmer lag. Unter der Decke. Wie immer. Fast wie immer. Schon in der ersten Nacht, als er dort allein auf der unbequemen Liege lag und um Schlaf rang, war ihm klar gewesen, dass er einen Fehler gemacht hatte. Und er nahm sich vor, den Fehler am nächsten Tag zu korrigieren. Und am nächsten und wieder am nächsten. Und so war eine Woche ins Land gegangen. Eine Woche! Und es würde nicht besser werden, das wusste Jürgen Dombroschke. Er war ja nicht dumm. Auch wenn Margit das immer behauptet hatte. »Du bist ja nicht gerade der Hellste, Dommi« oder »Du bist nicht die hellste Kerze auf dem Kuchen, mein Lieber«. Oder aber auch »Dumm, dümmer, Dommi«. Dommi, so hatte sie ihn genannt. Gleich bei ihrem ersten Treffen. Im Gloria-Palast waren sie gewesen. Jürgen wusste noch heute, welchen Film sie gesehen hatten. »Wer die Nachtigall stört«, als wäre es gestern gewesen. Und nun ...

»Herr Dombroschke!«

Jürgen Dombroschke schreckte hoch. Er war so in Gedanken gewesen, dass er gar nicht bemerkt hatte, dass er schon vor seiner Haustür stand. Und direkt vor Dieter Hartlaub, drittes OG über Hochparterre links. Der schwergewichtige Hartlaub wohnte beinahe ebenso lange wie Dombroschke in der Genfer Straße. Er war fett, ledig und von abstoßender Distanzlosigkeit.

»Sagen Se ma, riechen Se dit ooch?«, schnaufte Hartlaub und schob seinen Wanst an Jürgen Dombroschke, so dass dieser etwas zurückweichen musste, um dem süßlichen Schweißgeruch des anderen zu entkommen.

»Ja«, gestand er ein, es blieb ihm nichts anderes übrig, der Geruch hatte sich in den letzten zwei Tagen überall verbreitet, »ja, es riecht unangenehm.«

»Riecht?« Hartlaub verzog angewidert die dicken Lippen. »Dit stinkt zum Himmel! Wat kann denn dit sein?«

Jürgen Dombroschke zuckte mit den Schultern und versuchte, sich an dem anderen Mieter vorbei zur Eingangstür zu schieben.

»Der Müll is dit nich.« Hartlaub hielt ihn an der Jacke fest. »Da bin ick schon jewesen. Der duftet nach Veilchen und Rosen dagegen.«

Sanft entwand sich Jürgen Dombroschke dem Griff seines Nachbarn und steckte demonstrativ den Schlüssel in die Eingangstür zum Zeichen, dass er das Gespräch an dieser Stelle gern beenden würde.

»Ick ruf ma bei die Hausverwaltung an«, stellte sein Nachbar klar.

»Vielleicht ist es ein totes Tier, das irgendwo verwest. Unter der Kellertreppe«, machte Dombroschke einen zaghaften Versuch, den Nachbarn zu beruhigen.

»Een totet Tier?«, echote dieser blöd.

»Eine Ratte vielleicht«, gab Dombroschke zurück, öffnete die Tür und verschwand erleichtert im Treppenhaus.

Zwei Tische waren noch besetzt, aber die Gäste hatten bereits Kaffee geordert beziehungsweise alle Getränke bis zur Neige geleert, deshalb hatte Ruth entschieden, dass sie sich die leckeren Reste des Mittagsmenüs am Tresen gönnen durfte. Sie war allein im Laden, es war kurz vor neunzehn Uhr, bald würde sie kassieren, aufräumen und auf Kabir, den Putzmann, warten. Jamila hatte natürlich frei, wie immer an drei von vier Samstagen im Monat.

Ruth ging in die Küche, rüttelte noch einmal an der Sauteuse, in der die Lammmedaillons lagen, nahm diese dann heraus, plazierte sie auf dem vorgewärmten Teller, goss kunstvoll die nach Sherry duftende Sauce zu einem Spiegel darum herum und setzte die kandierten Feigen obendrauf. Dann nahm sie die glacierten Karotten ebenfalls vom Herd und drapierte sie neben dem Fleisch, die frische gehackte Minze streute sie darüber. Ruth wischte sich die Hände an der Schürze ab und begutachtete ihr Werk. Die Medaillons waren ihr heute außerordentlich gut gelungen, was nicht zuletzt am frischen Lamm lag, das ihr der türkische Metzger morgens geliefert hatte. Lamm bezog sie nicht mehr vom Großmarkt, seit sie bei einem Spaziergang zufällig auf den Laden in der Perleberger Straße gestoßen war: ein hellblau gekachelter Raum mit einem blitzsauberen Tresen, aber ohne Auslage. Die Fleischhälften hingen an Haken von der Decke, und der Fleischer schnitt die gewünschten Teile auf Wunsch zu. Nirgendwo hatte Ruth bisher besseres Lamm bekommen. Ihre Tochter Annika hatte sich nur angewidert abgewendet, als sie vor dem Laden standen, sie war Vegetarierin aus Überzeugung. Ruth bewunderte die Haltung ihrer Tochter, aber sie konnte ihr nicht nachfolgen – zu sehr wurde sie vom Duft von in Zwiebel oder Knoblauch angeschmortem oder gebratenem Fleisch verführt.

Nun ließ sie die Schürze in der Küche, stellte den Teller auf den Tresen, goss sich ein Glas Merlot dazu ein und wollte gerade mit dem Essen beginnen, als die Türglocke ging.

Ruth drehte sich um. »Wir schließen gleich ...«, schaffte sie gerade noch zu sagen, da hatte sie den Strauß dunkelroter Rosen schon vor der Nase. Eisgraue Haare ragten dahinter empor.

Ruth schob die Blumen zur Seite. Hannes Eisenrauch schaute sie mit einem Hundeblick an.

»Es tut mir leid«, sagte er. »Manchmal bin ich echt doof.«

»Meistens«, gab Ruth zurück, aber ihr Herz machte einen Sprung. Dann schob sie ihm den Teller zu, während sie den Strauß mit den Rosen entgegennahm.

»Iss, sonst wird's kalt. Ich mach mir einen frischen Teller«, überspielte sie ihre Rührung. Sie war so glücklich, ihn zu sehen, am liebsten wäre sie ihm vor den Gästen um den Hals gefallen, andererseits war sie stinksauer, dass er sich so lange Zeit gelassen hatte mit seinem Erscheinen. Sie stellte die Rosen in eine Vase und diese dann auf den Tresen.

»Die Rosen sind wunderschön«, kommentierte sie. Insgeheim dachte sie: ... und superspießig. Dunkelrote Rosen, wer schenkt so was heute noch? Hat er nicht mehr Fantasie?

Bevor Eisenrauch so etwas Blödes sagen konnte wie »So schön wie du«, verschwand sie rasch in die Küche, um sich erneut einen Teller Lammmedaillons anzurichten.

Schließlich und endlich saßen sie gemeinsam am Tresen, aßen und tranken. Die letzten Gäste waren gegangen, Kabir war bereits gekommen und begann dezent damit, die Küche sauberzumachen, um die Chefin und ihren Gast nicht zu stören. Dennoch mahnte Ruth gegen acht zum Aufbruch. Der Staatsanwalt half gehorsam, die Stühle auf die Tische zu stellen.

»Wollen wir noch was unternehmen?«, erkundigte sich Ruth betont harmlos. Bloß nicht klammern, dachte sie, dann läuft er wieder panisch davon.

»Ich dachte, wir gehen zu dir«, kam es von Eisenrauch ganz beiläufig.

Ruth stockte der Atem. Sie hielt einen Bistrostuhl in der Hand und sah Eisenrauch ungläubig an. Er grinste.

»Und morgen früh lade ich dich zu einem Frühstück ein«, setzte er noch einen drauf.

Ruths Herz raste vor Freude. Sie zog ihn an sich, legte den Kopf in seine Halsbeuge und küsste ihn zärtlich.

»Vielleicht holst du auch nur Croissants, und wir bleiben im Bett«, flüsterte sie.

Eisenrauch lächelte verschmitzt, und sie beeilten sich, die restlichen Stühle hochzustellen. Ruth räumte eine Zeitung von einem der Tische, die ein Gast hatte liegenlassen.

»Rentner vergiftet Ehefrau« schrie die Schlagzeile in großen Lettern. »Er lässt die Leiche in der Wohnung verwesen«, hieß es in der Unterzeile.

»Igitt«, sagte Ruth angewidert und entsorgte das Boulevardblatt im Müll.

Rentner vergiftet Ehefrau!
Er lässt die Leiche in der Wohnung verwesen.

BERLINER KURIER IM SEPTEMBER

Der Gestank belästigte die Mieter in der Genfer Straße schon seit Tagen, Bewohner Dieter H. sagte unserem Reporter: »Ich wusste, hier war etwas oberfaul.« Die Polizei war von Sanitätern zu der Wohnung eines Rentnerehepaares gerufen worden und machte einen schockierenden Fund: Im Schlafzimmer lag die Leiche der Ehefrau Margit D.! Das war die Ursache des durchdringenden Verwesungsgeruchs.

Auf den ersten Blick wirkte es, als sei die 73-jährige Rentnerin eines natürlichen Todes gestorben. Sie war schon lange schwer krank und musste von ihrem Mann gepflegt werden. Da ihr Mann die Polizei nach dem Ableben seiner Frau nicht verständigt hatte, legt dies den Verdacht nahe, dass sich hinter dem Geschehen möglicherweise eine Straftat verbirgt.

Jürgen D. wurde noch am Fundort der Leiche wegen dringenden Tatverdachts verhaftet, hat aber noch nicht gestanden. Nachbar Dieter H. ist sich sicher: »Das ist der Täter!«

Ruth sah zum Fenster des kleinen Gerichtssaales hinaus und beobachtete die weißen Flocken, die dicht und sanft zu Boden trudelten. Es war ein schönes Schneetreiben, ruhig und idyllisch. All die unangenehmen schrillen Geräusche der Stadt wurden gedämpft. Berlin lag seit dem Morgen unter einer Daunendecke; leuchtend weiß und von fedriger Leichtigkeit bedeckten die Schneeflocken die Stadt und verordneten ihr eine wohlverdiente Ruhepause. Der Schneefall hatte in der Nacht eingesetzt und riss bis jetzt, elf Uhr vormittags, nicht ab. Binnen weniger Stunden hatte das Treiben den Verkehr lahmgelegt, man kam nur langsam und mit viel Geduld ans Ziel.

Als Ruth nach dem Aufstehen aus dem Fenster ihres Schlafzimmers geblickt hatte – so wie hier aus dem Gerichtssaal sah sie auch dort in den Hinterhof –, beschloss sie, sich die Fahrt zum Großmarkt zu sparen. Sie hatte noch einen Einkauf für das Bistro vorgehabt, bevor sie sich auf den Weg zum Gericht begab, doch dann rief sie Jamila kurzerhand an und informierte sie, dass sie bei dieser Verkehrslage nicht mit dem Auto unterwegs sein wollte. Jamila war einverstanden, die Kammern und Kühlschränke des »La Paysanne« waren noch gut gefüllt. Auf der Mittagskarte würden dann eben keine frischen Perlhuhnbrüste stehen, aber für ein klassisches Coq au Vin war alles vorhanden.

Beruhigt ließ Ruth sich viel Zeit für ein gemütliches Frühstück, zog dann ihren schicken Hosenanzug an – eine Neuerwerbung, extra für ihre Einsätze bei Gericht, schlüpfte in den kuscheligen langen Wollmantel, die dicken Winterstiefel und packte ihre Wildlederpumps in eine Tüte. Dann schlenderte sie langsam durch Moabits Straßen zum Landgericht und genoss das Schneetreiben. Überall waren Leute damit beschäftigt, den Schnee aus Einfahrten, vom Bürgersteig und vor den Läden zu beseitigen, aber das war eine Sisyphusarbeit. Die geräumten Abschnitte schneiten sofort wieder zu. Im Radio war hysterisch von Schneekatastrophe und Unwetterwarnung die Rede. Aber Ruth streckte ihr Gesicht in die Flocken und spürte entzückt, wie die zarten Kristalle sich sanft auf ihrer Haut niederließen und, kaum waren sie geschmolzen, einen feinen feuchten Film bildeten.

Auf den Holzzäunen hatte der Schnee dicke Zwergenmützen hinterlassen, und Ruth machte sich einen Spaß daraus, die Hauben mit ihrem Fäustling von den hölzernen Spitzen zu schubsen. Dabei plumpste der Schnee nicht nass zu Boden, sondern zerstob in einer Wolke in der Luft.

Nun saß sie im warmen Gerichtssaal, den Blick in das weiße Treiben vor dem Fenster gerichtet, und lauschte dem Rechtsmediziner.

Es war der erste Prozess im neuen Jahr, und Ruth war dem Fall der vergifteten Rentnerin zugeteilt worden. Kein spektakulärer Fall, auch das Interesse der Journalisten hielt sich in Grenzen. Publikum gab es gar nicht, nicht einmal die obligatorischen Rentner, die sich ihren gleichförmigen arbeitslosen Alltag damit vertrieben, in den warmen Räumen des Landgerichts den Schwurgerichtsprozessen beizuwohnen.

Der Fall »Das Land Berlin vs. Jürgen Dombroschke« wurde daher nicht im großen Saal 500 verhandelt, sondern in einem der kleineren Säle des weitverzweigten wilhelminischen Prachtbaus.

Ruth war dennoch froh darüber, dass sie diesem Fall zugelost worden war. Zum einen, weil sich die Befürchtungen von Hannes Eisenrauch, dass sie wieder gemeinsam einem Prozess würden beiwohnen müssen, als ungerechtfertigt erwiesen hatte, zum anderen, weil sie im vergangenen Jahr nach dem Fall der getöteten Kurdin zwei gähnend langweilige Betrugsfälle begleitet hatte. Insgeheim musste Ruth Holländer sich eingestehen, dass sie sich für schwere Verbrechen eher begeistern konnte ... laut hätte sie das aber nie gesagt.

Sie war in diesem Fall allein unter Männern. Die drei Berufsrichter, allesamt über fünfzig, und der Mitschöffe, ein Ingenieur in den Vierzigern, hatten sie freundlich und interessiert begrüßt, aber zu näherem Kontakt war es bislang nicht gekommen, da sie nach einer kurzen Verständigung sofort mit der Verhandlung begonnen hatten. Ruth hatte bis jetzt von allen vieren einen guten Eindruck, der Vorsitzende Richter Helmut Weißhäuptl schien ein sehr ruhiger und besonnener Mann zu sein. Er unterbrach den Rechtsmediziner, der seit einer halben Stunde vortrug, woran die getötete Seniorin gestorben war, nur selten und wenn, dann lenkte er dessen sehr ausführlichen Bericht nur wieder sanft in die richtigen Bahnen.

Es hatte den Anschein, als sei Margit Dombroschke, so hieß die Getötete, an einer sehr seltenen Thallium-Vergiftung gestorben. Der Tod war nicht plötzlich eingetreten, sondern musste sich über einen Zeitraum von zwei Wochen hingezogen haben.

Der Rechtsmediziner schilderte im Moment den Verlauf der Vergiftung.

»In einer letzten Phase, die ungefähr nach dem zehnten Tag der Inkorporation einsetzt«, führte Prof. Dr. Rieperlinger soeben aus, »stellen sich schwere Sehstörungen ein, die durch die Lähmung der entsprechenden Hirnnerven bewirkt werden. Des Weiteren können Herzrhythmusstörungen auftreten ...« Der Professor unterbrach sich, nahm die Brille ab und putzte sie. Dann setzte er die saubere Brille wieder auf und fuhr fort. »Oder nein, das war nicht korrekt. Herzrhythmusstörungen treten in jedem Fall auf! Hervorgerufen durch eine Tachykardie. Diese wiederum erklärt sich durch Einwirkung des Thalliums auf die Erregungsbildung des Sinusknotens und auf die Erregungsweiterleitung.«

»Herr Professor«, unterbrach Weißhäuptl den Rechtsmediziner vorsichtig, »könnten Sie vielleicht die Begrifflichkeiten ...?«

Der Professor starrte den Richter irritiert an, vermutlich konnte er nicht verstehen, dass es im Saal Menschen gab, denen nicht alle von ihm verwendeten medizinischen Fachbegriffe geläufig waren, nickte dann aber.

»Natürlich. Unter Tachykardie versteht der Mediziner eine erhöhte Herzaktivität, Herzrasen, im Volksmund. Der Sinusknoten ...«

Der Vorsitzende Richter hob unterbrechend die Hand. »Danke, den Sinusknoten müssen wir nicht verstehen. Das habe ich schon in der Schule nicht kapiert.«

Dafür erntete der Richter Erheiterung im Publikum, nur der Professor zeigte keine Reaktion.

Richter Weißhäuptl nickte ihm lächelnd zu. »Fahren Sie fort, Herr Professor.«

Der Mediziner räusperte sich und wandte sich dann erneut an die Anwesenden. Man merkte ihm an, dass er es gewohnt war, vor Publikum zu sprechen. Bestimmt unterrichtet er an der Uni, dachte Ruth. Routiniert drehte er sich mal zur einen, mal zur anderen Seite des Saales, sprach prononciert und in angemessener Lautstärke.

»Diese Phase geht dann nahtlos in die letale über.« Prof. Dr. Rieperlinger wandte sich mit einem feinen Lächeln zur Richterempore und nahm Ruth ins Visier. »Will sagen, tödlicher Ausgang. In dieser recht kurzen Zeitspanne, die nur mehr wenige Stunden umfasst, zeigen sich, charakteristisch durch irreversible Schäden an Nervenfortleitungen der unteren Körperteile, gestörte Reflexe und Muskelschwund. Starke Krämpfe, Lähmungen, auch der Atemmuskulatur, Ersticken, Herzversagen.«

Der Professor sah erwartungsvoll in die Runde, als erwarte er, dass die Zuhörer nun mit den Knöcheln auf die Bänke klopften, so wie es in der Universität Usus war. Aber der Applaus blieb aus, stattdessen machte sich betretenes Schweigen breit. Beinahe jeder, der den Ausführungen eines Rechtsmediziners über den Todesverlauf folgen musste, malte sich die letzten Stunden des Opfers aus. Das wusste Ruth aus eigener, leidvoller Erfahrung. Und das, was der Rechtsmediziner seit einer halben Stunde schilderte, hörte sich nach allem anderen als einem sanften Tod an.

»Sie haben uns ja am Anfang Ihres Vortrags dargestellt, dass Sie das Thalliumsulfat im Körper, also in den Haaren und Organen eindeutig nachweisen konnten.« Richter Weißhäuptl warf einen Blick auf die Notizen. »Dieses Martyrium, das die Frau, Margit Dombroschke, durchmachen musste, konnte doch aber ihrem Mann nicht verborgen geblieben sein?«

Der Professor, an den die Frage gerichtet war, nickte beifällig.

»Absolut nicht«, antwortete er, »die Symptome sind sowohl heftig als auch eindeutig. Er muss sie also bemerkt haben. Soviel ich weiß, wurde auch der behandelnde Arzt hinzugezogen?!«

Der Vorsitzende Richter nickte bestätigend. »Dr. Gansmann, auch er wird später in den Zeugenstand treten.«

Professor Rieperlinger war mit seiner Antwort aber noch nicht am Ende.

»Ich gebe allerdings zu bedenken, dass die Frau schwer krank war. Morbus Parkinson im Endstadium. Viele der durch das Thallium hervorgerufenen Symptome decken sich durchaus mit einem Krankheitsverlauf bei Parkinson. Man kann dem Kollegen – und auch dem Ehemann, wenn ich das sagen darf – schlecht einen Vorwurf machen, das nicht erkannt zu haben.«

Alle Blicke im Saal richteten sich auf den Angeklagten.

»Das eben ist das Tückische an Thalliumsulfat«, fuhr Prof. Dr. Rieperlinger fort. »Die Vergiftung schreitet schleichend voran. Man kann alle auftretenden Symptome mit denen einiger anderer Krankheiten in Verbindung bringen, insbesondere mit Parkinson. Auch oder gerade die in der zweiten Phase auftretenden Wahrnehmungsstörungen – die sind eben gerade auch ganz typisch für Parkinsonkranke.«

»Aber wenn man es dann schließlich merkt ...«, warf Richter Weißhäuptl ein.

»... ist es in der Regel zu spät«, führte der Sachverständige den Satz fort. »Der Exitus tritt ein.«

Im Anschluss an die Vernehmung des Sachverständigen ordnete Weißhäuptl eine kurze Verhandlungspause an. Vor dem Professor hatten bereits die Notärzte ausgesagt, die als Erste vor Ort gewesen waren. Sie hatten bei der teilverwesten Leiche nur noch den Tod feststellen können und unverzüglich die Polizei eingeschaltet.

Professor Dr. Rieperlinger hatte dann den Zeitpunkt des Todes auf ungefähr zehn Tage bis zwei Wochen vor dem Auffinden der Leiche festgelegt. So lange hatte der Rentner mit seiner toten Frau noch in der gemeinsamen Wohnung gelebt, als sei nichts Nennenswertes vorgefallen. Ruth erinnerte sich noch daran, wie sie sich beim Lesen des Artikels in der Boulevardzeitung geekelt hatte.

»Tja, die Frage ist also, wieso der Mann beim Ableben seiner Frau nicht sofort jemanden verständigt hat«, sagte der Vorsitzende Richter nun im Nebenzimmer und goss Ruth Kaffee nach.

Dankbar umklammerte Ruth den heißen Becher. Der Kaffee hier im Gericht war ihr viel zu bitter, aber er war wenigstens heiß. Sie fröstelte in ihrer dünnen Bluse unter dem leichten Jackett des Hosenanzugs.

»Der wollte die Leiche irgendwann beseitigen«, mutmaßte der zweite Schöffe. Er hatte sich als Dieter Dehmel vorgestellt, Siemens-Manager. Wie ein Manager kam er Ruth nicht vor, aber das lag vermutlich an ihrer Klischeevorstellung von einem Siemens-Manager, den sie sich stets gelackt im Anzug vorstellte. Dieter Dehmel dagegen wirkte leicht ungepflegt. Seine graue Hose hatte einen Fleck, das Sakko saß an den Schultern nicht. Aus Nase und Ohren lugten Haare hervor, und auch im Nacken hätte die Frisur mal wieder auf Vordermann gebracht werden können. Aber wer weiß, dachte Ruth, vielleicht ist er brillant in seinem Job.

»Ich darf Sie daran erinnern, dass immer noch die Unschuldsvermutung gilt«, sagte einer der beiden anderen Berufsrichter. Auch er, ebenso wie Weißhäuptl ein soignierter Herr, der stramm auf die sechzig zuging. Im Gegensatz zum Vorsitzenden Richter, dessen Haarpracht gegen nicht mehr vorhanden tendierte, trug dieser eine wallende weiße Mähne zur Schau.

»Ach, na hören Sie«, Dieter Dehmel wischte über den Tisch, als wolle er den Einwurf des Richters auf diese Weise beseitigen, »wenn der's nicht war, wer denn sonst?«

»Er hat nicht gestanden«, mischte Ruth sich nun ein. »Und es ist jetzt unsere Aufgabe herauszubekommen, wie es zum Tod der Frau kam.«

»Der sieht doch schon so dämlich aus«, gab Dehmel scharf zurück. »Und dazu gehört doch 'ne Portion Dämlichkeit, wenn ich meine Frau vergifte, obwohl das Gift, dieses Thallium, total leicht nachweisbar ist. Dann lässt er sie noch liegen, tagelang, dass sie die ganze Straße verpestet.«

Dieter Dehmel schnaubte verächtlich aus.

»Das würde doch eher darauf hinweisen, dass er eben gar nicht wusste, dass sie vergiftet wurde, oder nicht?«, konnte Ruth sich nicht verkneifen nachzuhaken.

»Für Spekulationen jedweder Art ist es noch zu früh«, gebot Richter Weißhäuptl der Diskussion Einhalt. »Jetzt hören wir gleich den behandelnden Arzt. Der wird sicherlich auch

Erhellendes zum Verhältnis des Ehepaares beitragen können. Bis dahin fünf Minuten Toilettenpause.« Er erhob sich und zog eine Packung Zigaretten unter der Robe hervor. »Kommst du mit?«, wandte er sich an den Richterkollegen mit der Mähne. Dieser bejahte, und Weißhäuptl hielt die Packung noch einladend in die Runde, aber alle anderen winkten dankend ab.

Ruth ging auf den Gang hinaus und schaltete ihr Handy ein. Sechs Anrufe aus dem »Paysanne«! Drei Sprachnachrichten auf der Mobilbox!

Alarmiert rief Ruth sofort im Bistro zurück, sie wollte sich nicht damit aufhalten, erst die Nachrichten abzuhören.

»Bistro ›La Paysanne‹, ja bitte?«, drang Susans gehetzte Stimme an ihr Ohr. Susan war die Studentin, die sie seit bald zwei Jahren im Mittagsservice unterstützte.

»Susan, Ruth hier, ihr habt angerufen?«

»Ruth! Gott sei Dank!« Susan klang erleichtert, aber Ruth spürte, wie das Adrenalin in ihren Körper schoss.

»Hör mal«, fuhr die Studentin fort, »du musst sofort kommen, Jamila musste weg, ich bin ganz allein. Jetzt beginnt der Mittagsservice, und ich schaff grad mal den Service vorne ...«

»Jamila ist weg? Wieso?« Das war noch nie passiert, wunderte sich Ruth.

»Sie hat einen Anruf von der Kita bekommen. Naima musste sofort abgeholt werden, die Kleine hat Scharlach. Und Farid ist auf einer Fortbildung in Stuttgart. Warte mal.« Susan legte den Hörer hin, und Ruth verfolgte, dass die Studentin einen zahlungswilligen Gast abkassierte. Ruths Gedanken überschlugen sich. Zuerst einmal war sie froh, dass nichts wirklich Schlimmes passiert war. Sondern der übliche Betreuungs-GAU, den sie selbst als Mutter zweier Kinder so gut kannte. Krankheiten, Unfälle und Läuse traten immer dann auf, wenn man garantiert allein war, niemand zur Betreuung einspringen konnte und man im Idealfall selbst dringend einen Job zu erledigen hatte.

Tatsächlich war dies das erste Mal, dass ihr so etwas mit Jamila passierte. Deren Ehemann Farid, der auf der Baustelle des neuen Berliner Flughafens beschäftigt war, konnte normalerweise immer einspringen, wenn Naima, die dreijährige Tochter der beiden, zu Hause bleiben musste. Oder Ruth schmiss das Bistro ohne Jamila, auch das war gar kein Problem. Aber nun saß sie im Gericht fest, und sie war als Schöffin zur Anwesenheit verpflichtet. Sie konnte nicht einfach sagen: »Sorry, ich muss los« – dann würde der gesamte Prozess von vorn aufgerollt werden müssen.

Wenn Susan allein war, dann bedeutete das, dass niemand in der Küche war. Susan konnte nicht gleichzeitig kochen und bedienen. Abgesehen davon, konnte Susan gar nicht kochen, selbst wenn sie gewollt hätte.

»Susan, kennst du dich mit dem Induktionsherd aus?«, fragte Ruth, als die Studentin den Hörer wieder aufnahm.

»Ich weiß nicht ... Kannst du denn nicht kommen?«

»Nein. Die Verhandlung ist heute bis zwei Uhr angesetzt. Erst dann kann ich, aber der Mittagsservice ist dann vorbei.«

Im Geiste ging Ruth alle Freunde durch, die ihr vielleicht beispringen konnten. Aber ihr wollte niemand einfallen, der Zeit hatte und gleichzeitig wenigstens rudimentäre Küchenkenntnisse mitbrachte. Zumal Jamila bei Scharlach nicht nur heute, sondern mindestens noch die restliche Woche ausfallen würde.

»Es geht weiter.« Der Justizhelfer stand vor ihr und nickte

ihr freundlich zu. Dabei hielt er Ruth die Tür zum Nebenzimmer auf, in dem sich alle anderen Richter bereits eingefunden hatten.

»Verdammt!« Ruth gelang es nicht, den Fluch zu unterdrücken. Der Justizhelfer guckte irritiert, und Ruth deutete entschuldigend auf ihr Handy am Ohr.

»Hör zu, Susan, ich muss wieder rein. Heute kein Mittagessen, schieb's auf … Keine Ahnung, denk dir was aus. Ich komme, sobald ich fertig bin, aber heute nur Getränke und Kuchen.«

»Äh …« Susan klang nicht sehr glücklich, aber Ruth blieb keine Wahl, Weißhäuptl winkte ihr schon ungeduldig zu. Sie legte auf und ging ins Nebenzimmer, um sich den anderen Richtern anzuschließen.

Während Dr. Gansmann, der Hausarzt der Dombroschkes, die Krankheit der Verstorbenen schilderte, war Ruth mit den Gedanken woanders. Sie ärgerte sich maßlos, dass sie sich nicht schon letztes Jahr um jemanden gekümmert hatte, der in der Not im Bistro aushelfen konnte. Aber sie hatte den Gedanken daran immer wieder beiseitegeschoben, nicht zuletzt deshalb, weil sie eine weitere Aushilfe nicht hätte bezahlen können. Das Schöffenamt war ein Ehrenamt, aber ein verpflichtendes. Wenn man dazu ausgelost wurde – und das Los konnte im Prinzip jeden Bundesbürger treffen –, hatte man keine Möglichkeit, das Amt nicht anzunehmen. Berufliche Gründe zählten nicht. Firmen mussten die Schöffen für Verhandlungstage freistellen – egal, wie viele davon im Jahr anfielen. Und Selbständige mussten selbst sehen, wie sie sich organisierten. Zwar bekam Ruth eine Aufwandsentschädigung vom Staat bezahlt, aber das deckte lediglich ihre eigenen Unkosten, nicht jedoch die Entlohnung einer Küchenkraft. Und das »Paysanne« warf gerade mal so viel ab, dass sie davon einigermaßen existieren und Jamila einen schlechten Lohn bezahlen konnte. Das war auch der Grund, warum sie keinen Abendservice anbieten konnte. Die Ausgaben dafür würden von den Einnahmen kaum gedeckt. Ruth seufzte und zwang sich, ihre Konzentration wieder auf das Geschehen im Gerichtssaal zu lenken.

»Sie war unleidlich geworden«, sagte Dr. Gansmann soeben. Er war ein zierlicher Mann um die vierzig, wirkte feingliedrig und sensibel, sprach einen Tick zu leise.

»Durch die Krankheit?«, hakte der Vorsitzende Richter nach.

Der Doktor warf einen Blick auf den Angeklagten. »Ich behandle das Ehepaar erst seit fünf Jahren«, sagte er entschuldigend. »Ich habe die Praxis und auch einen Teil der Patienten von meinem Vorgänger übernommen. Da war die Krankheit von Frau Dombroschke schon weit vorangeschritten.«

»Sie wollen damit sagen, Sie kannten sie nicht anders als ›unleidlich‹?«, fragte Weißhäuptl.

Der Doktor nickte. »Ja. Das habe ich gemeint. Sie war deprimiert. Verbittert, würde ich sagen. Ich kann nicht beurteilen, ob das immer schon so war oder erst durch Parkinson hervorgerufen wurde. Aber je drastischer die Krankheit voranschritt, desto aggressiver wurde sie.« Der Arzt machte eine Pause und wählte seine Worte sorgfältig. »Sehen Sie, Parkinson ist ähnlich wie Multiple Sklerose, eine grauenvolle Krankheit. Weil sie einen gesunden Geist in einen kranken Körper bannt. Der Erkrankte bekommt anfangs genau mit, was passiert, aber er wird immer hilfloser. Kann nicht mehr richtig gehen, nicht mehr schreiben, greifen, schlucken, sich nur noch schlecht artikulieren. Schmerzen und Krämpfe behindern ihn. Später kommen Wahnvorstellungen hinzu. Nicht immer, aber bei Frau Dombroschke war es so. In den letzten drei Jahren. Dann hat sie ihren Mann beschuldigt.«

Er warf einen Blick in Richtung Anklagebank.

»Wessen hat sie ihn beschuldigt?«

»Dass er schuld an ihrem Zustand ist«, antwortete Dr. Gansmann. »Und dass er nur darauf wartet, dass sie stirbt. Dass er sie umbringen will.«

Im Gerichtssaal herrschte wieder Schweigen. Alle blickten zwangsläufig zur Anklagebank. Auch Ruth. Sie musterte den Angeklagten Jürgen Dombroschke. Schon heute Morgen, als er in den Gerichtssaal geführt wurde, hatte sie gedacht, was für ein seltsames Männchen er war.

Jürgen Dombroschke war klein, sehr klein, nicht größer als eins sechzig. Er war zudem schmal, »ein halbes Hemd«, hätte ihr Vater dazu gesagt. Schmale Schultern, eine eingefallene Brust. Er wäre ihr auf der Straße nicht weiter aufgefallen, ein Typ, den man übersehen würde, wenn er sich nicht so auffällig gekleidet hätte. Der Rentner, er war fünfundsiebzig, trug eine schmal geschnittene Hose mit leicht ausgestelltem Bein. Die Hose saß oben eng und betonte das mädchenhafte Hinterteil Dombroschkes. Auch das dazugehörige Jackett war im Schnitt völlig aus der Zeit gefallen. Ebenfalls schmal geschnitten, tailliert, mit auffälligen paspelierten Nähten und breitem Revers. Am Revers steckte eine frische rosafarbene Nelke. Wer hat ihm die wohl für den Verhandlungstag besorgt?, fragte sich Ruth verwundert. Unter dem Jackett trug Dombroschke ein graues Hemd, das silbrig glänzte. Das Hemd war unpassend weit geöffnet und gab den Blick frei auf eine breitgliedrige Goldkette, die dem Angeklagten tief in die schmale Brust hing. Passend zu der Kette trug Dombroschke mehrere Goldringe, darunter einen dicken Siegelring und eine breite goldene Uhr mit Gliederarmband. Die Klamotten eines Zuhälters, fand Ruth. Dafür aber wirkte er sehr gepflegt. Sein Haar war akkurat geschnitten, offenbar dunkel getönt und sorgfältig frisiert. Die Fingernägel waren sauber und kurz geschnitten, im Gegensatz zu Ruths Mitschöffen wucherte bei Dombroschke nichts aus Ohr und Nase.

Das protzige Image, das die Kleidung des Rentners hervorrief, stand jedoch im klaren Gegensatz zum Verhalten des Angeklagten. Er saß von Beginn der Verhandlung an kerzengerade und mucksmäuschenstill auf seinem Platz. Den Blick hatte er stets nach unten gerichtet. Nur selten sah er auf, und dann vermied er jeglichen Blickkontakt. Die Hände hatte er gefaltet zwischen die Beine gelegt, die er wiederum eng zusammengepresst hatte. Die Schultern waren nach vorn gesunken. Nichts an Jürgen Dombroschke strahlte Selbstbewusstsein aus. Nichts an ihm schrie: Ich war es! Oder das Gegenteil: Ich bin unschuldig! Stattdessen saß er eingesunken und ein bisschen verloren auf seiner Bank.

Ruth fand, er wirkte eher wie ein Opfer denn wie der Täter.

Bericht über die Durchsuchung des Grundstücks Nr. 83B,
Kleingartenanlage des KGV »Friedlieb«,
in 13407 Berlin-Reinickendorf

Am Montag, dem 16. September, wurde aufgrund des von
Staatsanwalt Dr. Klaus Häberlein ausgestellten
Durchsuchungsbefehls eine Durchsuchung des o. a.
Grundstücks durchgeführt. Beteiligt waren die Beam-
ten POW Hauptmann, PHW Seppeler und der Unterzeich-
nende.

Um 8.00 Uhr stellten wir das Einsatzfahrzeug im
Meisenweg ab, da das Grundstück nur zu Fuß erreichbar ist. Der Beklagte hatte angegeben, dass er keinen Schlüssel für das auf dem Grundstück befindliche
Gebäude besitzt, aber nach Prüfung der Schlüssel in
seinem Haushalt öffnete POW Hauptmann die Eingangstür rechtmäßig mit dem passenden Schlüssel. Es fand
keine Gewalteinwirkung und demzufolge Beschädigung
vonseiten der Polizei statt.

Das Innere des Hauses wirkte ordentlich und sauber
sowie, im Gegensatz zu den Behauptungen des Beklagten, regelmäßig genutzt. So standen in einem Mini-
Kühlschrank Lebensmittel zum Gebrauch. Ebenso war
der Garten kürzlich gepflegt worden, was durch den
kurz gehaltenen Rasen sowie Beschnitt an den Pflanzen deutlich zu erkennen war.

Im Wohn- und Schlafraum, der gleichzeitig das einzige Zimmer des Hauses ist, konnten keinerlei brauch-
bare Indizien gefunden werden. Da zu diesem Zeitpunkt
als Tatort eindeutig die Wohnung des Opfers und des
Beklagten in der Genfer Straße festgestellt wurde,

haben wir, die durchsuchenden Beamten, auf eine Spurensicherung in der Laube verzichtet.

Die Substanz, die mutmaßlich den Tod des Opfers Margit D. herbeigeführt hatte, konnte dann im angrenzenden Geräteschuppen sichergestellt werden. Es handelte sich um einen weißen Plastikbehälter ohne Aufschrift, Fassungsvermögen 500 g, mit einem silbrig grau glänzenden Pulver. Die im Anschluss an die Durchsuchung angestellten Ermittlungen ergaben, dass es sich um kein frei verkäufliches Produkt handelt. Woher der Behälter stammt und wie er in den Besitz des Beklagten bzw. des Opfers gelangte, ist Gegenstand der zu diesem Zeitpunkt andauernden Ermittlungen.

Erste Laborergebnisse ergaben, dass es sich bei dem Pulver um Thalliumsulfat handelt, in einer besonders hohen, handelsunüblichen Konzentration (siehe Laborbericht in der Anlage).

Weiterhin wurden beschlagnahmt und zur Überprüfung dem Labor übergeben:

1 Pck. Rosendünger, Marke »XY«, 125 g, geöffnet
1 Pck. Schneckenkorn, Marke »XY«, 400 g, geöffnet
1 Beutel Rasensamen, Marke »XY«, 1000 g, ungeöffnet
1 Pck. …

…

Die Durchsuchung endete um 9.45 Uhr ohne besondere Vorkommnisse mit der Beschlagnahme der o. a. Gegenstände. Haus und Grundstück wurden so verlassen wie vorgefunden.

Berlin, den 2. Oktober,
gez. Kriminalhauptkommissar Jörg Wenk

Didadat, didadat, didadadadi ... Er kannte den Song, kaum
waren die ersten Takte erklungen. Sein Lieblingslied »That
happy feeling« von Bert Kaempfert. Die Scheibe hatte er
sich beim »Phono-Walther« gesichert. Darauf gespart, vom
Lohn stets zehn Pfennige beiseitegelegt.

Jürgen zwinkerte nun unbeholfen zu der Brünetten im
grünen Taft hinüber. Sie sah tatsächlich zu ihm hin, und
das motivierte ihn, die ersten Quickstepp-Schritte in ihre
Richtung zu machen.

»Darf ich?«, fragte er galant, als er den Tisch erreicht
hatte, an dem sie mit ihren Freundinnen saß. Er bot ihr seinen Arm, und die Brünette erhob sich, ohne eine Regung
auf ihrem Gesicht zu zeigen. Ihre zwei Freundinnen am
Tisch kicherten, aber Jürgen hatte nur Augen für das Mädchen an seinem Arm. Er legte ihr die Linke um die Hüfte,
wobei er nicht etwa mit der ganzen Handfläche auf den
Rücken der Dame patschte, das gehörte sich nicht, sondern
die Hand waagerecht ausstreckte, so dass lediglich sein linker Daumen ihre Wirbelsäule leicht berührte. Geschmeidig
drehte sie sich in die richtige Position, und gemeinsam
tanzten sie einen eleganten, aber nicht minder feurigen
Quickstepp.

Sie sprachen kein Wort miteinander, Jürgen hätte auch

partout nichts herausgebracht, was ihn nicht wie einen vollständigen Idioten aussehen ließ. Aber sie tanzten! Noch nie hatte Jürgen eine Partnerin in den Armen gehalten, die so leichtfüßig und biegsam gewesen war, ja, die sich ihm so vollständig anpasste, dass ein winziger Druck mit dem Daumen auf ihrem Rücken oder mit dem Oberschenkel an ihrem genügte, und schon drehte sich die Frau in seinen Armen in die richtige Richtung.

Sie war die perfekte Tanzpartnerin. Jürgen war so darauf fixiert wahrzunehmen, wie sie tanzte, wie sie mit *ihm* tanzte, dass er sie weder nach ihrem Namen fragte noch sagen konnte, welche Augenfarbe sie hatte. Aber er verschmolz mit ihr. Sie tanzten noch einen weiteren Quickstepp, einige Foxtrotts, dann spielte die Kapelle ein paar Cha-Cha-Cha, Rumba und sogar einen Tango. Nichts konnte sie aus dem Tritt bringen. Sie sprach nicht, sie lachte und sie flirtete nicht, aber ihr junger Körper sagte ihm alles.

Es ging bereits auf Mitternacht zu, als die ersten Töne des sagenhaften Schlagers »The lion sleeps tonight« erklangen. Augenblicklich wurde das Licht in der »Feen-Grotte« ausgemacht, nur noch die farbig angestrahlten Springbrunnen des zur Tropfsteinhöhle umgestalteten Tanzpalastes illuminierten den Raum.

Jürgen zog das Mädchen sacht an sich, und sie legte ihm nun den Kopf auf die Schulter. Er roch ihr Haar, das, obwohl in dem Tanzschuppen ordentlich gepafft wurde, wunderbar frisch nach Seife duftete, und schmiegte seine Wange daran. Er war kaum größer als sie, was nicht verwunderlich war, er war ein Zwerg, maß gerade mal einen Meter siebenundsechzig. Sie war vielleicht drei, vier Zentimeter kleiner und ebenso zierlich wie er.

Jürgen lauschte dem Text, den er nicht verstand, weil er kein Englisch konnte, aber die Stimmung, die der Song transportierte, berührte ihn tief. Uwe hatte ihm immerhin sagen können, dass der Titel etwas mit einem schlafenden Löwen zu tun hatte – und im Herzen fühlte sich Jürgen genau so: wie ein schlafender Löwe. Nur nicht beim Tanzen, da erwachte der Löwe in ihm ...

Er spürte, dass er sein Herz verloren hatte, zum ersten Mal ernsthaft und endgültig. Nie wieder würde er eine Frau finden, die so für ihn gemacht schien wie diese brünette Tänzerin. Ob sie auch so empfand?

Der Song war zu Ende, schlagartig wurde das Saallicht wieder eingeschaltet, und die Paare, die eben noch so eng und verschmust miteinander getanzt hatten, standen etwas verlegen und in die Helligkeit blinzelnd voreinander. Und nun?, war die Frage der Stunde. Der Sänger der Band verabschiedete sein Publikum, die Musiker packten ihre Instrumente ein, und Jürgens Tanzpartnerin war im Begriff, sich von ihm wegzudrehen, der einen Moment zu lange gezögert hatte. Aber er war mit einem Satz hinter ihr und fasste sie sanft am Oberarm.

»Kommst du zum Pfingstkonzert? Am Sonntag?«, fragte er sie, einen Tick zu flehend.

Das Mädchen sah ihn an – sie hatte grüne Augen! –, überlegte kurz und nickte dann.

Jürgen lachte erleichtert auf. »Also dann am Sonntag. Zehn Uhr? Tegler Strandbad. Abgemacht?«

Der Anflug eines Lächelns. Na endlich!

Sie drehte sich wieder um, da fiel Jürgen noch etwas ein.

»Wie heißt du?«, fragte er sie.

»Margit«, antwortete sie. Er sah das Lächeln immer noch!

Nicht nur in ihren Mundwinkeln, auch in den Augen. Jürgens Herz tanzte vor Glück.

»Jürgen Dombroschke«, sagte er und hielt ihr die Hand hin. »Dommi, wie die Kumpels sagen«, hörte er nun eine Stimme in seinem Rücken und spürte gleichzeitig eine Hand auf seiner Schulter. Das Lächeln in Margits Gesicht gefror. Gott sei Dank, dachte sich Jürgen, sonst ist es immer andersherum, wenn sein Kumpel Uwe auftauchte. Er war ein Kinderfreund aus Kriegstagen, im selben Haus aufgewachsen, einen Kopf größer, muskulös und dunkelhaarig. Er schnappte Jürgen jede Frau weg, und trotzdem ging er mit keinem anderen zum Schwof. Aber bei dieser hier würde es anders sein, das wusste Jürgen.

Tatsächlich hatte Uwe sich an die zwei Freundinnen von Margit rangemacht, erfolgreich, wie es schien, und den beiden versprochen, sie nach Hause durchs nächtliche Tegel zu begleiten. Es stellte sich heraus, dass sie alle in Reinickendorf wohnten, bis auf Ella, die verschämt zugab, dass sie aus dem Wedding kam.

Kurz schimpfte sich Jürgen einen Esel, denn auf die galante Geste, Margit seine Begleitung anzubieten, war er von selbst nicht gekommen. Da kann ich mir noch einiges von Uwe abschauen, dachte er. Er selbst war im Umgang mit Frauen eher unsicher, ein bisschen auf den Mund gefallen, zumindest beim Erstkontakt. Aber auf der Tanzfläche, da konnte er punkten, da sprach sein Körper Bände. Die Mädels waren in der Regel ganz hingerissen davon, wie er, der Kleine, sie über die Tanzfläche wirbelte. Allerdings gingen sie dann doch meistens mit Uwe nach Hause, der sich mit seinem Bruder eine winzige Bude teilte.

Für Jürgen war es schwieriger, ein Mädchen abzuschleppen, er wohnte noch bei seinen Eltern. Das war keineswegs unüblich, auch nicht in seinem Alter. Wer verdiente schon so gut, dass er es sich als Ungebundener leisten konnte, eine Junggesellenbude zu bezahlen! Jürgen drückte lieber ein bisschen zu Hause ab und legte den Rest beiseite. Für später, wenn er eine Familie gründen wollte. Außerdem war er ohnehin schärfer auf das Tanzen als auf alles andere ...

Er sah heimlich zu Margit hinüber, die nun an seinem Arm eingehängt zur Haltestelle ging. Vor ihnen lief Uwe, links Ella, rechts Ingrid am Arm. Bevor sie die »Feen-Grotte« verlassen hatten, hatte Jürgen sich noch mit ihm verständigt, was sie nun mit ihren Schuhen machen sollten. Uwe hatte ihn davon überzeugt, die Tüte einfach unter dem Busch liegen zu lassen und morgen nach der Arbeit noch mal raus nach Konradshöhe zu fahren und die Schuhe zu holen.

Jürgen hatte, ebenso wie sein Freund, nur ein Paar »gute« Schuhe. Lederschuhe mit einer dünnen Sohle, leicht spitz vorn, ganz große Mode, italienischer Stil. Wenn sie abends loszogen, dann trugen sie selbstverständlich nicht diese heiligen Schuhe, sondern ihre Arbeitsstiefel, damit sich die eleganten Treter nicht abnutzten. Kurz vor dem Tanzsaal oder dem Kinopalast, je nachdem, wechselten sie dann die Schuhe und versteckten ihre derben Treter irgendwo – im Fall der »Feen-Grotte« immer unter demselben Rhododendron.

Jetzt aber wollten sie sich vor den Mädchen keine Blöße geben und ließen ausnahmsweise die Guten an.

Der Autobus A20 stand schon bereit, und sie setzen sich auf einen Viererplatz – Uwe mit je einem Mädchen auf dem rechten und dem linken Bein. Er hatte seine Hände stets da, wo sie nicht hingehörten, und sowohl Ella als auch Ingrid kicherten und wehrten ihn halbherzig ab. Alle drei waren ziemlich angetrunken. Jürgen und Margit saßen dem Trio sittsam gegenüber und beobachteten das Spektakel. Sie redeten kein Wort, aber Margit tastete irgendwann nach Jürgens linker Hand. Glücklich nahm er die ihre und drückte sie sanft. Er spürte, wie die Wärme, die von ihr ausging, durch seinen Körper strömte, und er fühlte sich stark und unverwundbar.

An der Haltestelle Paracelsus-Bad schließlich stand Margit auf und drückte den Halteknopf. Jürgen wollte ebenfalls aussteigen und sie bis zur Haustür bringen, aber sie wehrte ab. Sie wohne nur ein paar Schritte von der Haltestelle entfernt, er solle ja bloß im Bus bleiben, der nächste würde erst in einer Stunde fahren. Sie sprang mit einem grazilen Satz aus dem Bus, die Türen schlossen sich mit einem Schnaufen, und sie winkte kurz.

Jürgen formte mit seinem Mund ein deutliches »Sonntag«, und sie nickte lächelnd.

Kurz bevor der Bus an seiner Haltestelle hielt, verabschiedete er sich von den Mädels und Uwe, der ihm noch anbot, Ella zu übernehmen, der schon vor Müdigkeit die Augen zufielen. Aber Jürgen winkte dankend ab, stieg aus und ging beschwingt, »The lion sleeps tonight« pfeifend nach Hause.

Stöhnend legte Ruth die Füße hoch. Sie hatte soeben eine halbe Stunde mit Jamila telefoniert, während sie im Supermarkt noch ein paar Sachen eingekauft, die Einkäufe in den vierten Stock hochgeschleppt, eingeräumt und in der Küche Ordnung geschaffen hatte. Sie hatte sich, immer das Handy am Ohr, endlich den schicken, aber unbequemen Hosenanzug und die Bluse sowie den zwickenden »Perfect Shape«-BH vom Leib gerissen und sich in den kuschligen Hausanzug eingemummelt, den ihr Lukas und Annika zu Weihnachten geschenkt hatten. In Größe 44, eine Nummer zu groß. Ruth hatte sich sehr zusammennehmen müssen, um nicht zu zeigen, wie sehr sie diese Fehleinschätzung traf ...

Das Telefonat mit ihrer Freundin war nicht ganz einfach gewesen. Jamila musste bis Ende der Woche zu Hause bleiben, weil Farid erst am Sonntag von der Fortbildung zurückkam und sie keine Betreuung für die kranke Naima hatte. Damit war im Prinzip alles gesagt. Ruth kannte als Alleinerziehende die Situation schließlich bestens und hatte Verständnis: Wenn es nicht ging, dann ging es eben nicht. Andererseits war sie nun in einer schwierigen Situation, weil sie das Bistro, außer in Susans Schicht, allein schmeißen musste, was eigentlich unmöglich war. Entweder stand sie in der Küche und bereitete die Gerichte zu beziehungsweise sorgte für die Vorbereitungen des nächsten Tages, buk Kuchen und füllte die Schubladen mit Mise en Place, oder sie bediente vorn.

Jamila wusste das natürlich, und da sie sich nur allzu gern Ruths Kopf zerbrach, entwarf sie jede Menge Szenarien, wie Ruth ihre Abwesenheit kompensieren könnte. Ruth hatte Mühe, Jamila klarzumachen, dass sie die Chefin und sicher selbst in der Lage war, eine Lösung zu finden.

Schließlich beendeten sie das Gespräch mit der gegenseitigen Versicherung, sich um einen Ersatz für Jamila zu kümmern.

Ruth hatte das Handy gerade zur Seite gelegt und stattdessen zur Fernbedienung gegriffen, als das kleine Teil auf dem Tisch erneut bimmelte. Eine SMS. Erwartungsfroh guckte sie auf das Display. Tatsächlich, Hannes. Es hatte sich in den vergangenen Monaten so eingependelt, dass sie um diese Zeit miteinander Kontakt hatten. Irgendwie gearteten jedenfalls, selten direkt. Aber per SMS, Messenger, Telefonat oder sogar Skype. In der Regel war der Staatsanwalt dann noch in seinem Büro, wohingegen Ruth es sich, wie auch heute Abend, gemütlich machte. Es war immer er, der sich als Erster meldete, und Ruth liebte ihn dafür. Und wegen vielem anderen.

Eisenrauch fragte zunächst nach ihrem Tag, er wusste, dass es ihr erster Prozesstag im neuen Jahr gewesen war. Sie schickten einige Kurznachrichten hin und her, in deren Verlauf sich der Staatsanwalt sehr wohlwollend über Richter Weißhäuptl äußerte. Er kannte den Fall natürlich auch, nicht zuletzt aus der Presse. Nähere Fragen stellte er aber nicht, durfte er auch nicht, stattdessen erkundigte er sich danach, ob ihre Verabredung am Wochenende noch stand. Seine Frau war mit den Kindern zu ihren Eltern gereist, so dass er keine unangenehmen Nachfragen befürchten musste und sich ganz unbelastet mit Ruth treffen konnte.

Ruth stöhnte. Jetzt erst dämmerte ihr wieder, dass sie eine gemeinsame Landpartie geplant hatten, dafür hatte sie extra den Samstagsdienst mit Jamila getauscht. Und nun fiel auch das ins Wasser, weil sie arbeiten musste.

Der Staatsanwalt bemühte sich, seine Enttäuschung zu verbergen. Dann würde er das Wochenende eben auch mit Akten verbringen, allerdings bestünde er darauf, Ruth am Samstagabend vom Bistro abzuholen und sie schick zum Essen auszuführen. Er wollte versuchen, einen Tisch in seinem Lieblingsrestaurant zu reservieren. Sein Übernachtungszeug bringe er ebenfalls mit – wenn er dürfte? Er durfte. Auch, wenn Ruth das unnötig fand: Was brauchte er mehr als seine Zahnbürste? Und die stand seit geraumer Zeit bei ihr. Angeblich, weil Hannes sie eines Tages vergessen hatte, ebenso wie sein Aftershave. Jeden Morgen schnupperte Ruth glückselig an der Flasche, manchmal gab sie einen Spritzer davon auf ihr Handgelenk und nahm ihn so mit in die Arbeit.

Sie tauschten noch einige Zärtlichkeiten aus, und eine gute halbe Stunde später schaltete Ruth ihr Handy endlich auf stumm und den Fernseher ein. Vor ihrem Auge zogen Rosamunde Pilcher, eine Volksmusiksendung, alte Krimis und Charlie Sheen vorüber, ohne nennenswerte Spuren in ihrem Hirn zu hinterlassen. Sie war in Gedanken ganz woanders. Sie dachte an die Ehe. Ihre Ehe, die zweite Ehe ihres Exmannes Johannes, die Ehe von Hannes Eisenrauch, die ihrer Schwester Regina und die des mutmaßlichen Gattenmörders Jürgen Dombroschke.

Ihre eigene Ehe mit Johannes, der sie immerhin ihre beiden wunderbaren Kinder zu verdanken hatte, war schon vor langer Zeit gescheitert. Sie war froh, dass sie Johannes los und relativ gut über ihn hinweggekommen war. Sie hätte ihn jedenfalls um keinen Preis zurückhaben wollen. Nun hatte Mona ihn am Hals, die viel jüngere Frau, mit der Johannes sie damals betrogen und die er dann letztlich geheiratet hatte. Doch auch diese Ehe hing schief in den Angeln. Johannes' vermeintlicher Glanz als erfolgreicher Journalist hatte sich seit seiner Arbeitslosigkeit verflüchtigt, und es schien, als fiele Mona erst jetzt auf, dass ein um fünfzehn Jahre älterer Mann auch fünfzehn Jahre früher alterte. Johannes dagegen flüchtete sich in Affären, unter anderem mit Ruths älterer Schwester Regina, die ihren unerträglichen Ehemann Martin erst rausgeschmissen und dann doch wieder zurückgenommen hatte, seit sie sich bei gelegentlichen Berlin-Besuchen sexuell mit Johannes austobte.

Rausgeschmissen hatte auch Frau Eisenrauch ihren Mann, allerdings, weil sie einen anderen Mann kennen- und lieben gelernt hatte. Leider war diese Beziehung gescheitert, und Frau Eisenrauch wollte nun seit geraumer Zeit in ihre Ehe zurück, als sei nichts passiert. Sie hatte nicht damit gerechnet, dass Hannes Eisenrauch auch ohne sie ganz gut, ja sogar besser klarkam und sich obendrein in Ruth verliebt hatte. Es war auch nicht so, dass Hannes' Gattin ihm in Liebe zugetan war, aber sie hatte Angst, ihn zu verlieren, weil sie den damit einhergehenden Status- und materiellen Verlust befürchtete. Das war auch der Grund dafür, dass Hannes Eisenrauch jedes Treffen mit Ruth tunlichst vor seiner Frau geheim hielt, obwohl er bereits die Scheidung eingereicht hatte und die Anwälte darüber verhandelten. Aber seine Noch-Ehefrau erpresste Hannes dauernd mit den drei Kindern, die sie ihm je nach Laune und Verfassung entzog oder ohne Ankündigung zur alleinigen Betreuung überließ. Zwar teilten die Eisenrauchs noch ein Haus in Lichterfelde, lebten ansonsten aber getrennt von Tisch und Bett, wie es so treffend hieß.

Alles in allem Frustrationen, Zickereien, Sodom und Gomorrha.

Nicht so bei Margit und Jürgen Dombroschke. Wenn man dem glauben durfte, was am heutigen Verhandlungstag ausgesagt worden war, hatte Jürgen Dombroschke seine drei Jahre jüngere Frau über alles geliebt. Auch als sie an Parkinson erkrankte, hatte seine Liebe nicht nachgelassen, wenngleich Margit ihn mit ihrer schlechten Laune triezte. Aber aus den Aussagen des Hausarztes Dr. Gansmann ging ebenso wie aus dem psychologischen Gutachten hervor, dass Jürgen Dombroschke stets geduldig und liebevoll mit seiner kranken Ehefrau umgegangen war. Er hatte sie mit Hingabe gepflegt, sie gewaschen, frisiert, bekocht und ihr vorgelesen. Er hatte stets beteuert, Margit niemals im Stich lassen zu wollen.

Aber wie passte das zusammen mit der Tatsache, dass er der einzige in Frage kommende Mörder war, jedenfalls nach allem, was die Polizei ermittelt hatte?

Er hatte als Einziger Zugang zu dem Thalliumsulfat in seiner Laube gehabt. Er hatte bei den Vernehmungen angegeben, das Gift gegen Ungeziefer verwendet zu haben. Der Behälter befand sich seit vielen Jahren auf dem Gartengrundstück der Dombroschkes. Außerdem hatte er zu Protokoll gegeben, dass er und seine Ehefrau die Einzigen waren, die von dem Gift wussten – und sich damit selbst belastet.

Ob »nicht im Stich lassen« meinte, dass er seiner Frau lieber in den Tod geholfen hatte, als sie der schrecklichen Krankheit ganz zu überlassen?, überlegte Ruth und starrte auf den Bildschirm. Dort war eine fette Frau in lilafarbenem Trainingsanzug und schlechter Lockenperücke zu sehen, die sich dauernd in den Schritt fasste. Angewidert schaltete Ruth die Glotze aus und kuschelte sich tiefer ins Sofa.

Konnte man jemanden zu Tode lieben? Und würde man in dem Fall nicht eher eine weniger schmerzvolle Tötungsart wählen? War es glaubhaft, dass ein Mann, der seine Frau liebte, sie über Wochen vergiften und ihre Qualen billigend in Kauf nehmen würde? Wohl kaum. Sie dachte daran, dass der ermittelnde Kommissar ausgesagt hatte, Jürgen Dombroschke hätte auf die Frage, ob er seine Frau getötet habe, stets nur wiederholt: »Ich weiß es nicht.« So hatte er sich auch gegenüber den Rettungssanitätern geäußert, die nach dem Eingang des Notrufes die Ersten am Tatort gewesen waren.

Richter Weißhäuptl: Der Mann, der Sie gerufen hat, war also nicht der Angeklagte Jürgen Dombroschke?

Meinke: Nein. Es war sein Freund. Ich weiß nicht mehr, wie der hieß …

R. W.: Uwe Ringel.

Meinke: Ja, okay. Der hat auch schon vor dem Haus gewartet, als wir kamen. Und hat geraucht.

R. W.: Was hat er gesagt, als Sie kamen?

Meinke: Er hat uns gewarnt. Er hat gesagt, dass da drinnen eine Frau ist, aber wegen der hat er uns nicht geholt. Sondern dass die schon tot ist. Er hat gesagt, es geht um ihren Mann.

Pause.

R. W.: Wenn ich Sie nicht unterbreche, dürfen Sie einfach weitererzählen.

Meinke: Ach so. Ja, wir sind dann rein, die Wohnungstür war offen, und man hat's schon gerochen, also klar. Der Mann, Herr Ringel also, hat uns zum Schlafzimmer geführt. Und … Ich hätte beinahe gekotzt. Also, man sieht echt viel in meinem Job. Aber das war … also das war anders. Die, die ich sehe, sind ja immer frisch. Wenn Sie wissen, was ich meine …

R. W.: Ja, ich verstehe durchaus, was Sie meinen. Sie waren schockiert vom Anblick der Leiche, weil diese schon etwas länger dort gelegen hat.

Meinke: Ja. Das hab ich so noch nicht gesehen.

R.W.: Eine Beschreibung ersparen wir uns allen. Wir haben Bilder gesehen. Bitte fahren Sie fort.

Meinke: Ja. Und dann war da der Mann. (*Der Zeuge dreht sich zu dem Angeklagten Jürgen Dombroschke.*) Der saß auf dem Bett der Frau und hat ihre Hand gehalten. Oder das, was davon übrig war. Und hat geweint.

R.W.: Glauben Sie, dass er verstanden hat, dass seine Frau tot war?

Meinke: Schon irgendwie. Aber er war in einer akuten Belastungssituation. Mein Kollege hat natürlich sofort die Polizei gerufen. Ich hab dann versucht, den Mann von dem Bett zu holen. Schon, weil's so gestunken hat. Der wollte erst nicht weg, nur mit viel Zureden und der Hilfe von seinem Freund haben wir ihn in die Küche gekriegt. Ich hab ihm dann ein Beruhigungsmittel gegeben. Der war echt richtig fertig. Bis der aufgehört hat zu weinen, also das hat gedauert. Als die Polizei dann da war, sind wir wieder los.

Ruth wurde traurig, als sie an das Bild des weinenden Dombroschke dachte. Wie würde es bei ihren Eltern einmal werden? Ihr Vater hatte es am Herzen, es war nicht davon auszugehen, dass er ihre Mutter überleben würde. Zum Glück, denn ohne sie würde er nicht zurechtkommen. Nicht so ihre Mutter, die war patent und selbständig. Aber vielleicht auch nur so lange, wie ihr Vater sie noch brauchte.

Ruth fühlte sich bleischwer und müde mit ihren trüben Gedanken auf dem Sofa. Sie lag unter der Patchworkdecke und starrte in die Flamme der dicken weißen Kerze auf dem

Beistelltisch. Sie war sogar zu müde, um nach dem Glas Rotwein daneben zu greifen. Aber bevor ihre Augen endgültig zufielen, hörte sie noch den Schlüssel im Schloss. Annika kam nach Hause.

»Mami?« Ihre Tochter stand neben dem Sofa und gab Ruth einen Kuss auf die Wange. »Na, harten Tag gehabt?«, fragte sie fröhlich nach, wartete die Antwort ihrer Mutter aber nicht ab, sondern verließ das Wohnzimmer wieder. Ihren Schritten zufolge nahm Ruth an, dass Annika auf dem Weg in die Küche war.

»Mmh«, murmelte Ruth, wurde aber sowieso nicht gehört. Stattdessen vernahm sie das Geräusch eines Kartons, der aufgerissen wurde, das Rascheln von Plastik, das Klappen der Backofentür. Aha, dachte Ruth. Tiefkühlpizza oder Frühlingsrollen. Dazu summte und sang ihre Tochter vor sich hin, und Ruth erinnerte sich, dass diese heute Chorprobe gehabt hatte. Bald stand auch wieder das Schulkonzert vor dem Halbjahreszeugnis ins Haus.

Ruth gab sich einen Ruck und warf mit beinahe übermenschlicher Anstrengung die Decke zur Seite, setzte sich auf und schüttelte energisch ihre blonden Korkenzieherlocken. Sie musste ins Bett, so schnell wie möglich. Sonst würde sie wieder mitten in der Nacht mit steifem Rücken auf dem Sofa aufwachen. Entschlossen pustete Ruth die Kerze aus und zog mit ihrem Glas Rotwein in die Küche um. Annika saß auf der alten Kinobank und chattete auf ihrem Handy. Sie guckte kaum hoch, als Ruth in die Küche kam.

»Na, aufgewacht?«, erkundigte sie sich dennoch.

»Nach was sieht's denn aus?«, fragte Ruth zurück und setzte sich ihrer Tochter gegenüber.

»Nach ›Der letzte Zombie‹«, scherzte Annika fröhlich.

So fühlte sich Ruth auch und ließ sich neben Annika plumpsen. Sie schob ihrer Tochter das Weinglas hin.

»Magst du? Ich kann den nicht mehr trinken, muss ins Bett.«

Jetzt blickte Annika hoch und verzog angewidert das Gesicht. »Was? Nee! Die saure Plörre ...«

... der gute Ripassa, dachte Ruth bei sich, war aber schlau genug, Annikas Banausentum nicht zu kommentieren. Junge Mädchen tranken lieber süß, das war bei ihr nicht anders gewesen.

»Hör mal, ich wollte dich noch fragen, ob du dir ein paar Pfennige verdienen willst?«, fragte sie stattdessen.

Ihre Siebzehnjährige lächelte milde. »Cent, Mama. Wenn schon. Noch nicht angekommen im neuen Jahrtausend, gell? Ach nee, ist ja erst fünfzehn Jahre alt ...«

»Haha! Nicht lustig.« Ihre übliche Kabbelei. Annika zog Ruth stets damit auf, dass diese noch immer in D-Mark umrechnete oder Notizen auf Papier schrieb, anstatt sie Siri zu diktieren.

»Also, willst du?«, hakte Ruth nach.

»Wie denn?« Annika blieb skeptisch.

»Jamila fällt ein paar Tage aus. Ich brauch jemanden für den Service. Oder eine Küchenhilfe, je nachdem.«

»Nein danke, sorry.« Annikas Bedauern wirkte nicht sehr echt. »Freitag habe ich eine Geschichtsklausur, da muss ich morgen lernen. Und am Freitag, äh ...«

»Schon gut.« Ruth erhob sich. »Ist gar kein Problem.«

Ich bin so was von aufgeschmissen, dachte sie, während sie ins Bad schlurfte. Aber sie wusste nur zu gut, woher Annikas Abwehr kam. Eigentlich war diese weder faul, noch hatte sie das Geld nicht nötig. Aber vor zwei Jahren hatte

Annika sich bei Ruth im Service ausprobiert in der Hoffnung, bei Mama das Taschengeld aufstocken zu können. Leider hatte Ruth ständig etwas auszusetzen gehabt, so dass ihre Tochter schon nach einem Nachmittag genervt das Handtuch geschmissen hatte. Seitdem machte sie lieber den Babysitter bei Johannes und Mona.

Beim Zähneputzen tippte Ruth noch eine SMS an Lukas mit der Bitte um Hilfe, aber als bis zum Einschlafen keine Nachricht kam, schwand auch diese Hoffnung.

»Najib?«

Der junge Mann nickte fröhlich. Er rührte die fünf Tee-
löffel Zucker, die er in seinen Espresso geschüttet hatte,
energisch um, wobei er den kleinen Finger der rechten
Hand seltsam geziert abspreizte. Er hatte heute Morgen bereits auf Ruth gewartet, als diese ihren Doblo in den Hinterhof bugsiert hatte und mit dem Ausladen der Einkäufe beginnen wollte. Plötzlich stand er neben ihr und griff nach
einer Kiste mit Mangos.

Ruth schämte sich noch jetzt, weil ihr erster Impuls gewesen war, hysterisch um Hilfe zu rufen. Aber der Typ hatte
einfach eine Spur zu viel Street Credibility gehabt: sein Dau-
nensteppanorak mit der riesigen Kapuze, die enganliegende
Jeans und die weißen Nike-Air-Force-Schuhe ließen bei Ruth
nur den Gedanken an arabische Gangs zu, die mittlerweile
einige Straßenzüge Moabits unsicher machten. Der junge
Mann jedoch, der ihre unrühmlichen Gedanken mit Sicherheit erraten hatte, hatte sich freundlich als der Cousin von
Farid, Jamilas Ehemann, aus Marokko vorgestellt. Er sprach
völlig korrektes Deutsch mit einem charmanten Akzent,
schien also nicht erst seit gestern hier zu sein. Jamila hatte
ihn als ihre Vertretung angefragt, und Ruth ließ ihn deshalb
– widerstrebend zwar – behilflich sein.

63

Nachdem sie gemeinsam die Einkäufe weggeräumt hatten, kochte sie für sie beide Kaffee, und nun stand er ihr am Tresen gegenüber und strahlte sie an. Najib.

Er war ausnehmend attraktiv. Karamellfarbene glatte Haut, bartlos, strahlend weiße Zähne, schwarze Augen. Ebensolches Haar, sehr akkurat kurz geschnitten und vorn verwegen nach oben gestylt. Er war schmal, aber durchtrainiert, und Ruth schätzte ihn auf Mitte zwanzig.

»Hast du Erfahrung in der Gastronomie?«, erkundigte sich Ruth. Sie hätte ihn ohnehin nicht wegschicken können, egal, was er sagte. Wenn Jamila ihn empfohlen hatte, dann erwartete sie auch, dass Ruth dem jungen Mann wenigstens eine Chance gab.

»Ey!« Najib machte eine lässige Handbewegung. »Seit ich hier bin. Seit zehn Jahren! Ich war schon überall, vom Döner bis zur Sterneküche.«

Ruth hob skeptisch die Augenbrauen. »Sterneküche?«

»Ja, Mann. Egal.« Najib klatschte in die Hände. »Wollen wir quatschen oder lieber anfangen?«

Dem ist nichts hinzuzufügen, dachte Ruth und nahm die Hilfe des jungen Marokkaners widerspruchslos an.

Und sie bereute es nicht. Zwar konnte Najib definitiv keine Kochkünste vorweisen, in der Sterneküche, in der er angeblich gearbeitet hatte, hatte er wohl eher Teller gespült oder andere unqualifizierte Arbeiten verrichtet, aber er arbeitete Ruth perfekt zu. Auf kurze Ansage hin schnitt er Karotten in feine Streifen, hackte Kräuter oder passierte Gemüsebrühe. All das tat er ohne Widerspruch in bester Laune. Außerdem musste Ruth ihm nicht beibringen, dass er seinen Arbeitsplatz sauber zu halten hatte, das tat er ohnehin. Dabei wurde er nicht müde, Ruth Komplimente zu machen. Wie großartig sie kochte, was sie für eine charmante Chefin war und wie gut sie aussah. Obwohl Ruth ahnte, dass diese Charmeoffensive nicht allzu ernst zu nehmen war, sondern einfach zu Najibs Verständnis vom Verhalten einer Frau gegenüber gehörte, schmeichelte ihr der junge Mann doch. Die Arbeit ging ihr an diesem Vormittag leichter von der Hand, sie war bestens gelaunt und genoss die Komplimente.

Sie amüsierte sich darüber, dass Najib seine Anstrengungen sogar verdoppeln konnte, denn als Susan ihre Schicht begann, umgarnte er sie ebenso charmant wie Ruth, ohne diese plötzlich zu vernachlässigen.

Zwischendurch rief Jamila an.

»Na, wie macht er sich?«

»Najib? Nicht schlecht. Er kann nicht kochen, aber ackern.« Ruth beobachtete währenddessen, wie Najib unter Susans Anleitung ein neues Bierfass unter den Tresen schob und geschickt anschloss. Eine Arbeit, die Jamila und sie nur gemeinsam unter Stöhnen und Wehklagen erledigten.

Jamila lachte. »Aber schau ihm auf die Finger!«

»Wieso, klaut er?«, wunderte sich Ruth.

»Nein!«, versicherte Jamila schnell. »Aber er lässt auch schnell nach in seinem Eifer. Und wenn du nicht aufpasst, telefoniert er nur noch mit seinen Kumpels, anstatt zu arbeiten.«

»Davon habe ich noch nichts bemerkt«, nahm Ruth den Jungen in Schutz. »Er ist total fleißig.«

Jamila lachte. »Ich dachte, für ein paar Tage geht's. Für länger ...« Sie schnalzte mit der Zunge. »Er hat es noch in keinem Job mehr als drei Monate ausgehalten. Er ist ein – ihr habt ein tolles Wort dafür – Tunichtgut.«

»Ach«, meinte Ruth, »und warum hast du ihn mir dann geschickt?«

»Ich sag doch: Als Aushilfe ist er super. Ich komme ja am Montag wieder, Naima kriegt Antibiotika und stellt schon wieder die Wohnung auf den Kopf. Ich bin froh, wenn ich zur Arbeit darf!« Jamila lachte, und Ruth verstand sie so gut. Es war wunderschön, wenn die Kinder mal ungeplant zu Hause waren und man nicht zur Arbeit gehen musste. Stattdessen Tee kochen, vorlesen, kuscheln und bemuttern. Aber nach einem Tag fiel einem die Decke auf den Kopf. Nicht nur als Mutter, auch die Kinder waren zappelig und wollten dann doch wieder schnell unter Gleichaltrige.

Sie verabschiedeten sich, und Ruth bat Susan, Najib in den Service einzuarbeiten, bevor ihre Schicht zu Ende war. Zumindest sollte er wissen, wie ihr Kassensystem funktionierte, und in groben Zügen, was auf der Speisekarte stand. Am Nachmittag würde er den Service übernehmen müssen, während sie sich in der Küche um die Vorbereitungen für den nächsten Tag kümmerte. Wenn Najib sich um die weiblichen Gäste ebenso hingebungsvoll bemüht wie um mich und Susan, dachte sie belustigt, dann kommen bald nur noch Frauen ins Bistro.

In dem Moment betraten Gäste das Bistro. Es war Annika mit zwei Schulfreundinnen. Ihre Tochter kam öfter nach der Schule oder in einer Freistunde zu Ruth ins »La Paysanne«, denn ihre Schule lag einen Katzensprung entfernt auf der anderen Seite des Kanals.

Noch bevor Ruth die Mädchen begrüßen konnte, stand Najib bereits bei der Gruppe und nahm den Teenagern galant die Winterparkas ab. Im gleichen Atemzug fragte er, was sie trinken wollten, und als er breit grinsend mit den Jacken über dem Arm zur Garderobe ging, bemerkte Ruth den Blick, den Annika ihrer neuen Aushilfe hinterherwarf. Es lag mehr darin als bloßes Interesse für das Hinterteil des jungen Marokkaners. Bei Annika hatte der Blitz eingeschlagen, und Ruth durchzuckte der Gedanke, dass sie vielleicht sehr froh war, wenn Najib bald schon wieder aus dem Bistro verschwunden sein würde.

Sie war hier nicht in Sicherheit, aber sie wusste nicht, wohin sie sonst hätte gehen können. Nicht zurück jedenfalls. Noch nicht. Nicht ohne Geld, ohne Papiere, ohne alles.

Sie dachte an ihren Sohn. An Alexej. Ihre Mutter würde sich gut um ihn kümmern. Aber reichte das? War das, was Alexej brauchte, auch das, was ihre Mutter ihm geben konnte? Nein, ihre Eltern waren schon nicht in der Lage gewesen, sie und ihre Geschwister in ein ordentliches Leben zu entlassen. Und das war weiß Gott nicht ihre Schuld gewesen. Es war gar nicht anders möglich in ihrem Land. Ihre Eltern waren gut, und sie waren fleißig. Sie erzogen mit strenger, aber gerechter Hand. Alexej jedoch brauchte mehr als das, er brauchte eine Perspektive, und die gab es nicht dort, wo sie herkam. Dort, wo er sich befand, tausendsechshundert Kilometer weit weg.

Schon bei seiner Geburt hatte sie gewusst: Ihm sollte es nicht so ergehen wie ihr. Ihrem einzigen, ihrem wunderbaren Sohn. Er sollte seinen Weg gehen können.

Es tat ihr so weh, an ihn zu denken. Bald feierte er seinen sechsten Geburtstag. Ohne sie. Sie war weggegangen, um ihn zu retten, aber hatte sich selbst dabei verloren. Du meine Güte, wie sehr hatte sie gehofft! Was hatte sie für naive Vorstellungen gehabt! Obwohl sie alle Geschichten kannte. Natürlich war ihr klar gewesen, dass alle Mädchen, die in den Westen gingen, sich dort prostituierten. Was hatte sie denn geglaubt?

Sie hatte geglaubt, dass sie sich würde wehren können. Dass sie stark war. Körperlich, aber auch im Herzen. Sie hatte geglaubt, dass es reichte, in der großen Stadt anzukommen, mit ein paar Euros in der Tasche. Ihr Plan war es gewesen, zu einer staatlichen Stelle zu gehen und ihre Situation zu schildern. Dass sie aus Moldawien kam. Dass es dort nichts gab, nur bittere Armut. Dass sie ein Kind großziehen musste. Dass sie jung, kräftig und arbeitswillig war, sie keine Arbeit scheute. Und dann, hatte sie gedacht, würde man sich um sie kümmern. Ihr Arbeit geben. Eine Arbeit, die keiner von den Deutschen machen wollte. Sie hatte gewusst, dass es das in Europa gab, in den reichen Ländern. Dass es Arbeit gab, die niemand machen wollte. Undenkbar in ihrer Heimat. Dort gab es keine Arbeit. Keine bezahlte. Und wenn doch, dann schlug man sich darum.

Sie seufzte und drehte sich auf die andere Seite. Es war so kalt. Auch der Berliner Winter war kalt. Dass sie hier drinnen frieren würde, das hatte sie nicht erwartet. Sie konnte nicht heizen, sie hatte Angst, dass es jemand bemerken würde. Niemand durfte sie hier finden. Sie war ein Geist. Ein Niemand, der durch die Straßen ging. Ein Gespenst, das in diesem Kabuff hauste. Sie fror, und sie war verzweifelt. Er war nicht mehr da, und nun hatte sie niemanden, der ihr helfen konnte. Sie wollte aber nicht mehr zurück zu Pavel, sie betete, dass er sie vergaß.

Pavel hatte sie in Empfang genommen, als sie in Berlin ankam. Natürlich ohne Euros in der Tasche und natürlich ohne ihren Pass. Ohne Papiere. Das erste Mal waren sie schon im Bahnhof von Bukarest über sie hergefallen. Hatten sie geschlagen, sie vergewaltigt und ihr alles abgenommen, was sie bei sich hatte. So war das also. Sie konnte sich nicht wehren, und sie wusste nun, dass sie genauso enden würde wie Tausende junger Frauen und Mädchen vor ihr. Nicht als Tellerwäscherin und nicht als Putzhilfe und nicht als Kindermädchen. Sie würde auf den Strich gehen. Das war von Bukarest an ihre Perspektive gewesen.

Als sie Pavel auf dem Bahnhof Gesundbrunnen gesehen hatte, hatte sie gewusst, dass es zwecklos war, an Flucht zu denken. Oder sich durch Schmeichelei Vorteile zu verschaffen. Sie konnte nichts anderes tun, als zu funktionieren, oder Alexej würde sterben. Zuerst sie, dann Alexej.

Sie schloss die Augen und träumte von ihrem kleinen Sohn. Seine Bäckchen, wie kleine rote Sommeräpfel. Seine Hand, so weich, so warm, verklebt und verschwitzt. Die aufgeworfenen Lippen, die aussahen, als würde er noch immer an ihrer Brust saugen. Die kugelrunden Augen, ihr tiefes Blau, so blau wie der Beleu-See auf dem Grund.

Als die Tränen kamen, raffte sie sich auf. Sie schlug die Decken beiseite, vier Stück waren es an der Zahl, eine dicker und muffiger als die andere, setzte die Füße auf den kalten Holzboden und rieb die steif gefrorenen Finger. Sie hatte noch immer das Geld, das er ihr gegeben hatte. Sie würde nicht verhungern. Sie würde losgehen und etwas zu essen kaufen. Arbeit suchen. Stark sein. Überleben. An Alexej denken.

Obwohl es sie anekelte, konnte Ruth ihren Blick partout nicht abwenden. Dieser Dieter Dehmel, ihr Mitschöffe, knibbelte die ganze Zeit an seinen Fingernägeln herum. Er zupfte an der Nagelhaut und riss kleine Hautfetzen ab, während er sprach. Sie saßen sich in der Kantine gegenüber, mit den Richtern an einem Tisch. Ruth war der Appetit vergangen, sie schob das Tablett mit dem Hackauflauf weit von sich.

Der Mann ihr gegenüber schwadronierte ohne Punkt und Komma und das, seit die Mittagspause vor zwanzig Minuten angefangen hatte. Die älteren Richter neben ihr hatten sich da sehr schnell abgekoppelt und sprachen über Gerichtsinterna, aber Ruth hing fest. Sie war zu höflich, um einfach aufzustehen oder das Gespräch zu unterbrechen, stattdessen nickte sie stumm und betete, dass Dehmel endlich schweigen würde. Und aufhören, an seinen Fingern herumzuzupfen.

»Darf ich Ihnen auch noch einen Kaffee mitbringen?«, ließ sich nun der Vorsitzende Richter Weißhäuptl neben ihr vernehmen. Er war dem Schöffen einfach ins Wort gefallen, und Ruth war ihm sehr dankbar dafür.

»Gerne. Einen Cappuccino. Ohne Zucker.«

Weißhäuptl nickte lächelnd und erhob sich.

Ruth stand ebenfalls auf, entschuldigte sich bei ihrem Gegenüber und flüchtete in Richtung Toilette. Dort rannte sie um ein Haar in Hannes Eisenrauch hinein.

Dieser riss überrascht die Augen auf, fing sich dann aber schnell und lächelte sie an.

»Oh, hallo, Frau Kollegin ... Erinnern Sie sich an mich? Wir kennen uns vom Fall Demizgül.«

»Blödmann!« Ruth boxte den Staatsanwalt leicht in den Bauch. Es war niemand in direkter Nähe, der sie hören konnte, also konnte ihr Liebster auch aufhören mit dieser Komödie. »Ich bin auf der Flucht.«

Eisenrauch entspannte sich etwas. »Vor wem? Weiß-häuptl?«

»Ganz im Gegenteil. Er ist einfach *nice*.« Ruth blickte sich um, sah zu ihrem Tisch. Weißhäuptl kam gerade mit dem Kaffee zurück. Er blickte auf und sah Ruth und Eisen-rauch. Er grüßte den Staatsanwalt, und dieser erwiderte den Gruß. Dabei fiel sein Blick auf Dieter Dehmel.

»Oje! Ich weiß, wen du meinst. Den Typen in Grau.« Er deutete mit dem Kinn auf den Mitschöffen, der nun eben-falls zu ihnen herüberblickte.

»Du kennst den?« Ruth war überrascht.

»Von einem Fall, den ich letztes Jahr hatte. Es war sein erster. Eine Labertüte! Zum Glück habe ich mit den Schöf-fen nur im Gerichtssaal zu tun – wenn ich mit dem in einer Beratung sitzen müsste, ich weiß nicht.«

»Ich habe das Vergnügen«, erinnerte Ruth ihn. »Er nervt, und wir sind erst beim zweiten Verhandlungstag.«

»Das Gleiche sagt er wahrscheinlich über dich«, neckte Hannes sie. »Du nervst bestimmt auch gewaltig.«

»Ich?!« Empört zwickte sie ihn in den Bauch. Sie stand

mit dem Rücken zur Kantine, so dass niemand die kleine Geste beobachten konnte. Das funktionierte immer bei Hannes, weil Ruth an der Stelle etwas zum Greifen bekam. Der Bauch des Staatsanwaltes war tendenziell muskellos und leicht speckig. Was ihn ärgerte und, wenn Ruth ihn dort zwickte, regelrecht auf die Palme brachte. Jetzt aber, in der Kantine, konnte er das nicht zeigen. Außerdem kamen nun Leute von der Toilette an ihnen vorbei, wodurch sich weitere Privatismen verboten.

Ruth grinste breit. »Mein Kaffee wird kalt, Herr Staatsanwalt.«

Damit drehte sie sich um und ging zum Tisch zurück. Dehmel sah sie ganz komisch an. Natürlich war es ihm nicht entgangen, dass sie gar nicht auf der Toilette gewesen war, aber das war Ruth egal. Sie bedankte sich bei Weißhäuptl für den Kaffee und lenkte das Gespräch schnell aufs Essen. Über den Fall sprachen sie in der Kantine nicht, das war ein Grundsatz für alle bei Gericht. Denn man wusste nie, wer in Hörweite saß.

Ruth schob den Richtern Visitenkarten des »La Paysanne« hinüber und rührte ein wenig die Werbetrommel. Als Jamila ihr vergangenes Jahr dazu geraten hatte, war Ruth diese Idee völlig abwegig vorgekommen, sie war nicht der Typ, der sich und die Arbeit in den Vordergrund schob. Aber Jamila hatte sie überredet, die vornehme Zurückhaltung aufzugeben, schließlich lag das Landgericht nicht weit weg von der Bochumer Straße, und da Moabit nicht bekannt war für seine kulinarische Vielfalt, waren die Richter und Anwälte vielleicht ganz froh über den Tipp. Tatsächlich hatte Ruth gemerkt, dass das Interesse sehr groß war, wann immer sie erwähnte, dass sie ein französisches Bistro in der

Nähe führte, und so hatte sie ihre anfängliche Scheu überwunden und stets ein paar Visitenkarten in der Tasche, die sie bei Bedarf unters Volk brachte.

»Kann ich auch eine haben?«, bat ihr Mitschöffe nun.

Ruth nickte und schämte sich, dass sie ihn einfach übergangen hatte. Aber seine darauffolgende Bemerkung versöhnte sie mit ihrer Ignoranz.

»Pff, so was kann ich mir nicht leisten.« Mit einer abfälligen Geste warf er die Karte auf den Tisch zurück.

Ruth fühlte sich gleich auf den Schlips getreten. »Sie kennen die Preise doch gar nicht. Außerdem haben Sie doch einen guten Job, da kann man es sich schon mal gönnen, gut essen zu gehen.«

Dehmel guckte sie verkniffen an und schwieg. Ruth hatte sofort das Gefühl, dass sie ihn mit ihrer Bemerkung verletzt hatte. Aber womit? Auch egal, beschloss sie. Die Gefühle dieses Mannes waren ihr im Grunde genommen völlig gleichgültig. Außerdem mahnte Weißhäuptl zum Aufbruch. In einer Viertelstunde ging die Verhandlung weiter, und sowohl er als auch der Weißhaarige wollten noch eine rauchen.

Die Verhandlung war am Vormittag vollkommen unspektakulär und ohne überraschende Wendungen verlaufen – wie überhaupt der Fall »Dombroschke« bislang. Ruth ertappte sich immer wieder dabei, dass sie mit den Gedanken ganz woanders war.

Bei ihrem Wochenende mit Hannes Eisenrauch zum Beispiel. Obwohl sie beide hatten arbeiten müssen, waren der Samstagabend und die sich daran anschließende Nacht einfach traumhaft gewesen. Das Essen in dem Restaurant, in das Hannes sie ausgeführt hatte, war für Ruth nicht nur köstlich, sondern auch außerordentlich inspirierend gewesen. Allzu oft spulte sie im »La Paysanne« die Palette ihrer liebgewordenen Gerichte herunter. Die übliche französische Bistroküche, Klassiker, Ruths persönliche Lieblinge. Nur noch selten experimentierte sie, dachte sich etwas Neues aus, ging Wagnisse ein. Das würde sich jetzt aber ändern!, schwor sie sich nach dem großartigen Essen. Sie nahm sich auch vor, mehr in Richtung vegetarische Küche zu gehen. Die originale Landküche der Franzosen war schon sehr fleischlastig, oftmals mit Innereien, wovon sie selbst kein Freund war. Aber warum nicht einmal die traditionellen Gerichte etwas variieren? Sie würde das demnächst mit Jamila besprechen.

Auch stellte Ruth fest, dass sie selbst viel zu wenig essen ging. Es gehörte doch zu ihrem Job zu wissen, was die Kollegen so machten, offen zu bleiben für Neues. Sie fand, dass sie in den letzten Jahren einfach zu bequem geworden war.

»Quatsch«, hatte Eisenrauch ihr vehement widersprochen. »Du musst auch mal sehen, was du geleistet hast. Du warst alleinerziehende Mutter und nicht einmal Gastronomieprofi!«

Ruth kippte sich viel zu hastig das dritte Glas Grauburgunder hinter die Binde.

»Du hast in der kulinarischen Wüste Moabit eine Oase geschaffen«, versuchte er, sie zu beruhigen. »Also mach mal halblang! Dass du abends k. o. bist und zu nichts mehr zu gebrauchen, das ist normal in unserem Alter ...«

»Wie bitte?!«, unterbrach Ruth ihn und hob empört die Augenbrauen.

»Na ja, vielleicht nicht zu gar nichts ...« Hannes zwinkerte ihr zu und suchte unter dem Tisch Fußkontakt.

Sie kabbelten sich noch eine Zeitlang spielerisch, aßen mit Genuss jeden Gang bis auf den letzten Rest auf und tranken eindeutig zu viel. Aber Ruth war glücklich und bis über beide Ohren verliebt. Es tat ihr so gut, dass da plötzlich jemand war, der ihr nicht nur leere Komplimente machte, sondern sie auch in dem bestärkte, was sie tat und wie sie war. Dem anzumerken war, dass er sie bewunderte und begehrte. Jetzt erst spürte sie, was sie all die Jahre des Alleinseins und auch in den letzten schlechten Jahre ihrer Ehe so schmerzlich vermisst hatte: Bestätigung. Vertrauen. Zuversicht. Johannes hatte immer nur an ihr herumkritisiert. Die Kinder größtenteils auch. Zwar hatten sich Annika und Lukas stets bemüht, ihr zu sagen, dass sie »die beste Mama der Welt« sei, aber im alltäglichen Zusammenleben gab es doch mehr Stress und Streit als alles andere. Da war es ihr Job gewesen, die Kinder aufzubauen und zu motivieren. Mit Hannes Eisenrauch erlebte sie erstmals, dass es auch anders sein konnte.

Schon im Taxi war sie dann, ziemlich angeschwipst, über ihn hergefallen, und kaum hatte sie ihre Wohnungstür aufgeschlossen gehabt, hatten sie wild geknutscht und versucht, sich gegenseitig die Kleider vom Leib zu reißen. Da sie beide aber erstens nicht mehr nüchtern und zweitens keine sechzehn mehr waren, war dieses Unterfangen mehr oder weniger komisch gescheitert. Hannes hatte sich bei dem Versuch, die Schuhe abzustreifen, in seiner heruntergelassenen Hose verheddert und war im dunklen Flur gegen die Kommode gerumpelt. Es hatte einen Höllenlärm gegeben, als ein Teil der daraufstehenden Sachen – Kerzenständer, eine Buddhastatue, das Telefon – herunterfiel. Plötzlich war das Licht angegangen, Annika stand in der Tür ihres Zimmers, warf einen irritierten Blick auf die Szenerie, rief »Mama!« und knallte schnell ihre Zimmertür wieder zu.

Hannes, die Jeans in den Kniekehlen, wollte vor Scham im Boden versinken, aber Ruth bekam einen furchtbaren Lachanfall, was die Gesamtsituation nicht unbedingt erotischer machte. Schließlich entledigten sie sich sehr gesittet und leise ihrer Klamotten, gingen ins Bad zum Zähneputzen und dann ins Bett – ganz wie ein altes Ehepaar. Als es dennoch leidenschaftlich wurde, genossen sie das beide in aller Stille. Sie wollten nicht riskieren, dass Annika zwei Zimmer weiter auch nur einen Mucks von ihnen mitbekam.

Bevor Ruth sehr spät, oder vielmehr sehr früh, an der Brust ihres Staatsanwaltes einschlief, meinte sie allerdings irritiert, Geräusche aus dem Zimmer ihrer Tochter gehört zu haben, die diese nicht allein verursacht haben konnte.

Die Gewissheit bekam sie am nächsten Morgen. Sie wurde von Männerstimmen wach. Ja, Stimmen, die Betonung lag auf der Mehrzahl. Sie konnte Hannes hören, aber noch eine weitere männliche Stimme, die ihr zwar bekannt vorkam, die sie aber nicht sofort einordnen konnte. Annika war also gestern Nacht ebenfalls nicht allein gewesen.

Ruth schloss die Augen und kuschelte sich noch einmal unter die Bettdecke. Bisher war dieser Krug an ihr vorbeigegangen. Dass ihre halbwüchsige Tochter über Nacht einen Freund mit nach Hause brachte. Ruth war ohnehin nicht darüber informiert, ob Annika noch Jungfrau war, ob sie verhütete und wenn ja, wie. Annika hatte jeden diesbezüglichen Gesprächsversuch als zu peinlich befunden und abgeblockt. Ruth konnte sich immerhin damit beruhigen, dass Annika regelmäßig zur Frauenärztin ging, zu der sie sie schon in die Teenie-Sprechstunde geschleppt hatte. Außerdem war ihre Tochter nicht auf den Kopf gefallen, sie wusste, was Aids war und wie man schwanger wurde, also vertraute Ruth darauf, dass die Siebzehnjährige diese Angelegenheiten verantwortungsbewusst regelte.

Bislang hatte Annika also ihr Liebesleben vor Ruths Neugier fernhalten können. Es gab durchaus Jungs in ihrem Leben, das wusste Ruth, mehr aber auch nicht. Und nun, ausgerechnet an diesem Wochenende, übernachtete der erste Freund in der gemeinsamen Wohnung. Und unterhielt sich offensichtlich bestens mit ihrem eigenen Lover.

Ruth warf nun doch die Bettdecke zurück, zu neugierig war sie auf das, was sie in der Küche erwarten würde.

Ihr erster Blick fiel auf Hannes. Er stand barfuß in karierten Boxershorts und dunkelblauem T-Shirt am Herd, umfasste ihre chinesische Lieblingsteetasse mit beiden Händen und lauschte lächelnd dem jungen Mann, der ihm gegenüberstand.

Najib.

Natürlich. Sie hatte es gewusst. Ruth hatte es gewusst, seit dem ersten Zusammentreffen ihrer Tochter mit dem jungen Marokkaner letzte Woche. Und sie war alles andere als begeistert.

»Frau Holländer?«

Ruth wurde so abrupt aus ihren Gedanken gerissen, dass sie ein bisschen zusammenzuckte.

Der weißhaarige Richter stand vor ihr und rüttelte sie sanft an der Schulter. »Wir gehen jetzt rein.«

Ruth nickte, noch immer ein wenig geistesabwesend, und machte sich klar, wo sie war.

Mittagspause. Landgericht. Fall Dombroschke. Es würde

weitergehen mit der Vernehmung des ermittelnden Kripobeamten Jörg Wenk. Ruth riss sich zusammen, richtete flüchtig ihr Haar und nickte den drei Berufsrichtern zu, zum Zeichen, dass sie bereit war.

Der Moment, in dem der Justizbeamte die Tür vom Nebenzimmer zum Verhandlungssaal öffnete und sich alle dort befindlichen Personen erhoben, rief bei Ruth jedes Mal gemischte Gefühle hervor. Einerseits war es ihr peinlich, angestarrt zu werden. Am liebsten hätte sie gerufen: »Bleibt doch sitzen! Ich bin's doch nur, Ruth Holländer ...« Andererseits ging es ja nicht um sie persönlich, das Erheben war ein Zeichen von Respekt dem Gesetz gegenüber. Ein Zeichen der Hochachtung vor der Judikative. Und als Teil dieser empfand sie die große Verantwortung, die auf ihr lastete. Schöffin sein, das war ein Ehrenamt im besten Sinn. Es kam auf sie an, auf ihre Aufmerksamkeit, auf ihre Empathie, auf ihr Urteilsvermögen. Fünf Fälle hatte sie im vergangenen Jahr als ehrenamtliche Richterin begleitet, und mit jedem war sie sich mehr der Bedeutung dieses Amtes bewusst geworden. Ihre Bewunderung für alle, die in der Justiz, auch im Vollzug, arbeiteten, war gewachsen. Und sie merkte an sich selbst, dass sie seitdem anders durchs Leben ging. Wacher. Mit einem geschärften Blick für Gerechtigkeit. Sie war bestürzt, wie oft und wie schnell über Menschen geurteilt wurde, ja wie rasch sie selbst mit einem Urteil zur Hand war. Das begann nun, anders zu werden. Sie gab sich seit ihrer Schöffentätigkeit viel mehr Mühe, Dinge und Menschen auch mal unter anderen Gesichtspunkten zu betrachten. Sie hinterfragte ihre Meinung kritischer und wartete erst ab, bevor sie sich ein festes Bild machte.

Als sie sich setzten, nahm auch das Auditorium Platz,

und Richter Weißhäuptl begann mit der Befragung des Beamten. Dieser schilderte, wie er an den Tatort gerufen wurde, seine ersten Eindrücke davon sowie von Jürgen Dombroschke. Jörg Wenk sprach nüchtern und unaufgeregt. Er bemühte sich, kein Detail auszulassen, und er wirkte nicht besonders erschüttert, als er ausführte, wie er die Situation empfunden hatte. Seiner Aussage nach passierte es nicht häufig, dass Angehörige über einen längeren Zeitraum mit einem Toten zusammenlebten, aber es kam eben doch vor. Trotzdem habe er sofort eine Obduktion veranlasst, reine Routine und im Falle von ungeklärter Todesursache vom Gesetzgeber vorgegeben.

»Welchen Eindruck hatten Sie von Jürgen Dombroschke?«, wollte Weißhäuptl wissen.

»Nicht den eines Täters«, gab der Kripobeamte offen zu. »Mein erster Eindruck war, dass die Frau vermutlich eines natürlichen Todes gestorben war und der Mann es nicht übers Herz gebracht hat, sich von ihr zu trennen. Er wirkte untröstlich.«

»Ab welchem Zeitpunkt haben Sie diesen Eindruck revidiert? Oder die Idee gehabt, dass es sich hier um einen unnatürlichen Tod handeln könnte?«

»Bevor ich das mit dem Gift wusste. Auf alle Fälle. Eigentlich bei den ersten Vernehmungen.« Der Beamte dachte kurz nach. »Ich glaube, es war schon die erste Befragung des Ehemannes – Sie haben ja die Protokolle –, da habe ich ihn gefragt, woran seine Frau gestorben sein könnte. Und er sagte, er könnte es sich nicht erklären. Es sei ihr plötzlich so schlecht gegangen. Aber er hat die Parkinsonerkrankung dafür verantwortlich gemacht. Bloß, an Parkinson stirbt man ja nicht so einfach.«

»Dann haben Sie mit dem Hausarzt gesprochen?«

Jörg Wenk nickte. »Der hat das bestätigt. Dass die Frau sehr krank war, ihr Zustand sich jedoch in den vergangenen zwei Wochen rapide verschlechtert hatte.«

Der Vorsitzende Richter räusperte sich. »Ihm kam es aber auch nicht in den Sinn, dass etwas nicht stimmen könnte?«

»Darüber kann ich nicht spekulieren«, antwortete der Beamte.

Schließlich fuhr er mit der Schilderung seiner Ermittlungen fort. Wie der Rechtsmediziner die Thallium-Vergiftung festgestellt und die Beamten sich daraufhin gezielt auf die Suche gemacht hatten.

»In der Wohnung des Beklagten haben Sie nichts gefunden?«

»Nein«, bestätigte Wenk. »Die Spurensicherung ist durch und hat nichts gefunden. Keinen Behälter, gar nichts. Keine Spuren des Giftes. Nur den Behälter aus der Laube.«

Weißhäuptl legte jetzt die Stirn in Falten. »Sie gehen aber davon aus, dass die Frau in ihrer Wohnung vergiftet wurde.«

»Definitiv. Sie hat die Wohnung laut des Arztes und des Ehemanns schon seit Monaten nicht mehr verlassen. Aber«, der Kripobeamte räusperte sich, »die Tat lag ja ungefähr etwas über zwei Wochen vor Auffinden der Leiche zurück. Es war also ein Leichtes, alle Spuren, die auf Thallium hätten hinweisen können, zu beseitigen.«

»Natürlich.« Weißhäuptl machte sich eine Notiz. »Das Gift wurde also mutmaßlich dem Behälter in der Laube entnommen. Wer wusste davon, dass es dieses Gift dort im Schuppen gab?«

»Da hat sich Herr Dombroschke quasi selbst belastet.« Wenk warf einen kurzen Blick zu dem Angeklagten. Dieser blickte nicht einmal hoch. Jürgen Dombroschke saß zusammengesunken auf seinem Platz. Wie beim ersten Gerichtstermin trug er einen altmodischen, aber tadellos sitzenden Anzug, sah aus wie aus dem Ei gepellt. Wieder steckte eine Nelke am Revers, und genau wie die Woche davor wirkte er todtraurig. Ein gebrochener Mann.

»Er hat nämlich gesagt, außer ihm und seiner Frau wüsste definitiv niemand, dass sie das Gift dort lagerten«, fuhr Wenk fort.

»Aber er hat auch angegeben, selbst seit Wochen nicht mehr in seiner Laube gewesen zu sein«, warf Weißhäuptl ein.

Der Pflichtverteidiger von Jürgen Dombroschke, der auch am zweiten Verhandlungstag verbal nicht in Erscheinung trat, nickte eifrig.

»Er kann das Gift ja schon länger in der Wohnung gehabt haben«, mutmaßte der Kripobeamte.

»Fest steht aber, dass wir nicht wissen, wie das Gift aus der Kleingartenkolonie in der Roedernallee in die Wohnung in der Genfer Straße gelangt ist. Alles, was wir haben, sind Spekulationen«, fasste der Vorsitzende Richter die Situation zusammen.

Ruth hörte, wie Dehmel neben ihr verächtlich schnaubte. Sie blickte zu ihrem Kollegen hinüber. Dieser verdrehte genervt die Augen und zeigte auf seine Notizen. »Dombroschke« stand da nur. Und daneben hatte der Schöffe einen Galgen gekritzelt.

Im Traum schwebte er mit Margit durch den Saal. Sie im dunkelblauen Seidentaft, er in seinem Tanzsmoking. »Strangers in the night«, er hörte die Melodie in seinem Kopf. Eins, eins, zwei, eins, eins, zwei, Drehung – er hob seine Hand, berührte Margits Finger zart mit den Spitzen seiner rechten Hand, das Signal für sie, sich einmal grazil um die eigene Achse zu drehen, der Rock schwang weit, Margit legte den Kopf leicht in den Nacken, lächelte zur Jury, um sich dann sofort wieder in die Grundhaltung zu begeben – auf Tuchfühlung an seine Brust geschmiegt.

Die Töne verklangen, verzerrten sich, Jürgen sah im Traum gerade noch, wie die Punktrichter ihre Täfelchen hochhoben. Neun, neun Komma fünf, neun, zehn. Acht Punkte die schlechteste Bewertung. Es reichte für den ersten Platz!

Die Melodie des Frank-Sinatra-Songs verklang und wurde abgelöst durch einen weitaus schrilleren Ton. Es dauerte, bis Jürgen Dombroschke erwachte. Bis er verstand, wo er war. In seiner und Margits Wohnung. Nicht auf dem Tanzturnier in Recklinghausen. Und es war auch nicht 1972, es war jetzt, hier und heute, und was da so schrillte, war die Türklingel.

Er öffnete die Augen, blieb aber still auf dem Gästebett liegen. Er hatte nicht die Absicht, die Tür zu öffnen. Er erwartete keinen Besuch. Sie würde nicht klingeln, sie hatte ja einen eigenen Schlüssel. Bestimmt war es einer der Nachbarn, die ihm auf die Nerven gingen wegen des Geruchs. Na, wenn schon.

Nun donnerte der impertinente Mensch da draußen mit der Faust an die Tür.

»Dommi! Verdammte Axt, Dommi, mach die Tür auf!«

Uwe! Jürgen Dombroschke richtete sich stöhnend auf. Gegen Uwe hatte er keine Chance. Der würde nicht nachgeben, eher würde er das ganze Haus niedergebrüllt haben. Seine Knie knackten und schmerzten unangenehm, als er sich erhob und die ersten Schritte zur Tür machte.

»Komme ja schon«, murmelte er vor sich hin. Auf dem Weg zur Tür warf er einen Blick nach rechts, zu Margit, ins Schlafzimmer. Vielleicht sollte er besser die Tür schließen.

Nachdem er das getan hatte, warf er einen flüchtigen Blick in den Flurspiegel. Irritiert blieb er stehen. War er das? Dieses hohlwangige Gespenst, dieser Greis mit dem zerzausten Haar und den dunklen Schatten unter den hängenden Lidern? Rasch fuhr er sich mit beiden Händen über den Kopf, um die Frisur wenigstens einigermaßen zu richten. Dann lächelte er seinem Spiegelbild zu, während Uwe draußen immer noch rief und an die Tür klopfte. Das Lächeln hätte er sich besser geschenkt, das machte es noch gruseliger, so ohne Gebiss. Er presste die Lippen aufeinander, zog die Strickjacke eng um seinen mageren Oberkörper und öffnete.

Uwe starrte ihn mit offenem Mund an. Dann schnupperte er vorsichtig in die Wohnung, verzog angewidert das Gesicht und schob sich an Jürgen vorbei in den Flur.

»Die haben ja recht«, grummelte er, »der Gestank kommt

tatsächlich von euch.« Suchend sah Uwe sich um, um die Quelle des bestialischen Gestanks ausfindig zu machen. Währenddessen holte er ein Stofftaschentuch aus der Hosentasche und presste es sich vor Mund und Nase.

Jürgen schwieg und beobachtete seinen alten Kumpel teilnahmslos.

»Wat is denn dit?« Uwe schnaufte. »Habt ihr 'nen Eimer Gammelfleisch unterm Bett?«

Eine Antwort wartete er nicht ab, sondern ging forschen Schrittes in die Küche, um das Fenster aufzureißen.

Jürgen überlegte kurz, ob er seinem Freund einen Kaffee anbieten sollte. Aber dann verwarf er den Gedanken. Es schien ihm irgendwie nicht passend. Also blieb er im Flur stehen und sah zu, wie Uwe nach der Küche ins Wohnzimmer ging, einen fragenden Blick auf die Behelfsliege warf, die Jürgen dort aufgebaut hatte, und die Loggia betrat. Auch hier öffnete er die Fenster weit und sorgte für Durchzug. Erst dann trat Uwe vor Jürgen. Besorgt schaute er ihn an.

»Mensch, Dommi«, sagte er. Nahm das Taschentuch vom Gesicht, öffnete den Mund, schloss ihn dann aber wieder. Ratlos. Schüttelte den Kopf, zog die Augenbrauen zusammen.

Jürgen sah an ihm vorbei. An die Wand mit den Urkunden. Leverkusen 1972, zweiter Pokalsieger, Silber. Hannover, 1973, Gold in der Sparte »Turniertanz Paare«. Siegen, ebenfalls 1973, wieder Gold. Jürgens Blick glitt über die gesamte Wand, voller Auszeichnungen. Links in der Ecke, neben der Sitzgarnitur, stand die gläserne Vitrine. Pokale, Medaillen, gerahmte Fotos. Sein Blick blieb an dem Pokal des Tanzturniers in Gütersloh hängen. Auf dem hölzernen Block war die kleine goldene Statuette eines tanzenden Paares angebracht. Beide, Mann und Frau, umarmten sich auf der einen Seite und hatten die andere Seite dem Publikum geöffnet. Den einen Arm hoch und das Bein ausgestreckt. Genau so hatten sie dort gestanden, Jürgen und Margit. Jürgen konnte noch heute den begeisterten Applaus hören. Mit »Tea for two« hatten sie sich in die Herzen der Jury und der Zuschauer getanzt.

»Dommi?« Uwe versuchte, seinen Blick einzufangen. Jürgen wandte sich ihm zu, aber sein Freund, sein einziger Freund, der längste und älteste, den er hatte, verschwamm vor seinen Augen. Er konnte die Tränen nicht mehr zurückhalten. Er weinte, ließ den Kopf hängen und den Tränen freien Lauf. Seit er sie so gefunden hatte, hatte er sich das nicht erlaubt. Hatte einfach weitergemacht. Sein Leben gelebt. Und das von Margit.

Uwe schien zu begreifen, dass er nicht reden konnte, und führte ihn behutsam zur Couch. Zwang Jürgen sanft, sich zu setzen, steckte ihm fürsorglich ein Kissen in den Rücken. Dann verließ Uwe das Wohnzimmer.

Das Nächste, was Jürgen von ihm hörte, war ein deftiger Fluch. Das Zuschlagen einer Tür, das Öffnen einer anderen, und danach hörte er, wie sein Freund sich im Badezimmer übergab.

Jürgen betrachtete erneut die Wand mit den Urkunden. Er erinnerte sich an alle Turniere, die er mit Margit getanzt hatte. Hörte Rhythmen, wusste, welches Kleid sie getragen hatte.

Tanz war ihr Leben gewesen.

Leben.

Und nun?

1999 in Dresden, das war ihr letztes Turnier gewesen. Sie

hatten den Seniorentitel geholt. Bronze nur, aber sie waren dennoch so stolz gewesen, besonders Margit. Dass sie es geschafft hatte, das Turnier fast fehlerfrei zu tanzen. Denn sie hatten es ja damals schon gewusst. Dass sie die Krankheit hatte. »Ausgerechnet«, hatte Margit gesagt, nachdem sie die Diagnose erhalten hatte. Ausgerechnet. Sie hatten beide gedacht, sie würden tanzen bis in den Tod. Mit dem argentinischen Tango hatten sie sogar noch angefangen, da waren sie schon in den Fünfzigern. Das war ihre Idee gewesen, Margits, sie hatten diesen Film gesehen über alte Tangotänzer in Buenos Aires. Beim Umschalten eigentlich. Sie hatten erst Carmen Nebel geschaut und dann umgeschaltet und waren bei der Dokumentation hängengeblieben ...

Jürgen spürte Uwes schwere Pranke auf seiner Schulter und schloss die Augen. Die Tränen kamen schon wieder.

»Seit wann?«, hörte er die Stimme seines Freundes an seinem rechten Ohr. Er konnte Uwes Atem riechen. Er roch säuerlich und nach Bier. Das war schon in der Jugend so gewesen. Bier und Zigaretten.

Jürgen schüttelte nur den Kopf. Er wollte Uwe nicht antworten, aber er hätte es auch nicht gekonnt. Er wusste nicht, seit wann Margit nicht mehr atmete. Er erinnerte sich daran, dass sie kalt gewesen war, als er morgens in ihr Zimmer kam. Er hatte sie ganz fest eingepackt, ihr eine Wärmflasche gemacht und auf den Bauch gelegt. Natürlich hatte er es gewusst, aber er hatte gedacht ... er hatte gedacht ...

Ihr war es schon lange sehr schlecht gegangen. Die Krämpfe, die Halluzinationen, die Schluckbeschwerden. Jürgen war am Ende gewesen. Er hatte diese Krankheit verflucht. Er hatte auch Margit verflucht. Manchmal. In ganz schwachen Momenten. Dann hatte er sich gefragt: Warum tut sie mir das an? Wie lange soll das noch so gehen? Wäre es nicht besser, es ginge bald vorbei?

Am Abend davor hatte er zu ihr reingeschaut. Sie war von Krämpfen geschüttelt, hatte Schaum vorm Mund, die Augen waren so weit in die Höhlen gedreht, dass er nur das Weiße sah. Er wollte zu ihr gehen und die Bettdecke wieder feststecken, die ihr vom Körper gerutscht war. Aber kaum hatte er einen Schritt ins Zimmer gemacht, fing sie an zu schreien. Es war schwer zu verstehen, sie konnte sich ja kaum noch verständlich machen, aber »Satan«, das hatte er deutlich herausgehört. So hatte sie ihn jetzt immer öfter genannt. Satan.

Da hatte er die Nerven verloren, hatte die Tür geschlossen und war die ganze Nacht nicht mehr gekommen, um nach ihr zu sehen.

Erst am Morgen.

Er war schuld.

Er war schuld.

Er war schuld an ihrem Tod.

»Ick rauche eene, und dann hol ick die Polizei«, sagte Uwe jetzt und legte den Arm um Jürgens Schultern. Er drückte ihn ganz sanft. So wie er es immer schon getan hatte. Uwe, der alte treue Freund. Uwe war rau, er war kräftig, er hatte nie eine Schlägerei ausgelassen. Aber zu ihm, Jürgen, war Uwe stets sanft gewesen. Also nickte Jürgen. Uwe würde besser wissen, was nun zu tun war. Aber warum die Polizei, wunderte er sich. Warum nicht den Krankenwagen?

»Uwe, ruf mal den Notarzt«, bat er seinen Freund, immer noch unter Tränen.

Uwe blickte ihn verwundert an. Aber dann klopfte er ihm

beruhigend aufs Knie und sagte: »Klar doch, Dommi. Wenn du meinst.«

Uwe stand auf, und Jürgen hörte, wie er den Telefonhörer im Flur abnahm und eine Nummer eintippte. Jürgen wusste, dass Uwe es gut meinte, er hatte es immer gut gemeint.

»Gut gemeint ist noch lange nicht gut gemacht«, hörte er nun Margits Stimme im Kopf. Sie hatte nicht viel für seinen Freund übrig gehabt. Für seine groben Witze, die Sauferei und vor allem: die Weiber.

»Das ist kein Umgang für dich«, hatte sie Jürgen immer ermahnt. Aber Jürgen hatte an Uwe festgehalten, er kannte ihn doch von Kindesbeinen an. Gemeinsam hatten sie mit ihren Müttern im Luftschutzkeller gesessen, wenn die Angriffe kamen. Sie beide hatten Frau Schiller, die Witwe aus dem Vorderhaus, auf der Kellertreppe gefunden. Tot, erschlagen, mit hochgeschobenem Rock. Durch die Trümmerhaufen Berlins waren sie gestreift, zwei kleine Piepels auf der Suche nach Schätzen oder einfach nur Essen. Mit Uwe war er zusammen gewesen, als die Tiefflieger der Russen sie aufs Korn genommen hatten, gerade mal sechs Jahre alt waren sie da gewesen.

Margit musste sich mit Uwe abfinden. Seine Freundschaft zu Uwe war das einzige Zugeständnis, das sie in ihrer Ehe hatte machen müssen. Alles andere hatte sie bestimmt. Und Jürgen hatte sich gefügt. Gar nicht so ungern. Er mochte es, wenn ihm jemand sagte, wo es langging. Bis er Margit kennengelernt hatte, war das eben Uwe gewesen. Vielleicht konnten die beiden auch deswegen nie miteinander. Tatsächlich konnte Uwe bei Margit erst punkten, als er ihnen die Datsche im KGV »Friedlieb« besorgt hatte. Margit wollte eigentlich unbedingt eine in der kleinen Anlage am

Schäfersee, aber da sie dort niemand kannten, waren die Chancen gleich null. Und dann war Uwe ganz überraschend mit der Laube für sie um die Ecke gekommen. Das war das erste und einzige Mal gewesen, dass Margit Uwe um den Hals gefallen war vor Freude. Dieser hatte Jürgen daraufhin über ihre Schulter triumphierend zugezwinkert.

Jürgen zog vorsichtig die Nase hoch. Er musste sich ein Taschentuch holen. Ihm lief das Wasser aus Augen und Nase. Er stand auf und warf einen Blick zu Uwe. Der stand jetzt in der Küche. Durch den Tränenschleier sah Jürgen, dass Uwe ein kleines Glas aus dem Regal geholt hatte. Mit Schraubverschluss. Als Uwe merkte, dass Jürgen zu ihm sah, wurde er plötzlich verlegen.

»Das steck ich besser mal ein«, meinte er entschuldigend und schob das Glas in seine Hosentasche. Ein graues Pulver war darin. Jürgen zuckte mit den Schultern. Es war ihm gleichgültig, was mit dem Glas passierte.

Ihre linke Hand war schon völlig steif gefroren. Ruth hatte damit das Handy an ihr Ohr gepresst. Seit sie das Bistro verlassen hatte, den ganzen Heimweg von der Bochumer bis in die Oldenburger Straße. Eine Viertelstunde hatte sie mit ihrer Mutter gesprochen. Ihr zugehört und versucht, sie aufzumuntern. Ihre Mutter hatte nicht aufhören können zu reden, als hätte sie niemanden, mit dem sie sich austauschen konnte. Dabei hatte sie sowohl ihren Mann als auch Regina, Ruths Schwester, stets um sich.

Ruth hörte geduldig zu, wie ihre Mutter erzählte, dass sie neuerdings ehrenamtlich in der Gemeinde mitarbeitete, wo sie Flüchtlingskindern bei den Hausaufgaben half. Und wie es um die Ehe von Regina stand. Dass Martin, der Mann von Regina, ein unmöglicher Typ war, der allen das Leben zur Hölle machte. Und dass sie sich Sorgen um Regina machte, die sich nicht mehr so richtig um ihre Kinder zu kümmern schien, sich stattdessen die Nächte um die Ohren schlug. Alles in allem viel Kummer, aber ihre Mutter schaffte es, die Tiefe der Probleme mit leichter Hand wegzuplaudern. Ruths Aufgabe war es, bei diesen Telefonaten einfach nur zuzuhören und kurze Kommentare abzugeben, zum Zeichen, dass sie noch da war.

Als ihr Vater schließlich ans Telefon kam, erwischte Ruth

die volle Wucht der Gefühle. Ihre Entfernung zu den Eltern, nicht nur räumlich. Die Verzweiflung der beiden, dass sie alt wurden und nichts und niemand diesen Prozess aufhalten konnte.

Als sie die Stimme ihres Vaters hörte, wie er »Ruthchen?!« sagte, trieb es Ruth die Tränen in die Augen. Seit dem Vorfall mit dem Herzen im vergangenen Jahr, in dessen Folge ihr Vater sich Stents hatte legen lassen müssen, war er noch ruhiger, ja Ruth fand: noch trauriger geworden. Er sprach ausschließlich über seine Krankheiten. Auch über die, die er nur glaubte zu haben. Und das auch nur auf Nachfrage. Von ihrer Mutter wusste Ruth, dass ihr Vater ein neues Hobby hatte: Krankheiten googeln. Er saß stundenlang vor seinem Computer und las sich durch Ratgeberseiten. Seitdem hatte er nicht nur einfach Bluthochdruck und war ein potentieller Infarktpatient, nein, er war todkrank und hatte eine Reihe von unheilbaren, meist seltenen und unentdeckten Krankheiten. Es war deprimierend, und niemandem außer Lukas, dem geliebten Enkel, gelang es, den Opa aufzuheitern.

Ruth hatte sich für heute genug angehört, sie wollte nur noch schnell nach oben in ihre Wohnung, sich einen heißen Tee machen, vielleicht ein Bad einlassen und ihre Ruhe haben. Also verabschiedete sie ihren Vater mit ein paar aufmunternden Worten, beendete das Gespräch und blies in ihre steif gefrorene Hand.

Dann schloss sie die schwere Holztür zu dem Altberliner Mietshaus auf, in dem sie wohnte, und stieg über die knarzende Treppe bis in den vierten Stock. Überrascht stellte sie fest, dass sie bereits erwartet wurde. Vor ihrer Wohnungstür stand eine Frau. Mittlere Größe, mittleres Alter und eine irgendwie mittlere Haarfarbe. Auffallend war allein der schicke Wintermantel mit Echtpelzkragen.

»Wollen Sie zu mir?«, erkundigte sich Ruth.

Die Frau musterte sie von oben bis unten.

»Kommt darauf an«, antwortete sie. »Wenn Sie Ruth Holländer sind ...« Ihr Blick wurde nicht freundlicher. Im Gegenteil. Ruth spürte die Ablehnung der Unbekannten und blieb in einigem Abstand auf der obersten Stufe stehen. Sie verzichtete vorerst darauf, den Wohnungsschlüssel aus der Tasche zu holen. Sie fühlte sich in der Defensive. Zumal die Frau nichts weiter sagte, sondern Ruth unaufhörlich musterte. Nicht auf die freundliche Art. Schließlich riss Ruth der Geduldsfaden.

»Kennen wir uns? Ansonsten würde ich Sie bitten, mir Platz zu machen, ich habe einen langen Arbeitstag hinter mir und möchte gerne ...« Sie nickte in Richtung des Türschlosses.

Die fremde Frau schnaubte nur. Verächtlich, wie es sich für Ruth anhörte. Aber dann gab sie sich einen Ruck.

»Mein Name ist Angela Eisenrauch. Mehr muss ich wohl nicht sagen.«

Ruths Gedanken überschlugen sich, und in ihr kämpften sofort die verschiedensten Gefühle. Das erste war Angst. Wie absurd, dachte Ruth, ich fühle mich ertappt und habe Angst vor Strafe wie ein kleines Schulmädchen. Das andere starke Gefühl war Trotz. Wieso muss ich mich schuldig fühlen?, gab Ruth sich selbst die Antwort. Ich habe gar nichts Unrechtes getan. Und schließlich kam die Wut. Was dachte diese Frau sich eigentlich? Ließ Hannes und die gemeinsamen Kinder für einen anderen sitzen, und als der nichts mehr von ihr wissen wollte, kehrte sie zu ihrem Mann zurück – aber nicht reumütig, sondern auf absurde Weise besitzergreifend, als wolle sie ihn für ihren Fehltritt bestrafen.

Eins aber war Ruth in diesem Moment nicht: überrascht. Irgendwie hatte sie es kommen sehen.

Sie packte den Stier bei den Hörnern und gab sich souverän.

»Ich schätze, Sie wollen mit mir über Ihren Mann reden.« Ruth hatte aus den Tiefen ihrer Handtasche endlich den Wohnungsschlüssel hervorgekramt und steckte ihn nun ins Schloss. »Bitte, kommen Sie doch herein.«

Aber Angela Eisenrauch verzog das Gesicht zu einer Grimasse, die in ihren Augen wohl ein mitleidiges Lächeln darstellen sollte, und sagte von oben herab: »Nein. Jedes Wort ist überflüssig. Ich wollte mich nur vergewissern, ob Sie eine ernsthafte Gefahr für mich darstellen. Und nun, nachdem ich Sie gesehen habe ...«

Sie ließ den Rest des Satzes in der Luft hängen, drehte sich schwungvoll auf dem Treppenabsatz von Ruth weg. Die Absätze ihrer Stiefel klackerten energisch, und ihr Ton verhallte unwidersprochen über vier Etagen.

Ruth blieb an der Tür stehen und öffnete diese erst, nachdem die Frau des Staatsanwalts das Haus unten verlassen hatte. Ihr erster Impuls war es, Hannes sofort anzurufen, aber dann verwarf sie den Gedanken. Sie war unendlich erschöpft. Die Verhandlung im Gericht, die Arbeit im Bistro, das Telefonat mit ihren Eltern und nun die Ehefrau ihres Freundes, die ihr mehr oder weniger den Krieg erklärt hatte – das schrie nach einer heißen Badewanne, Bett und viel Schlaf.

In der Wohnung herrschte nur gedämpftes Licht, und es war ganz still, so dass Ruth annahm, Annika sei entweder überhaupt nicht da oder in ihrem Zimmer. Sie streifte die Schuhe ab und feuerte sie einfach in die nächstbeste Ecke des langen Flurs, ließ den Wintermantel von der Schulter gleiten und schmiss ihn über die Garderobe, knöpfte sich im Gehen schon die Bluse auf und öffnete dann die Tür zum Badezimmer, um sich eine Wanne einzulassen.

Doch diese war besetzt. Einen Moment lang starrte Ruth begriffsstutzig auf die Szenerie, bis Annikas spitz-empörter Schrei »Mama!« sie daran erinnerte, dass sie augenblicklich den Rückzug antreten solle. Sie stolperte zwei Schritte rückwärts und knallte die Tür zu. Sie schloss die Augen, aber die zwei Gesichter, die sich ihr so ertappt und gleichzeitig empört zugewandt hatten, sah sie noch vor ihrem geistigen Auge. Das Licht im Badezimmer war aus gewesen, aber durch die vielen Kerzen doch so weit erhellt, dass sie sowohl Annika als auch das Gesicht von Najib – über dem ihrer Tochter – deutlich hatte erkennen können. Zum Glück, dachte Ruth, hatte sie die beiden nicht in einer noch eindeutigeren Situation erwischt, was leicht hätte der Fall sein können.

Ruth steuerte die Küche an und entkorkte die halbvolle Flasche Rotwein. Sie goss sich ein Glas davon ein und kuschelte sich auf die Kinobank. Auf dem Tisch standen noch die Reste einer Mahlzeit, Pasta und Salat, und sie stocherte nachdenklich darin herum. Der kleine Vorfall im Badezimmer gab ihr den gewünschten Anlass, jeden Gedanken an Angela Eisenrauch erst einmal beiseitezuschieben. Jetzt würde sie sich daran gewöhnen müssen, dass sie ihre Wohnung nicht mehr mit einem Kind, sondern mit einer fast erwachsenen jungen Frau teilte. Eine, die wie sie selbst seit Neuestem ein Sexualleben hatte. Ob ihr das als Mutter nun passte oder nicht. Bis gerade eben hatte Ruth diesen Gedanken erfolgreich verdrängen können, aber mit Najib hatte offensichtlich eine neue Qualität in Annikas Leben Einzug gehalten. Sie würden sich beide umstellen müssen, Mutter und Tochter. Sie hatten seit dem Auszug von Lukas in einer zölibatären Weiber-WG gelebt. Das war nun vorbei. Ab sofort mussten Türen versperrt und Absprachen getroffen werden. Denn zu Hannes ausweichen, das würde so schnell nicht funktionieren, wie Ruth heute deutlich vor Augen geführt worden war. Und wer weiß, in welchen Verhältnissen der junge Marokkaner lebte, möglicherweise war es für ihn nicht angebracht, Annika dorthin mitzunehmen.

Wie aufs Stichwort betrat Najib die Küche. Er hatte ein Badehandtuch eng um seine Hüften gewickelt, ansonsten trug er nur blanke Haut. Schweißglänzend und muskulös, er sah aus wie ein Poster-Boy. Ruth musste unwillkürlich lächeln. Sie erinnerte sich daran, wie wichtig ihr als junge Frau gewesen war, dass die Männer schlank und durchtrainiert waren. Heute dachte sie zärtlich an Hannes' weiche Hüften und seinen Bauch. Den er so hasste und sie dafür umso mehr liebte.

»Ey, sorry ...« Najib legte die Stirn in Falten und setzte den allerschönsten Dackelblick auf. »Tut mir echt leid, Mann.«

»Mir tut es leid, Najib. Ich wusste ja nicht, dass ihr da drin seid.« Ruth lächelte. Sie ahnte, dass der junge Mann wahrscheinlich lieber Reißaus genommen hätte, als mit ihr das Gespräch zu suchen. »Sperrt demnächst einfach die Tür zu, okay? Egal, wo.«

Najib nickte demütig. »Klar. Aber vielleicht können Sie auch klopfen, okay? Oder klingeln, bevor Sie in die Wohnung kommen. Dass man weiß, Achtung, Alter.«

Ruth lächelte noch immer. Sogar etwas breiter. »Ich wohne hier, Najib. Das ist meine Wohnung. Ich werde nicht an jede Tür klopfen. Oder an meiner eigenen Haustür klingeln – das ist doch wohl klar?«

Sein Blick wechselte von demütig zu aufmüpfig.

»Ich sage nur: Es ist besser, okay?« Er hielt Ruths Blick nun mühelos stand. »Wenn wir keine Probleme wollen: klopfen. Sonst ...«, er breitete die Arme aus und grinste breit, »... kann ich für nichts garantieren.«

Damit stolzierte er aus der Küche. Ruth sah ihm hinterher. Was war das denn für eine Machoansage? Der Junge würde noch einiges lernen müssen, wenn er weiter hier ein und aus gehen wollte.

»Er ist rotzfrech, und du musst ihn sofort in die Schranken weisen.« Jamila sog an ihrer Zigarette und inhalierte den Rauch tief in ihre Lungen. Sie hatten den Mittagsservice gerade beendet und machten nun eine kleine Pause im Hinterhof, bevor sie anfingen, die Küche aufzuräumen. Ruth hatte ihrer Freundin und Mitarbeiterin von Najib erzählt und ihre Empörung nicht verbergen können.

Jamila trat jetzt ihre Kippe mit einer energischen Drehung des Fußes aus, klaubte sie dann vom Boden auf und zwinkerte Ruth zu. »Er ist ein Macho. Wenn du nicht aufpasst, macht er bald die Ansagen bei euch zu Hause.«

»So weit kommt's noch.« Ruth lachte. »Du kennst doch Annika, die lässt sich von niemandem was sagen, auch nicht von mir.«

Da Jamila aufgeraucht hatte, gingen sie wieder nach drinnen. Das Wetter lud an diesem Tag nicht zum langen Verweilen an der frischen Luft ein, es war feucht-neblig und kalt, so dass Ruths blonde Korkenzieherlocken schon nach fünf Minuten wie ein krauser Afro vom Kopf abstanden und ihr die Zehen in den Sneakers froren.

»Was macht er jetzt eigentlich, dein Neffe?«, erkundigte sich Ruth. Es sollte ihr eigentlich egal sein, was Najib machte, schließlich war ihre Tochter alt genug, um ihre eigene Wahl zu treffen. Da sie Najib sicher nicht heiraten würde, musste Ruth sich auch keine Sorgen darum machen, ob der Junge ein potenzieller Ernährer wäre oder nicht. Aber zu ihrer eigenen Schande musste Ruth gestehen, dass sie sich ein bisschen Sorgen machte. Nicht wegen Najibs Herkunft. In dieser Hinsicht war sie total offen, zumal sie in Jamila ihre beste Freundin gefunden hatte und auch deren Ehemann Farid mehr schätzte als ihren eigenen Ex. Aber Annika steckte in einer schwierigen Phase – ein Jahr vor dem Abi. Es war wichtig, dass sie nun durchhielt, sie wollte schließlich studieren und hatte es – bis vor kurzem jedenfalls – auf einen guten Durchschnitt abgesehen. Ruth befürchtete, dass sie sich von einem wie Najib, der in den Tag hineinlebte und von Job zu Job wechselte, vielleicht von ihrem klaren Ziel abbringen ließ. Das würde sie Jamila gegenüber natürlich niemals zugeben ...

»Hast du Angst, dass er nicht der richtige Umgang für dein Töchterchen ist?«

Bang! Jamila hatte wieder den Nagel auf den Kopf getroffen und direkt in ihr Gehirn geguckt.

Ruth spürte eine leichte Röte in ihre Wangen steigen.

»Nein. Blödsinn. Es interessiert mich einfach.« Sie musste sich abwenden und machte sich jetzt am Herd zu schaffen. Sie entfernte die Alufolie, die zum Schutz vor zu großer Verschmutzung um die Gasbrenner gelegt wurde.

»Ehrlich gesagt, habe ich keinen Schimmer.« Jamila hatte ihre Chefin längst durchschaut. »Farid hat ganz guten Kontakt zu ihm, aber Najib ist zwanzig Jahre jünger, also ist er auch kein Kumpel oder so. Der Junge ist eben Familie. Er erzählt uns aber auch nicht alles.«

»Mit anderen Worten, du weißt auch nicht so viel darüber, was er so treibt?« Ruth knüllte die Alufolie zusammen und gab sich immer noch den Anschein, besonders locker zu sein.

»Nein. Er hat ein Zimmer in einer WG mit zwei anderen Typen. Auch irgendwelche Araber«, gab Jamila achselzuckend zu.

Den letzten Satz durfte nur Jamila, selbst Marokkanerin, so sagen. »Aber die verticken nicht alle Drogen, liebe Ruth«, fügte sie nun scherzhaft hinzu.

»Ist ja auch egal.« Ruth wollte das Thema gern beenden, drehte sich um und grinste. »Ich hab mir überlegt, morgen gibt's Jakobsmuscheln. Fernando legt mir die schönsten zur Seite.«

»Mieses Ablenkmanöver!« Jamila schüttelte den Kopf. Dann wurde sie aber ernst. »Und lass mich wissen, wenn Farids Neffe Ärger macht.«

Um eine Antwort kam Ruth zu ihrer Erleichterung herum, denn Susan öffnete die Tür zur Küche und streckte ihren Kopf herein.

»Ruth, da ist jemand, der dich sprechen will.«

Ruth runzelte die Stirn, dann kam ihr Angela Eisenrauch in den Sinn, und sie stöhnte. Hoffentlich täuschte sie sich und ersparte sich eine weitere Begegnung mit Hannes' Frau.

Zu ihrer großen Verwunderung stand Dieter Dehmel, der zweite Schöffe im Dombroschke-Prozess, im Bistro. Seinem Blick nach zu urteilen, war er nicht besonders angetan von dem, was er sah.

»Herr Dehmel!« Ruth bemühte sich um Freundlichkeit, auch wenn es ihr schwerfiel. »Das ist ja eine Überraschung ...«

»Ja.« Dehmel schaute sich unwirsch um und nahm dann an einem Tisch in der Nähe der Theke Platz. »Dachte, ich gucke mir Ihren Laden mal an. Groß ist er ja nicht.«

Unfreundliches Arschloch, dachte Ruth, sagte aber laut: »Klein, aber mein.« Dann reichte sie Dehmel die Karte.

»Mittagstisch haben Sie wohl nicht mehr?«, grummelte er.

»Nein, tut mir leid, nur von zwölf bis zwei.« Ruth bemühte sich weiterhin um Freundlichkeit. »Haben Sie schon Feierabend?«

Es war nur Smalltalk, aber sie schien bei Dehmel einen Nerv getroffen zu haben, denn der zuckte zusammen und starrte sie mit zusammengekniffenen Lippen an. Dann murmelte er etwas von »Home Office« und starrte weiterhin missmutig in die Karte. Um dem ein Ende zu machen, trat Ruth die Flucht nach vorn an. Sie bot Dehmel eine Apfeltarte mit Café au Lait an, was dieser großzügig abnickte. Ruth nahm die Karte vom Tisch und wollte sich entfernen, aber Dehmel hielt sie auf.

»Sagen Sie mal, was halten Sie denn von Dombroschke?«

»Sind Sie deshalb gekommen?«, erkundigte sich Ruth ahnungsvoll. »Sie wissen doch, dass wir uns außerhalb des Gerichts darüber nicht austauschen dürfen.«

Dieter Dehmel winkte ab. »Ist doch dämlicher Quatsch. Ich mein, hier sieht uns doch niemand. Und Sie wissen ja auch nicht mehr als ich, also können Sie auch nichts ausquatschen.«

»Trotzdem ...«

Aber Dehmel fiel ihr gleich ins Wort. »Was das den Staat kostet! Ich meine, wir sitzen da, Stunden um Stunden, Richter, Zeugen, Anwälte, Polizisten ... Rechnen Sie mal! Geht alles auf den Steuerzahler! Anstatt kurzen Prozess zu machen. Also bei Dombroschke, das sieht doch ein Blinder mit Krückstock, dass der seine Alte ...«

»Jetzt ist aber gut, Herr Dehmel«, konnte Ruth ihre Empörung nicht länger im Zaum halten. »Ich bin nicht bereit, mich mit Ihnen darüber zu unterhalten. Außerdem sind mir diese Stammtischparolen zuwider.« Die anderen Gäste des Bistros blickten schon irritiert zu Ruth herüber. »Und drittens ist das, was Sie da äußern, total voreingenommen. Sie sind als Schöffe verpflichtet ...«

»Weiß ich doch.« Nun war auch Dehmel verärgert. »Ich wollte ja nur mal auf den Zahn fühlen, ob Sie auch so denken wie ich.«

»Bestimmt nicht.« Damit drehte Ruth sich um, gab die Bestellung an Susan weiter und verschwand wieder in der Küche. Sie ließ sich draußen nicht mehr blicken, erst als Susan ihr das Signal gab, die Luft sei rein.

»Gezahlt hat er übrigens nicht«, schob die Studentin noch hinterher. »Er hat gesagt, es geht aufs Haus.«

Ruth öffnete den Mund, um zu protestieren, aber Susan tätschelte ihr beruhigend die Schulter. »Ich wusste, dass das sicher nicht stimmt. Aber ich fand, eine Rechnung von fünf fünfzig ist es nicht wert, dass man mit dem Idioten noch diskutiert.«

Klug gedacht. Ruth musste ihrer Aushilfskraft uneingeschränkt recht geben. Dieser Dehmel hatte ihr auch so schon den Tag fast verhagelt. Sie hoffte inständig, dass der Prozess um die tote Rentnerin bald ein Ende finden würde, sie hatte keine Lust, auch nur eine Minute mehr als nötig mit diesem Mitschöffen zu verbringen.

Bis zum Abend hatte sie genug Zeit, über die Äußerungen von Dehmel nachzudenken, und sie kam zu dem Schluss, dass es doch auch bei dieser Tätigkeit etwas wie »Untauglichkeit« geben müsste. Dieter Dehmel hatte heute gleich gegen mehrere Pflichten dieses Amtes verstoßen, und Ruth war der Ansicht, dafür müsse er wenn schon nicht disqualifiziert, so doch abgemahnt werden. Ein Fall für den Staatsanwalt. In den letzten Tagen, genauer, seit Angela Eisenrauch sie aufgesucht hatte, war der abendliche SMS-Austausch mit Hannes sehr spärlich gewesen. Er hatte jeweils nur kurz geantwortet und ihre Konversation früh abgebrochen, wahlweise mit dem Argument, dass er schlafen oder arbeiten müsse.

Kein gutes Zeichen.

Und an diesem Abend meldete er sich gar nicht. Ruth machte gegen neun Uhr dann endlich den Anfang und simste ihn an, aber es kam keine Reaktion. Sie wartete eine Viertelstunde, dann schickte sie ihm wieder eine Nachricht. Zehn Minuten später erneut eine, aber wie schon auf die erste erfolgte keine Reaktion. Schließlich war Ruth so frustriert, traurig, wütend, einfach alles zugleich, dass es ihr einfach vollkommen egal war, was der Herr Staatsanwalt von ihr dachte, und feuerte aus allen Rohren. Sie schrieb ihm, dass sie seinen Rat brauchte, sie mit ihm reden wollte, ihn sehen, ihn berühren. Dass sie ihn vermisste und es hasste, wenn er sich nicht meldete. Und schließlich, es war bereits gegen zehn, schrieb sie ihm, was sie bislang vor ihm verheimlicht hatte: dass seine Frau bei ihr gewesen war.

Keine Reaktion.

Ruth ließ sich deprimiert und erschöpft ins Bett fallen. Das Handy stellte sie auf lautlos. Allerdings war an Schlaf nicht zu denken, also wälzte sie sich unruhig hin und her, schwitzte, zog die Schlafsocken aus und wechselte die Decke. Daraufhin fror sie, warf die leichte Decke auf den Boden und kuschelte sich wieder ins Daunenplumeau. Sie hatte bis dahin bestimmt fünfzigmal auf das Display des Handys geguckt, aber es war keine Nachricht eingegangen. Seufzend schaltete sie den Ton wieder an. Weit nach Mitternacht fand sie endlich in den Schlaf.

Als um halb sechs der Handy-Wecker piepste, wachte sie völlig fertig auf. Sie hatte wild geträumt, alles durcheinander. Dehmel war in ihren Träumen aufgetaucht, aber auch Dombroschke. Sie war in einem Haus gewesen, dessen Wände sich beständig verschoben hatten und drohten, sie zu zerquetschen. Im Traum hatte sie um Hilfe gefleht, aber niemand hatte sie gehört.

Ächzend drehte Ruth sich auf die linke Seite und richtete sich wirbelsäulenschonend an der Bettkante auf. Der Wecker des Handys piepste wieder, und sie nahm es, um den Alarm auszuschalten. Dabei sah sie, dass in der Nacht doch noch eine Nachricht eingegangen war. Um 2.25 Uhr hatte Staatsanwalt Hannes Eisenrauch ihr geschrieben. Drei Wörter. Drei Wörter auf die hunderttausend, die sie ihm geschickt hatte.

»Ich konnte nicht.«

Schlimmer noch als die Tatsache, dass sie schon wieder ihre Periode bekommen hatte, war Jürgens Dackelblick. »Das klappt schon, Kopf hoch«, hatte er ihr versichert und dabei zärtlich ihre Wange gestreichelt.

Sie pfiff auf sein Verständnis. Seit vier Jahren versuchte sie, schwanger zu werden. Das konnte doch nicht so schwer sein! Um sie herum warfen die Frauen Babys wie die Karnickel, sogar Ingrid hatte letztens verkündet, sie sei im dritten Monat. Und hatte sich daraufhin die Erdbeerbowle umso besser schmecken lassen. Die Pute. Margit hatte für das Baby-Gequatsche ihrer Freundinnen nur Verachtung übrig. Für die rosa oder hellblauen Jäckchen, die gestrickt wurden, wenn sie sich auf einen Kaffeeklatsch trafen. Aus ihren Freundinnen waren behäbige Glucken geworden, die nichts anderes im Sinn hatten, als sich dem Nächstbesten an den Hals zu werfen, sich schwängern zu lassen und ihren Beruf an den Nagel zu hängen, um sich nur noch um Kinder, Mann und Haushalt zu kümmern. Trotzdem wollte Margit ein Kind. Ein Kind, weil sie nur so eine richtige Familie waren. Vielleicht zwei, ein Junge und ein Mädchen, weil das eine runde Sache war. Aber es musste doch auch ohne die hysterischen Anfälle und das verzückte Schwärmen zu machen sein.

Gut, wenn Margit ehrlich war, unterschied sie sich auf den ersten Blick nicht so sehr von ihren Altersgenossinnen, was die Männerwahl betraf. Schließlich war Jürgen zwar der Erstbeste, aber nicht die erste Wahl gewesen. Dieser vermickerte Hänfling. Zu weich, zu duldsam, zu wenig Ellenbogen. Jürgen hatte nicht dem Bild des Ernährers entsprochen, das ihr vor Augen geschwebt hatte. Sie war nicht einmal in ihn verliebt gewesen, aber sie hatte ihn trotzdem geheiratet. Im Nachhinein betrachtet, war er allerdings wesentlich mehr Ernährer als die meisten Männer ihrer Freundinnen. Jürgen war strebsam, ordentlich und pflichtbewusst. Seit einem halben Jahr führte er seinen eigenen Laden, Schlüsseldienst. Er hatte sich vom einfachen Schlosserlehrling zum Selbständigen hochgearbeitet. Und er ging nach der Arbeit nicht noch ständig einen trinken. Im Gegenteil. Er erledigte die Einkäufe, wenn sie zu spät von der Arbeit kam. Er kochte, deckte den Tisch, stets mit einem Blümchen. Die Betten waren gemacht, die Wohnung gelüftet, die Zimmer aufgeräumt. Er war die bessere Hausfrau. Wenn sie dagegen an Uwe dachte ... Immer eine Fahne. Immer andere Weiber. Immer kurze Nächte. Und immer noch im selben Betrieb. Geselle, na, was war das schon.

Margit nahm noch einen weiteren Löffel von ihrem Pfirsich Melba und musterte ihren Gatten. Sie erinnerte sich genau an ihre erste Begegnung. In der »Feen-Grotte«. Er war etwas linkisch an ihren Tisch gekommen und hatte sie angezwinkert. Sie hatte gedacht: Och nö! Trotzdem war sie aufgestanden und hatte mit ihm getanzt. Direkt in den Himmel hinein! Sie war überrascht gewesen, wie souverän er sie über die Tanzfläche gewirbelt hatte. Jürgen konnte tanzen wie kein Zweiter. In seinen Armen fühlte sie sich wie eine Feder, sie spürte ihren Körper kaum noch. Sie war ebenso zierlich gebaut wie er. Beim Tanzen war es, als wären ihre Körper füreinander geschaffen. Die abgezirkelten Bewegungen – pure Harmonie.

Wenn es im Bett doch genauso wäre.

»Vielleicht liegt es an mir.« Jürgen sah sie über den Rand seines Eisbechers an. Dackelblick.

Margit zuckte mit den Schultern. Sie wollte eigentlich nicht darüber reden. Jürgen gab sich sowieso die Schuld, egal woran. Sie hatte einen anderen Verdacht, aber den behielt sie erst einmal für sich.

»Soll ich das mal überprüfen lassen? Das kann man doch, oder?« Jürgen lächelte. Er fasste nach ihrer Hand. »Wenn du möchtest, dann lasse ich mich untersuchen.«

Sie schüttelte den Kopf und schob den Pfirsich von sich. Sie hatte ihn nur zur Hälfte gegessen, ihr war der Appetit vergangen.

Von ihrem Platz aus konnte Margit direkt zum kleinen See blicken. Gänse, Enten, Kraniche und ein paar Flamingos standen am Rand des Wassers und putzten ihr Gefieder. Oder zogen unaufgeregt ihre Bahnen durchs Wasser. Der Anblick der Vögel wirkte seltsam einschläfernd. Sie hätte ewig hier in der Sonne sitzen können. Es war ein so kostbarer, seltener Moment. Wie gern würde sie diesen festhalten.

Da war es wieder, das Gefühl der Unzufriedenheit. Margit fühlte sich gehetzt, als habe sie zu wenig Zeit. Alles ging so schnell, die Tage waren vollgepackt, und die Wochenenden vergingen wie im Flug.

Das Leben rann ihr durch die Finger.

In der Woche standen sie beide in aller Herrgottsfrühe auf, Jürgen ging in seinen Laden, sie zu Schering. Sie musste ein bisschen später weg als er, das war ein Vorteil als Angestellte. Dafür musste sie samstags auch voll arbeiten, Jürgen dagegen machte den Laden mittags zu. Der Sonntag war verplant mit den Tanzturnieren. Oder Training. Dass sie sich einen Tag freinahmen, einfach so, nur sie zwei, und durch den Zoo flanierten, das war im Grunde genommen unerhört. Wollten sie im Turniertanz weiterkommen, dann konnten sie es sich nicht leisten, einfach blauzumachen. Aber Jürgen hatte darauf bestanden. Er hatte gespürt, wie bedrückt sie war. Als sie heute Morgen mit hängenden Mundwinkeln aus dem Bad gekommen war, hatte er es gleich erraten. Sie war ihm dankbar gewesen, dass er nichts gesagt hatte. Stattdessen hatte er den Vorschlag gemacht, dass sie sich einen freien Tag nehmen sollten.

Im Musikpavillon spielte jetzt die Kapelle, und Jürgen schlug vor, dass sie hinübergehen sollten und sich das Konzert anhören. Das würde sie auf andere Gedanken bringen.

Ach, Jürgen, dachte Margit. Sie wusste nicht, wie sie es ihm begreiflich machen sollte. Sie war unglücklich, ohne zu wissen, warum. Nichts konnte sie zufriedenstellen, immer hatte sie das Gefühl, es müsse mehr als das geben, was sie gerade in der Hand hielt. Im Moment wollte sie nichts sehnlicher als ein Kind, aber Margit hatte den Verdacht, dass sie das Kind nur wollte, weil sie keins bekam. Immer hatte sie das gewollt, was sie nicht bekommen konnte.

Natürlich war sie auch mit ihrem Ehemann nicht zufrieden. Sie waren gerade mal ein paar Jahre verheiratet, und nichts, was Jürgen tat, konnte sie glücklich machen. Dabei machte er nichts falsch. Er hatte ihr von Beginn an charmant den Hof gemacht. Er tat nichts, was sie nicht selbst wollte. Er war ihr niemals auf die Pelle gerückt, hatte sie erst geküsst, als sie deutlich signalisiert hatte, dass der Zeitpunkt nun gekommen war. Und selbstverständlich hatte er mit dem Sex gewartet, bis es gestattet war: bis zur Hochzeitsnacht. Er war ein vollendeter Gentleman. Und irgendwo da lag auch das Problem.

Wenn Ella erzählte, wie bei ihr zu Hause die Fetzen flogen, sie sich aber rasch mit ihrem Ehemann versöhnte, im Bett natürlich, war Margit angewidert und fasziniert zugleich. Leidenschaft, das gab es nicht bei ihr und Jürgen. Oder ja, doch, beim Tanz. Da schon, aber nur da. Salsa, Twist, Cha-Cha-Cha, das brachte ihrer beider Blut zur Wallung. Aber im Alltagsleben herrschten Ruhe, Harmonie und tiefes Verständnis füreinander vor. Selbst wenn sie gewollt hätte, hätte sie nicht mit Jürgen streiten können. Er hätte immer eingelenkt, ihr stets recht gegeben.

Jürgen fasste nun ihre Hand, und sie schlenderten zum Pavillon hinüber. Er trug seinen neuen taubenblauen Anzug, schmal geschnitten, natürlich mit Nelke im Revers. Sie selbst hatte sich für das Sommerkleid in der zarten Farbe von Zitroneneis entschieden. Ein Etuikleid, so wie Jackie Kennedy es trug. Die Haare hatte sie sorgsam toupiert. Sie sahen gut aus. Einige Besucher des Platzkonzerts musterten sie. Bewundernd, wie Margit sich einbildete. Sie und Jürgen waren kein Paar, das sofort alle Blicke auf sich zog oder irgendwie aufsehenerregend wirkte. Aber sie faszinierten und beeindruckten – auf den zweiten Blick. Denn außer ihrer Leidenschaft für den Paartanz einte sie auch ihr Faible für Mode und gepflegtes Äußeres. Sie konnten sich beide gleichermaßen für ein perfektes Erscheinungsbild begeistern. Die Nägel maniküt, einmal die Woche der Pflichtbesuch beim Frisör, die Kleidung immer picobello.

Sie waren beide klein und schmal, und wenn sie irgendwo auftauchten, egal, ob bei Tanzveranstaltungen, im Büro oder sonst wie in der Öffentlichkeit, wirkten sie wie zwei possierliche Püppchen. Sie stammten aus schlechten Verhältnissen, umso mehr Wert legten sie darauf, dass ihnen niemand ihre Herkunft ansah. Das hatte Margit bei ihrem Mann von Anfang an gemocht, dass er ein Perfektionist war, was Äußerlichkeiten betraf. Auch ihre schöne Wohnung sah aus wie aus dem Katalog. Sie hatten das große Glück gehabt, kurz nach ihrer Hochzeit die drei Zimmer, Küche, Bad mit Loggia in der Weißen Stadt zu ergattern. Margit vermutete, dass Uwe seine Finger im Spiel hatte, aber sie wollte nichts Näheres wissen und fragte auch nicht.

Sie selbst hatte ein Händchen dafür, mit wenigen Mitteln viel Effekt zu erzielen. Sie hatte schöne Stoffe für die Gardinen ausgesucht. Den Rauchglastisch vor dem Sofa hatte sie ihrem Chef abgekauft, und die Couchgarnitur war ein Geschenk ihrer beider Familien zur Hochzeit gewesen. Die Küche hatte sie sich weiß mit rosafarbenen Kacheln gewünscht, das harmonierte mit dem ochsenblutfarbenen Linoleumboden. Ein besonders schönes Geschenk hatte Uwe ihnen gemacht: Er hatte eine Glasvitrine gebaut, für ihre Pokale. Noch waren diese recht spärlich, sie hatten bisher keine Länderturniere bestritten, aber sie waren auf dem besten Wege, die Turniermeister ihres Vereins zu werden. Und dann würde es für sie und Jürgen ganz nach oben gehen.

Vor dem Musikpavillon waren zwei Stühle in der ersten Reihe frei, und sie setzten sich, um dem Konzert zu lauschen. Die Sonne strahlte, janz Berlin war uff die Beene, und die Kapelle gab der Stimmung entsprechend ein paar schmissige Swingklassiker zum Besten. Am liebsten wäre Margit aufgesprungen und hätte einfach losgetanzt.

Aber was hätten die Leute gedacht.

So blieb sie sitzen, Jürgens Hand und ihre auf der Armlehne verschränkt, die Augen geschlossen. Unwillkürlich schweiften ihre Gedanken wieder zu der Kinderfrage.

Würden sie dann überhaupt noch tanzen können? Auf Turniere fahren? Diese Frage hatte sich Margit noch nie gestellt, und nun, während sie darüber nachdachte, bekam sie Angst vor der Antwort. Dass ein Kind auch Verlust bedeutete, das hatte sie immer verdrängt. Ihre Freundinnen hatten ihre Figur verloren nach den Schwangerschaften, das war offensichtlich, aber Margit war fest davon überzeugt, dass es da lediglich an Disziplin mangelte. Ihr konnte das nicht passieren. Sie würde diese Pulvermilch benutzen, gottlob stillte man heute kaum noch.

In der Woche konnte man sicher jemanden finden, der auf das Kind, oder die Kinder, Junge und Mädchen, wenn alles glatt lief, aufpasste. Aber was war mit den Sonntagen? Man nahm doch keine Babys mit auf Tanzturniere. Das stellte ein ernsthaftes Problem dar. Aber Margit war nicht gewillt, deshalb ihren Plan von der perfekten Familie aufzugeben. Wenn die Kinder da waren, ließe sich bestimmt eine Lösung finden.

Aber erst einmal mussten die Kinder geboren werden. Gezeugt, vielmehr. Der eheliche Sex war wirkungslos gewesen. Anfangs hatte sie selbstverständlich ihrem Mann die Schuld gegeben. Weil er zwar mit ihr schlief, aber seltsam desinteressiert blieb.

Von ihren Freundinnen wusste Margit, die selbstverständlich als Jungfrau in die Ehe gegangen war, dass die

Kerle nichts anderes als das Bett im Sinn hatten; dass sie heirateten, um Tag und Nacht eine Frau zur Verfügung zu haben – zumindest ließen die kichernd hervorgestoßenen Anspielungen von Ella und Ingrid darauf schließen. Nicht so Jürgen. Sie vollzogen den ehelichen Geschlechtsverkehr regelmäßig und pflichtbewusst, aber beide ohne besondere Leidenschaft.

Geschlechtsverkehr hatte für Jürgen, ebenso wie für sie, keine Bedeutung. Er hatte sie nie bedrängt, weil es ihm nicht wichtig war. Es war nicht das, wonach Jürgen Dombroschke bei einer Frau suchte. Sexuelle Befriedigung. Margit hatte da so eine Vermutung, warum das so war, aber sie weigerte sich, das zu denken, und verdrängte den Gedanken weit in ihren Hinterkopf.

Gab es einen Zusammenhang zwischen der nicht sehr ausgeprägten Libido Jürgens und einer eventuellen Unfruchtbarkeit? Medizinisch nicht. Sie hatte sich schlaugemacht, einer Ärztin bei ihnen in der Forschungsabteilung auf den Zahn gefühlt.

Dann gab es natürlich noch die Möglichkeit, dass sie selbst keine Kinder bekommen konnte. Auch dem Gedanken konnte und wollte sie sich nicht stellen. Sie zog es vor, den Schwarzen Peter bei Jürgen zu lassen. Wenn er das Problem war, konnte ein Arzt das feststellen. Aber gab es nicht noch andere Lösungen?

Margit öffnete die Augen und blinzelte durch die Birken in die Sonne. Dann setzte sie sich ihre Sonnenbrille auf. Die Kapelle spielte gerade »Swingin' Safari«, und Margit beobachtete, wie Jürgens Schuh im Takt wippte. »Sag mal«, begann sie und fuhr ihm sanft über den Handrücken, »wollte Uwe uns nicht die Bowlegläser zurückgeben?«

Jürgen nickte und ließ die Kapelle nicht aus den Augen. »Weißt ja, wie er ist.«

»Ich fahre morgen nach der Arbeit zu ihm. Sonst bekommen wir die nie zurück«, sagte Margit beiläufig.

Jürgen drückte ihre Hand. »Das musst du aber nicht.«

»Ich komme sowieso da vorbei«, erwiderte Margit. Sie spürte, wie ihr der Schweiß ausbrach.

Natürlich war es heikel, aber Ruth sah keinen anderen Ausweg. Sie hob die Hand und klopfte an die Tür des Büros von Staatsanwalt Hannes Eisenrauch.

Keine Reaktion.

Sie war sich fast sicher, dass er da drinnen sitzen musste, denn der Pförtner hatte ihr gesagt, dass Hannes im Haus war, aber sein Prozess würde erst in einer halben Stunde beginnen. So wie ihr dritter Verhandlungstag im Fall Dombroschke auch. Nach der kryptischen SMS, die er ihr gestern geschickt hatte, war er nicht mehr erreichbar gewesen. Ruth hatte sofort probiert, ihn anzurufen, aber es war nur die Mailbox angesprungen.

»Ich konnte nicht« – das konnte ja alles bedeuten. Ruth hatte die halbe Nacht darüber gegrübelt, ohne am Morgen zu einem Schluss gekommen zu sein. Deshalb brauchte sie Gewissheit. Jetzt.

Sie drückte die Klinke herunter und öffnete die Tür zum Büro.

Leer.

Enttäuscht zog Ruth sich wieder zurück – und stand direkt vor einer schwarzen Robe.

Hannes nahm sie am Arm und zog sie in sein Büro. Ruth erwartete Vorhaltungen, schließlich legte der Herr Staatsanwalt größten Wert darauf, dass niemand von ihrer Liebe erfuhr, aber das Gegenteil war der Fall.

»Ich bin so froh, dich zu sehen«, sagte er.

Ruth schüttelte verständnislos den Kopf. »Was ist denn bloß los bei dir?« Sie schaute Hannes in die Augen. Er sah müde aus. Dunkle Tränensäcke, die Augen tief in den Höhlen. Und an der Stirn ein seltsamer Bluterguss. Vorsichtig tastete ihr Finger danach. Hannes schob ihre Hand weg und hielt sie fest in seiner.

»Du hast meine Frau ja wohl kennengelernt.«

Ruth hatte sich gedacht, dass daher der Wind wehte. Seit Angela Eisenrauch bei ihr aufgetaucht war, war der Kontakt zu Hannes abgerissen.

»Kennengelernt eher weniger. Sie stand plötzlich vor meiner Wohnung«, gab Ruth zurück. »Ich wollte es dir erst nicht sagen, wollte nicht, dass dich das belastet.«

Hannes atmete tief aus und ging zum Fenster. Er öffnete es, blickte durch die Gitterstäbe auf die hinter dem Landgericht liegende JVA und zog ein Zigarettenpäckchen unter seiner Robe hervor.

Zu Ruths großem Erstaunen zündete er sich eine an, inhalierte tief und blies den Rauch durch die Nase wieder aus.

»Seit wann rauchst du?« Ruth war baff.

Eisenrauch schüttelte den Kopf. »Eigentlich gar nicht.« Er hob das Päckchen hoch. »Die hab ich von Weißhäuptl. Er meint, es hilft.«

»Meinem Richter?«, fragte Ruth nach. »Also ich meine ...«

»Ja, genau der. Wir kennen uns ganz gut.« Hannes sog wieder gierig an der Zigarette. »Gestern Abend hab ich ihn hier noch getroffen. Und da hat sich ein Gespräch ergeben.«

»Über?«

»Meine Frau.«

»Okay.« Ruth hatte das Gefühl, dass sie ihm Zeit geben musste. Ihn nicht mit Fragen bedrängen. Es fiel dem Staatsanwalt, der sonst so eloquent und direkt war, offensichtlich schwer, über das zu sprechen, was ihn im Augenblick bewegte.

»Sie rastet völlig aus.«

Ruth verzichtete darauf nachzufragen, auch wenn sie nicht genau wusste, was Hannes meinte.

»Sie fällt über mich her.« Er zeigte auf den Bluterguss.

»Sie hat einen Wutanfall bekommen, nachdem sie bei mir war?«, konnte Ruth sich nun doch nicht zurückhalten.

Aber Eisenrauch schüttelte den Kopf. »Nein. Nicht einen. Sie schlägt mich, wann immer die Kinder nicht in Reichweite sind.«

Jetzt sog Ruth scharf die Luft ein.

»Also, sie versucht, mich zu schlagen. Ich kann mich ja wehren. Aber ich will ihr nicht weh tun – ich glaube, genau das provoziert sie. Sie will, dass ich ihr irgendetwas antue. Sie schlage, schubse, ihre Hände festhalte ... So was. Und dann würde sie zur Polizei gehen.« Ruth beobachtete ihren Freund. Seine Hände begannen, leicht zu zittern, er wandte den Blick ab und rauchte. »Ich trau ihr alles zu. Sie ist völlig durchgedreht. Nimmt mein Handy weg, durchsucht meine Taschen, bedroht mich mit dem Messer. Und kaum ist ein Kind dabei – die Liebenswürdigkeit in Person.«

»Was will sie? Dass du mich verlässt?«

Jetzt sah er sie direkt an. »Das auch. Aber ich glaube, das ist noch nicht mal der Punkt. Sie ist irgendwie von Sinnen. Ich glaube, da ist etwas passiert.« Er tippte sich mit dem Zeigefinger an den Kopf. »Seit sie von dem Typ wieder zurück ist. Sie möchte, dass wir heile Familie spielen, dabei hat sie mich verlassen.«

Er schwieg. Ruth trat dicht an ihn heran. Hannes drückte die Kippe auf dem Fensterbrett aus und schlang beide Arme um ihre Taille.

»Vielleicht braucht sie einen Arzt«, schlug Ruth vor. »Einen Therapeuten.« Sanft strich sie Eisenrauch über die graue Bürstenfrisur.

»Wie soll das gehen?«, fragte er. »Ich kann sie nicht dazu zwingen. Und im Moment kann ich nicht mal vernünftig mit ihr reden.«

Jetzt war es an Ruth zu schweigen. Sie wusste auch keinen Rat.

In der anschließenden Verhandlung schweifte sie laufend ab. Ihre Gedanken kreisten um den Staatsanwalt und seine häusliche Krise, die mittelbar auch sie betraf. Ruth musste sich ständig selbst ermahnen, ihre Konzentration auf den Prozess zu richten. Das ging ihr nur selten so, sie hatte im vergangenen Jahr, dem ersten als ehrenamtliche Richterin, eine große Faszination für ihre Tätigkeit und den Justizapparat überhaupt entwickelt. Aber dieser Fall Dombroschke, obwohl es sich hier um Totschlag oder Mord aus Heimtücke und dementsprechend eine persönliche Tragödie handelte, vermochte nicht, sie im Innersten zu erreichen. Vielleicht lag das daran, dass der vermeintliche Täter selbst, der Rentner Dombroschke, so unscheinbar war. Dass er, je länger der Prozess lief, zwar als einzig in Frage kommender Täter erschien, aber als einer, der aus Überforderung und Hilflosigkeit gehandelt hatte. Weder der Mord an sich noch die Ermittlungen dazu, noch die bisherigen zweieinhalb Prozesstage hatten einen nachhaltigen Eindruck hinterlassen.

Im Moment wurde Uwe Ringel befragt. Der langjährige Freund des Angeklagten und derjenige, der den Notarzt beziehungsweise die Polizei verständigt hatte. Auch er trug nicht wesentlich zur Erhellung des Tatmotivs bei. Er hatte ausgesagt, was bisher alle anderen auch ausgesagt hatten. Dass Jürgen und Margit Dombroschke eine glückliche Ehe geführt hatten. Dass sie immer füreinander da waren. Dass Margit mit dem Ausbruch der Parkinsonkrankheit zunehmend unduldsam wurde und ihrem Mann Vorwürfe machte – ungerechtfertigte, wie der Zeuge betonte.

»Wen kennen Sie denn länger, Herr Ringel?«, erkundigte sich Richter Weißhäuptl. »Herrn Dombroschke oder die verstorbene Ehefrau?«

»Den Jürgen. Wir kennen uns, seit wir ganz kleine Steppkes waren«, erklärte der Zeuge. »Wir haben zusammen in einem Haus gewohnt. Haben im selben Betrieb gelernt.«

»Und der Kontakt hat sich gehalten, als ihr Freund Jürgen geheiratet hat?«

Uwe Ringel warf einen Blick auf die Anklagebank. Jürgen Dombroschke blickte jetzt auch hoch und seinem Kumpel ins Gesicht. Die beiden mögen sich, dachte Ruth und vergaß für einen Moment lang ihre eigenen Probleme.

»Abgerissen nicht«, gab der Zeuge nun zur Antwort. »Aber kurzfristig mal ein bisschen eingeschlafen. Als Dommi, 'tschuldigung, Jürgen, Margit geheiratet hat.«

»Aha, das ist ja interessant«, kommentierte Weißhäuptl. Wirklich beipflichten wollte ihm wohl niemand ernsthaft.

Der Zeuge, ein großer kräftiger Mann um die siebzig, der jünger wirkte, breitete die Arme weit aus.

»Na, die Margit war nicht begeistert von mir.« Er lachte. »Ich war ihr zu laut. Zu viel jetrunken, zu viele Weiber. Bin eben ein Lebemann.«

Uwe Ringel war der Stolz darauf deutlich anzusehen.

Richter Weißhäuptl konnte sich ein Grinsen nicht verkneifen. »Und Ihr Freund? Der Angeklagte? War der auch ein Lebemann?«

Jetzt wurde der Zeuge wieder ernst. »Jott bewahre. Der Jürgen is 'n janz Braver. Immer schon jewesen. Das hat die Margit dann auch begriffen. Dass der Jürgen nicht auf die schiefe Bahn kommt, auch wenn er mit mir befreundet ist.«

»Sie waren also ein Freund des Hauses. Soweit ich unterrichtet bin, waren Sie es, der den Dombroschkes die Laube im KGV ›Friedlieb‹ besorgt hat.«

»Das ist richtig.«

»Dann werden Sie in der betreffenden Laube, Grundstück 83B, auch des Öfteren zu Besuch gewesen sein.«

»Ich bin da ein und aus gegangen.« Herr Ringel warf sich stolz in die Brust. »Mein drittes Zuhause gewissermaßen.« Er lachte wieder.

Auf Ruth wirkte der Zeuge etwas seltsam. Er schien nicht zu realisieren, dass er in einem Mordprozess vor Gericht stand und als Zeuge gegen seinen besten und ältesten Freund befragt wurde. Uwe Ringel gab sich fröhlich und leutselig, plauderte drauflos – nichts von der Anspannung, unter der Zeugen normalerweise in einem Totschlagsprozess stehen, war bei ihm zu spüren. In der Regel versuchten die Vernommenen, nichts Falsches zu sagen, legten jedes Wort auf die Goldwaage. Sagten lieber zu wenig als zu viel. Aber Ringel sprach, ohne ein Blatt vor den Mund zu nehmen. Ob ihm überhaupt klar war, was für seinen Freund auf dem Spiel stand?

»Wenn Sie so häufig in der Laube zu Gast waren, dann wussten Sie sicher auch darüber Bescheid, welche Mittelchen die Dombroschkes so einsetzten? Zur Unkrautvernichtung oder gegen Schädlinge? Ratten, Wühlmäuse und so weiter?«

Uwe Ringel blies die feisten Backen auf und zuckte mehrmals mit den Schultern.

»Dit Übliche, würd ick sagen.«

Weißhäuptl blieb ganz ruhig und lächelte. »Und was ist das Übliche?«

Nun zeigte der muntere Rentner Anzeichen von Nervosität. Er knetete seine Finger, die im Übrigen, wie Ruth jetzt auffiel, groß und sehr kräftig waren. Arbeiterhände, die zupacken konnten. Ringel hatte als früheren Beruf »Schlosser« angegeben.

»Na, wat Se so koofen können. Im Handel. Schneckenkorn und so Streu für den Rasen. Wie dit jenau heißt, weeß ick nich.«

Ringel verfiel plötzlich stark in Berliner Dialekt. Auch blickte er den Vorsitzenden Richter nicht mehr direkt an, sondern schielte nach unten. Dass der Zeuge versuchte, sich um eine konkrete Antwort zu drücken, lag auf der Hand.

Weißhäuptl aber ließ nicht locker. Er nickte leicht und musterte den grobschlächtigen Mann im Zeugenstand.

»Sie haben ja bestimmt verfolgt, dass Frau Dombroschke vergiftet wurde. Mit Thalliumsulfat, einem vor Jahrzehnten häufig verwendeten Rattengift.«

Ringel nickte, sah aber weiterhin zu Boden.

»Dieses Thallium«, fuhr der Vorsitzende fort, »wissen

Sie, ob die Dombroschkes so etwas in ihrer Laube gelagert haben?«

Ringel hob bedauernd die Schultern und zog die Mundwinkel nach unten. »Nö.«

»Nö. Aha!«, wiederholte Weißhäuptl. »Dann darf ich Ihnen mal ein Foto zeigen ...«

Uwe Ringel wurde das Bild von dem Behälter mit dem Thallium gezeigt, den die Polizei in der Laube sichergestellt hatte.

Ringel schwieg.

»Haben Sie diesen Behälter schon mal gesehen?«, hakte der Vorsitzende mit Engelsgeduld nach. »In der Laube oder anderswo?«

Jetzt blickte der Rentner hoch. »Ja, gesehen schon. Der stand im Schuppen bei Jürgen. Dem Geräteschuppen vonner Laube. Aber was da drin war ... Keine Ahnung. Hab ich mich nie drum gekümmert.«

Weißhäuptl fixierte Uwe Ringel streng, aber der verschränkte trotzig die Arme vor der Brust und schwieg.

»Die sind doch schwul.« Ruth, Weißhäuptl und die beiden anderen Richter blickten Dieter Dehmel überrascht an. Es war Verfahrenspause. Die Befragung von Uwe Ringel, dem besten Freund der Familie, war noch eine gute halbe Stunde weitergegangen, ohne nennenswerte Ergebnisse. Er hielt seinen Kumpel Jürgen Dombroschke nicht für fähig, seine Frau wissentlich zu vergiften, darauf hatte der Zeuge großen Wert gelegt. Ansonsten hatte er nur Fakten bestätigt, die dem Gericht bereits bekannt waren.

»Bitte, was?« Ruth war die Erste, die ihre Sprache wiederfand.

»Na, ich glaube, die sind schwul, die beiden.« Dieter Dehmel häufte drei Löffel Zucker in seinen Kaffee und blickte herausfordernd in die Runde. »Der Dombroschke ist 'ne Klemmschwuchtel, das sieht doch ein Blinder mit Krückstock. Die haben was, die beiden. Und als der Dombroschke seine kranke Alte nicht mehr ausgehalten hat, hat er sie um die Ecke gebracht.«

Der weißhaarige Richter, den Namen konnte Ruth sich einfach nicht merken, schlug mit den Handflächen flach auf den Tisch.

»Herr Dehmel, ich glaube, Sie sind sich Ihrer Pflichten als Schöffe in keiner Weise bewusst. Sie äußern sich hier in einer Art über den Angeklagten, die ich nicht akzeptieren kann!«

Weißhäuptl sprang ihm zur Seite, aber er versuchte es auf die sanfte Tour. »Das Wichtigste für einen Richter, ob Schöffe oder nicht, ist die Unvoreingenommenheit, Herr Dehmel. Daran darf ich Sie dringlich erinnern. Vorurteile und vorschnelle Verurteilungen sind absolut kontraproduktiv. Diese Äußerung von Ihnen eben ist dazu angetan, an Ihrer Eignung zum Laienrichter zu zweifeln. Das sage ich Ihnen ganz offen.«

Dehmel wollte zu einer Entgegnung ansetzen, schloss dann aber wieder den Mund. Stattdessen erhob er sich.

»Ich muss dann mal für kleine Königstiger.« Der beleidigte Unterton war nicht zu überhören.

Als Dehmel den Beratungsraum der Richter verlassen hatte, guckte Weißhäuptl verärgert in die Runde. »Der Mann ist ein Problem. Ist das ein Ausgeloster?«

Ruth verneinte. Sie hatte sich mit dem Mitschöffen schon einmal darüber ausgetauscht, und dieser hatte stolz erzählt, dass er sich für das Amt beworben hatte. Um Recht und Ordnung wiederherzustellen, so hatte er sich tatsächlich ausgedrückt, und Ruth war es eiskalt den Rücken heruntergelaufen. Vielleicht wäre ein Gesinnungstest für Ehrenamtliche gar nicht so verkehrt, hatte sie damals noch gedacht. Das erzählte sie nun den drei Berufsrichtern. Der Weißhaarige seufzte. »Manchmal haben wir mit solchen Kandidaten zu tun. Zum Glück kommt das recht selten vor. Den müssen wir an die Kandare nehmen.«

Auszug aus dem Gutachten zur Analyse des Behälters im Fall Dombroschke

Bei dem in dem zu prüfenden Behälter befindlichen Substrat handelt es sich um Thallium(I)-Sulfat.

Im Behälter befinden sich zum Moment der Analyse 442,78 g des Pulvers. Es ist davon auszugehen, dass der Behälter ursprünglich 500 g der Substanz beinhaltet hat, mithin 57,22 g entnommen wurden.

Als tödliche Dosis gilt gemeinhin für reines Thalliumsulfat ein Wert von 0,8 g.

Aufgrund der beim Opfer angezeigten Symptome und im Körper nachzuweisenden Restgifte ist nicht davon auszugehen, dass dem Opfer eine wesentlich höhere Dosis verabreicht wurde.

Das Substrat, wie es sich im Behälter befindet, ist und war im Handel nicht erhältlich.

Thalliumsulfat wurde bis 1972 Jahre als Rattengift angewendet, heute ist die Anwendung jedoch nur in besonderen Ausnahmefällen genehmigt.

Hergestellt wurde das Produkt z. B. von der Bayer AG in den Produkten Zelio-Giftkörner (Giftweizen; Wirkstoffanteil 2 % Thalliumsulfat; Verpackung mit roter Warnfarbe) und Zelio-Paste (Wirkstoffanteil 2,5 % Thalliumsulfat; Verpackung mit blauer Warnfarbe).

Bei dem Behälter muss es sich demnach um ein nicht registriertes Produkt aus der Forschung oder der Herstellung handeln.

Sie waren hier gewesen. Elena war ganz sicher, als sie sich über die frischen Reifenspuren im Matsch beugte. Sie war heute Nacht davon erwacht. Nicht von einem Geräusch, nein, eher von einem Gefühl. Dass jemand in der Nähe war, ums Haus schlich. Sie hatte seine Anwesenheit gespürt, seine bedrohliche Aura. Pavel suchte nach ihr. Und es war kein Wunder, dass er hier suchte. Er kannte den Ort, wusste, dass sie hier gewesen war, bevor sie sich aus seinen Fängen gerettet hatte. Elena war hier nicht in Sicherheit, das hatte sie von Anfang an gewusst. Aber wo sollte sie hin?

Sie tastete nach dem Schlüssel in ihrer Tasche. Er war noch da, aber sie konnte ihn nicht benutzen. Die Wohnung war ihr verwehrt. Wahrscheinlich wohnten längst schon andere Leute darin und hatten die Schlösser ausgetauscht.

Elena hatte damals zu ihm Vertrauen gefasst. Nur zu ihm. Sonst zu keiner Menschenseele hier in dieser großen und fremden Stadt. Er hatte ihr den Schlüssel gegeben, und sie war in der Wohnung ein und aus gegangen. Bis es vorbei war.

Nun gab es keinen Menschen mehr, an den sie sich wenden konnte. Niemanden, der ihr Halt geben konnte. Wenn sie sich durch die Straßen bewegte, sah sie nur ähnlich Verzweifelte. Sie konnte keinen ansprechen, sie kannte niemanden. Niemanden außer Pavel. Und seinen Handlangern. Und seinen Kunden natürlich.

Elena richtete sich wieder auf und blickte sich um. Ob Pavel die Anlage auch tagsüber beschatten ließ? Wohl kaum. Das war nicht sein Stil. Er setzte auf Einschüchterung. Sie waren gestern zum ersten Mal da gewesen, und sie würden wiederkommen. Sie müsste von nun an ständig auf der Hut sein.

Wenn er sie in die Finger bekam, würde er sie bestrafen. Elena hatte Mädchen gesehen, die Pavel bestraft hatte.

Elena überlegte. Ihr Vorteil war, dass Pavel nicht wissen konnte, auf welchem der Grundstücke sie sich befand. Vielleicht sollte sie aus taktischen Gründen von Haus zu Haus ziehen. Aber auch das war zu gefährlich. Außerdem liebte Elena auf eine verrückte Art ihr provisorisches Zuhause. Es war gemütlich, auch wenn es nicht beheizt war und sie lediglich kaltes Wasser hatte. Aber es war der einzige Ort in der Fremde, an dem sie sich einigermaßen geborgen fühlte. Sie würde nicht fliehen. Pavel war brutal, er war gerissen, aber er war nicht so klug wie sie. Sie konnte denken wie er, aber umgekehrt ging die Gleichung nicht auf.

Mit eingezogenem Kopf ging Elena an der Hauptstraße unter den mächtigen Platanen entlang. Sie ging zügig, als sei sie auf dem Weg zu einem Termin oder mache Besorgungen. Bloß nicht zögerlich gehen, das machte verdächtig. Dann sah man aus wie eine der vielen ziellosen Personen, die durch Berlin schlurften und von den anderen als Schnorrer und Gesindel betrachtet wurden.

Elena kannte auf ihrem Weg alle Abfallbehälter. Sie vermied es, einen suchenden Blick hineinzuwerfen, stattdessen streckte sie den rechten Arm mit dem dicken Handschuh blitzschnell durch die Öffnung und fuhr einmal suchend mit ihrer Hand darin herum. Sie wollte nicht wissen, in was für einem Dreck sie dort wühlte. Ihre Sensoren sprangen nur bei Flaschen an. Aus Glas oder Plastik. Dann zog sie die Hand mit der Beute wieder heraus und steckte das Pfandgut in den Stoffbeutel, den sie bei sich hatte. Den Beutel wusch sie regelmäßig, es war ihr wichtig, dass dieser keine Flecken hatte. Im Moment war es schwierig mit dem Waschen, es war zu kalt. Der Beutel wurde in dem eisigen Wasser nicht sauber, und vor allem wurde er nicht mehr trocken.

Letztens hatte sie ihn ausgekocht, aber das konnte sie nicht täglich tun, dazu war das Gas zu kostbar. Sie wusste nicht, wie viel noch in der Propangasflasche war, sie musste gut haushalten, denn eine neue würde sie nicht kaufen können.

Dass man Geld mit dem Einsammeln von Pfandflaschen verdienen konnte, hatte Elena schnell begriffen. Und dass es keine besonders ehrenwerte Tätigkeit war, auch. Aber alles war besser, als seinen Körper zu verkaufen.

Elena hatte die große Kreuzung erreicht und zögerte. Bog sie nach links ab, kam sie in die Einkaufsstraße. Hier waren zu viele Flaschensammler unterwegs, als dass sie noch auf Beute hoffen durfte. Die fünf Pfandflaschen, die sie im Beutel hatte, lohnten die Abgabe noch nicht. Wenn sie sich aber rechts halten würde, käme sie zum Gemeindezentrum. In einer Stunde würde dort die Essensausgabe beginnen. Sie entschied sich für diesen Weg.

Ein warmes Essen, Kaffee und die geheizte Halle taten ihr gut. Die Frauen, die das Essen ausgaben, waren allesamt freundlich, und manchmal hatte Elena Glück und fand in der Kleiderkammer etwas zum Anziehen, was ihr passte und gefiel. Sie war anfangs von den anderen sehr misstrauisch beäugt worden. Ein Frau ohne Zähne und mit verfilzten Haaren hatte sich sogar in ihren Arm verkrallt und versucht, Elena nach draußen zu schieben. Aber dann war ein Mann dazwischengegangen und hatte die Alte von Elena weggezerrt.

Elena verstand die deutsche Sprache nur bruchstückhaft. Sie konnte ein paar Wörter. Pavel hatte darauf geachtet, dass seine Mädchen so wenig Deutsch verstanden und sprechen konnten wie nur möglich. Er hatte große Angst davor gehabt, dass sie sich mit den Kunden unterhalten könnten. Das wäre für ihn gefährlich geworden.

Bei einem Besuch im Gemeindezentrum hatte Elena gehört, wie sich zwei Männer auf Russisch unterhalten hatten. Sie hatte die beiden angesprochen und so erfahren, dass diese Einrichtung sich um Menschen kümmerte, die kein Zuhause hatten. Oder kein Geld oder beides. Dass es einmal am Tag etwas zu essen gab und bei Bedarf etwas zum Anziehen. Und die Information, dass man sich nicht ausweisen musste, war für Elena von besonderer Bedeutung. Allerdings hatten die beiden Russen sie dann eine Spur zu interessiert gemustert, und Elena hatte sich rasch von ihnen entfernt.

Sie war eine auffällige Erscheinung zwischen den Gestalten hier. Sie war jung, groß, schlank, schön. Außerdem versuchte Elena, auf ihr Äußeres zu achten, sie wollte in den Straßen, wenn sie ihren Unterschlupf mal verließ, nicht als Bettlerin auffallen. Sie wollte aussehen wie alle anderen, um in der Masse zu verschwinden. Das war aber in der Essensausgabe eher hinderlich, weil sie wie eine Schnorrerin wirkte. Wie eine, die sich aus Geiz auf Kosten der Bedürftigen durchfüttern ließ.

Elena zog sich das Kopftuch von Margit tiefer in die Stirn und steckte die blonden Haare darunter. Die weite Männerhose, die sie so hochgekrempelt hatte, dass sie unter dem Mantel nicht zu sehen war, rollte sie herunter und ließ sie über die Stiefel fallen. Ihren warmen Schal stopfte sie in den Stoffbeutel mit den Flaschen. Dann senkte sie den Kopf und betrat den Innenhof der evangelischen Gemeinde. Sie würde sich für das warme Essen anstellen, ein Brot dazu, danach Kaffee. Sich aufwärmen und so lange sitzen bleiben, bis sie wusste, wie sie Pavels Häschern entgehen konnte.

Jürgen Dombroschke war im Zeugenstand. Reglos blickte er zur Richterempore hoch. Er war so schmal und zerbrechlich, sah so hilflos und seinem Schicksal ergeben aus, dass Ruth augenblicklich Mitleid mit ihm bekam. Dem Vorsitzenden Richter schien es nicht anders zu gehen.

Weißhäuptl hatte Dombroschke bislang mit Samthandschuhen angefasst. Sehr geduldig hatte er ihn erzählen lassen. Anfangs sprach der Angeklagte noch stockend, aber je länger er sprach, desto flüssiger wurde es.

Sie hatten bisher seine Lebensgeschichte gehört sowie Genaueres darüber, wie und wo er seiner Ehefrau Margit begegnet war. Dann hatte Jürgen Dombroschke über die gemeinsame Leidenschaft des Ehepaares gesprochen: den Tanz. Bei diesem Kapitel seines Lebens musste der Richter den Angeklagten sogar sanft bremsen, da er versucht war, allzu sehr ins Detail zu gehen.

Er war gemeinsam mit seiner Frau im Paartanz engagiert gewesen, sie waren in einem Verein, Frohnau Gelb-Blau, und seit vielen Jahren, ja Jahrzehnten, als Turniertänzer aufgetreten. Sie hatten Meisterschaft um Meisterschaft gewonnen, auch im Alter – so lange, bis Margit Dombroschke an Parkinson erkrankte. Die Krankheit verlief rasch. Die ersten Unsicherheiten – zittrige Schrift, Stolpern, Sprachhemmungen – hatten die Eheleute als normale Alterserscheinungen gedeutet. Aber dann hatte Margit rapide abgebaut. An Tanzen war nicht mehr zu denken gewesen.

»Was haben Sie da empfunden, als Sie hörten, dass das mit dem Tanz nicht mehr geht?«, fragte der Vorsitzende Richter.

»Das war schlimm.« Jürgen Dombroschke nestelte verlegen an seiner Nelke im Revers.

»Nur schlimm?«

Der Angeklagte suchte nach Worten. »Nee, schon richtig schlimm. Der Tanz, also das Tanzen ... das war ja unser Leben.«

Richter Weißhäuptl nickte. »Sie hatten keine Kinder. Die gemeinsame Leidenschaft für das Tanzen füllte vielleicht auch ein bisschen diese Leerstelle aus?«

Dombroschke sah Weißhäuptl an. Es stand ihm ins Gesicht geschrieben, dass er nicht wusste, wie er darauf antworten sollte. Der Vorsitzende Richter erkannte, dass der Angeklagte die Komplexität seiner Frage nicht ganz begriff, und verzichtete auf eine Antwort.

»Wenn Tanz Ihr Leben war, wie Sie sagen, waren Sie ja sicher sehr enttäuscht, dass dieser Teil Ihres Lebens, des gemeinsamen Lebens, nicht mehr stattfinden sollte. Haben Sie Ihrer Frau die Schuld daran gegeben?«

»Auf gar keinen Fall!« Dombroschke war ernsthaft entrüstet. »Margit konnte nichts dafür.« Er zögerte einen Moment, bevor er fortfuhr: »Aber sie hat sich selbst die Schuld daran gegeben.«

Ruth spürte, wie Dieter Dehmel neben ihr unruhig wurde. Er rutschte auf dem Stuhl hin und her, schnaufte und drehte den Stift nervös in den Händen. Aber sie vermied es, zu ihm hinüberzusehen. Am Ende würde er wieder versuchen, ihr etwas zuzuflüstern, das war schon mal vorgekommen.

»Können Sie uns das näher erläutern?« Weißhäuptl war noch immer sehr behutsam.

Dombroschke wurde nervöser. »Na ja. Es war schon so, wie der Arzt gesagt hat. Dr. Gansmann. Margit war unglücklich. Sie hat für ihr Leben gern getanzt. Sie hat auch immer auf sich geachtet. Ihr Äußeres, ihre Figur. Und plötzlich ...« Jürgen Dombroschkes Stimme zitterte. Er schluckte, und Ruth glaubte zu erkennen, dass er mit den Tränen kämpfte.

»›Ich bin ein Wrack‹, das hat sie immer gesagt. Von Anfang an, gleich nach der Diagnose. Es war ja zu Beginn noch gar nicht so schlimm, aber Margit ... die hat sofort aufgegeben.« Wieder eine Pause. Im Gerichtssaal war es ganz still.

»Das passte gar nicht zu ihr«, fuhr Dombroschke nun stockend fort. Er schien mehr zu sich selbst zu reden. »Meine Margit war immer eine Kämpfernatur. Immer. Auch bei den Turnieren. Jedes Mal hat sie gesagt: ›Komm, Dommi, das können wir besser!‹ Und wir konnten's auch besser. Aber das Parkinson. Das hat ihr das Genick gebrochen. Sie war von heut auf morgen ein anderer Mensch.«

Richter Weißhäuptl ließ eine kleine Pause entstehen, bevor er, sehr vorsichtig, die alles entscheidende Frage stellte. »Hat Ihre Frau Sie jemals gebeten, sie von ihrem Leid zu erlösen?«

Es war klar, worauf der Vorsitzende hinauswollte. Es war ein Hintertürchen für den Angeklagten. Aktive Sterbehilfe, das war das, woran alle hier im Saal dachten. Denn dass Jürgen Dombroschke seine Frau geliebt hatte, das stand außer

Frage. Tötung auf Verlangen, so müsste eigentlich die Anklage der Staatsanwaltschaft lauten.

Aber der Angeklagte sah dem Richter nun offen und überrascht ins Gesicht. »Nein«, antwortete er. »Nein, niemals. Das hätte ich auch nicht gekonnt, selbst wenn sie drum gebettelt hätte.«

»Das ist doch Unsinn!«, platzte Dieter Dehmel heraus. Alle Köpfe im Gerichtssaal fuhren herum und sahen den Schöffen an. Ruth war starr vor Schreck, und noch bevor sie oder der Vorsitzende Richter dem aufgebrachten Dehmel Einhalt gebieten konnten, polterte dieser weiter: »Sie haben Ihre Frau um die Ecke gebracht, weil Sie nicht mehr konnten! Mensch, das kann doch jeder verstehen, aber jetzt geben Sie das doch endlich zu, dann können wir alle nach Hause gehen!«

»Herr Dehmel!« Der Vorsitzende Richter knallte mit dem Hammer auf den Tisch. Er hatte fast gebrüllt, und sein Kopf war vor Empörung knallrot. »Es reicht! Die Verhandlung wird augenblicklich unterbrochen. Die Richter ziehen sich zurück. Den Staatsanwalt und den Anwalt des Angeklagten bitte ich dazu.«

Die paar Journalisten im Saal waren wach geworden und machten augenblicklich Notizen. Die Zuhörer tuschelten, sogar die beiden Justizhelfer an der Tür steckten aufgeregt die Köpfe zusammen. Ruth war übel geworden. Sie vermied es, Dehmel anzusehen, der ihr ins Verhandlungszimmer folgte. Dort brach ein Donnerwetter über den Schöffen herein.

Ruth stellte sich neben den weißhaarigen Richter ans Fenster und damit raus aus der Schusslinie, während Weißhäuptl, der Staatsanwalt Häberlein und der Verteidiger auf

Dehmel einredeten. Aus vielen Worten kristallisierte sich eine deutliche Information heraus: Der Schöffe hatte mit seiner Äußerung klare Befangenheit gezeigt, eine Fortsetzung des Prozesses war nicht möglich. Das gesamte Verfahren musste neu aufgerollt werden. Mit neuen Schöffen. Ob die Kammer dieselbe würde bleiben können musste noch entschieden werden. Dehmel und auch Ruth wurden mit sofortiger Wirkung von dem Verfahren Dombroschke freigestellt.

Während Dehmel trotzig und uneinsichtig reagierte – er zuckte bloß mit den Schultern, entschuldigte sich nicht, packte seine Sachen und zog ab –, blieb Ruth ratlos zurück.

»Was heißt das für mich?«, fragte sie in die Runde, nachdem ihr Kollege den Raum verlassen hatte. Der Weißhaarige zog sie nun ebenfalls auf den Flur, da Weißhäuptl sich bereits mit den anderen besprach.

»Es bedeutet zunächst einmal, dass diesem Prozess andere Schöffen zugelost werden. Sie sind, ebenso wie dieser unmögliche Mensch, leider raus.« Der Weißhaarige sah sie bedauernd an.

»Mitgefangen, mitgehangen, ja?«

Er nickte. »Ihre weiteren Termine nehmen Sie ganz normal wahr, also bei den anderen Prozessen, denen Sie zugelost sind. Die Termine vom Fall Dombroschke sind dann erst einmal vakant. Kann sein, dass Sie stattdessen einen anderen Prozess bekommen. Kann aber auch sein, dass die einfach frei bleiben. Sie werden rechtzeitig darüber unterrichtet.«

Ruth nickte. Sie war völlig verwirrt. So etwas hatte sie noch nie erlebt, aber der weißhaarige Richter machte ihr klar, dass so etwas tatsächlich äußerst selten geschah.

Einer der Justizhelfer kam, um ihnen mitzuteilen, dass

sie noch einmal in den Gerichtssaal mussten. Dort teilte Richter Weißhäuptl allen Anwesenden mit, dass der Prozess mit sofortiger Wirkung beendet sei, in Absprache mit allen Beteiligten. Weitere Informationen zur Fortführung des Prozesses würden in Kürze erfolgen.

Ruth hörte dem Vorsitzenden Richter wie in Trance zu. Dem Staatsanwalt, dem Verteidiger, den Protokollanten und allen anderen Anwesenden schien es nicht anders zu gehen, dumpfe Stille legte sich über den Saal.

Schließlich verließen die Richter den Raum. Im kleinen Beratungszimmer verabschiedete sich Richter Weißhäuptl sehr freundlich von Ruth. Er wollte auch noch das Wort an Dieter Dehmel richten, aber dieser war bereits verschwunden.

Weißhäuptl seufzte. »Ein bedauerlicher Vorfall. Zum Glück passiert so etwas äußerst selten.«

»Jetzt fängt das komplette Verfahren wieder von vorne an?«, fragte Ruth noch einmal nach, weil sie nicht glauben konnte, was der Weißhaarige ihr schon erzählt hatte.

Weißhäuptl nickte. »Alles. Als würde der Prozess ganz neu beginnen. Können Sie sich vorstellen, wie belastend das ist? Für alle Beteiligten, am schlimmsten aber für den Angeklagten.«

Ruth hätte so gerne noch mehr Fragen gestellt, aber Weißhäuptl schien sich ungern länger bei dem Thema aufhalten zu wollen. »Darf ich Sie auf den Schock noch in die Kantine einladen?«, erkundigte er sich höflich und knisterte dabei schon mit seinem Zigarettenpäckchen in der Hosentasche.

Ruth überlegte kurz, lehnte dann aber dankend ab. Sie brauchte jetzt frische Luft.

Nachdenklich ging sie die Treppen hinunter, bis sie in die

große Halle kam. Sie nahm die Freitreppe, passierte unbe-
helligt die Polizeikontrolle und stand dann draußen auf der
Straße vor dem großen Prachtbau des Landgerichts. Es reg-
nete in Strömen. Es war kalt und ungemütlich, mochte, wie
so oft im Berliner Winter, nicht hell werden, und Ruth
blickte sich nach einem Taxi um. Deprimierendes Wetter an
einem deprimierenden Tag. Sie würde sich zu Hause um-
ziehen und dann ins »La Paysanne« fahren. Sie brauchte
Ablenkung. Die Situation war so irrwitzig, erschien ihr so
irreal, dass sie sich fühlte, als hätte ihr jemand vor den Kopf
geschlagen. Vermutlich würde sie erst am Abend die Trag-
weite dieser Aktion von Dieter Dehmel begreifen. Sie würde
Hannes anrufen und ihm die Sache schildern. Sie brannte
darauf, seine Meinung dazu zu hören.

Ein Taxi hielt neben ihr, fuhr noch durch eine große
Pfütze, bevor es bremste. Ruth nannte ihr Ziel, und der Fahrer machte keinen Hehl daraus, dass er genervt über die
Kurzstrecke war. Ruth ignorierte sein Murren, ließ sich auf
die Rückbank fallen und simste, noch bevor das Taxi gestar-
tet war, eine Nachricht an Eisenrauch.

Zu ihrer großen Überraschung kam ihr Annika in der Wohnung im Pyjama entgegen. Eigentlich war Ruth froh, dass
sie gleich jemanden hatte, dem sie von ihrem Erlebnis erzählen konnte, aber dass ihre Tochter um diese Uhrzeit
nicht in der Schule war, sondern zu Hause, wunderte sie.
Heute Morgen hatte ein Zettel auf dem Küchentisch gelegen: »Weck mich nicht, die ersten beiden Stunden fallen
aus.« Die ersten beiden Stunden – das war schon längst vorbei, Annika hätte jetzt definitiv in der Schule sein müssen.
Auf die verwunderte Nachfrage ihrer Mutter reagierte

Annika nur achselzuckend. Sie murmelte noch: »Mir geht's nicht gut, hab meine Tage«, bevor sie sich mit einer riesigen Portion Cornflakes auf das Wohnzimmersofa kuschelte und mit geübtem Griff nach der Fernbedienung die Glotze anschaltete.

Ruth blieb einen Moment lang im Flur stehen und rechnete nach. Sie wusste ziemlich genau, dass Annika ihre Tage vor knapp zwei Wochen gehabt hatte, denn Ruth hatte panisch in der Apotheke Magnesium und Schmerztabletten holen und eine Entschuldigung für die Schule schreiben müssen.

Ruth zählte ruhig bis drei, um zu verhindern, dass sie Annika gleich anfuhr, und ging ins Wohnzimmer. Sie nahm die Fernbedienung und schaltete auf stumm.

»He!« Ihre Tochter sah genervt zu ihr auf.

»Du hattest deine Tage gerade erst«, erklärte Ruth bestimmt. »Also, was ist los?«

Annika blickte auf ihre Cornflakes und stocherte mit dem Löffel herum, als sei die beste Antwort in der Schüssel zu finden.

»Liebeskummer?« Ruth bemühte sich, erst einmal Verständnis zu zeigen, vielleicht bedrückte Annika ja etwas. Schließlich hatte Ruth mühsam, sehr mühsam, und unter Aufbieten all ihrer Geduld lernen müssen, dass es bei ihrer sehr klugen und verhältnismäßig unauffällig pubertierenden Tochter nie gut war, gleich loszupoltern. Erst die Engelszunge, dann die Peitsche, das war Ruths Taktik geworden, wollte sie das im Großen und Ganzen harmonische Zusammenleben mit Annika nicht gefährden.

Jetzt sah Annika hoch und lachte. »Nee, echt nicht! Najib ist so süß!«

»Warum bist du dann zu Hause? Und schwindelst mich an?«

Annika widmete sich hingebungsvoll den Cornflakes.

»Und im Übrigen«, fiel es Ruth gerade ein, »hattest du nicht letztens noch einen anderen Freund? Als wir auf dem Konzert von Lukas waren?«

Ihre Tochter zuckte mit den Schultern. »Paul. Voll der Langweiler.«

Ruth ließ das unkommentiert. »Also, was?!«

Annika knallte genervt von dem Verhör die Müslischüssel auf den Tisch und versuchte, nach der Fernbedienung zu angeln. Ruth aber war schneller und schubste diese unter den Tisch. »Ups.«

Wenn Blicke töten könnten, wäre Ruth in dieser Sekunde pulverisiert worden.

»Mann!« Annika wurde sauer. »Gestern war es voll spät. Ich bin echt supermüde. Außerdem ist heute gar nichts Wichtiges in der Schule. Ich hab keinen Bock, dass ich immer die Einzige bin, die dauernd da ist! Die anderen sind auch voll oft krank!« Damit bückte sie sich unter den Sofatisch, holte sich die Fernbedienung und schaltete den Ton wieder an.

Ruth erhob sich lächelnd. »Alles klar. Aber wo du eine Entschuldigung herkriegst, musst du selber sehen. Ich schreib dir keine.« Damit ließ sie ihre Tochter allein. Die klappte nur erstaunt den Mund auf und sagte kein Wort.

Ruth schloss die Wohnzimmertür hinter sich und war stocksauer. Zwar kam sie sich sehr diplomatisch und gerissen vor, gleichzeitig hätte sie ihrer Tochter am liebsten lautstark die Leviten gelesen. Mit siebzehn sollte man doch aus der Trotzphase raus sein! Oder kam die bei Annika extra

spät? Und wieso mutierte Annika plötzlich in der Kollegstufe zur Schulverweigerin? So ein Verhalten kannte Ruth
bislang nur von ihrem Sohn, der zeit seines bisherigen Lebens nicht dazu zu motivieren gewesen war, morgens aufzustehen und zur Schule zu gehen. Das hatte Ruth allmor-
gendlich den letzten Nerv geraubt. Annika hingegen war
durchaus manchmal bocklos gewesen, aber dass sie zur
Schule ging, wenn sie nicht krank war, hatte außer Frage gestanden. Ruth wusste, dass sie jetzt sehr ungerecht war,
aber sie fragte sich alarmiert, ob sich da etwa schon Najibs
Einfluss bemerkbar machte.

Drei Stunden später war sie mit der Welt schon wesentlich
versöhnter. Eine Erfahrung, die sie immer wieder machte:
Kochen und Backen beruhigten sie ungemein. Ruth war mit
demonstrativ schlechter Laune ins »La Paysanne« gerauscht,
was Jamila nur mit gehobenen Augenbrauen quittierte. Der
Mittagstisch war bereits passé, und Ruth beschloss, sich
hingebungsvoll der Pâtisserie zu widmen. Sie unterrichtete
Jamila nur kurz und knapp von dem Vorgefallenen und war
sehr dankbar, dass diese so klug war, keine weiteren Fragen
zu stellen. Dann stürzte sich Ruth auf die Mürbeteig-Her-
stellung. Mehl, kalte Butter und geriebene Mandeln, das
war alles vorrätig und wurde von Ruth rasch und gründlich
zu einem geschmeidigen Teig verknetet.

Während der fertige Teig anschließend im Kühlschrank
eine Stunde auf seine weitere Verarbeitung wartete, ließ
Ruth ihre Fantasie spielen und dachte sich ausgefallene
Kreationen für die Füllungen aus.

Vanillecreme mit Datteln und karamellisierten Pista-
zien.

In Champagner geschmorte Birnenscheiben mit Granatapfelfarce und Valrhona-Bitterschokoladensplittern.

Sahnepudding mit leichtem Minzaroma und knusprigem Karamellüberzug.

Je länger sie darüber fantasierte, desto mehr fiel ihr ein, und gegen sechs Uhr abends befand sie sich in einem regelrechten Törtchenwahn. Als Jamila sie darauf hinwies, dass sie nun die Küche aufräumen und alles für Kabir, den Putzmann, vorbereiten sollten, schüttelte Ruth nur ungnädig den Kopf. Sie würde die Küche erst verlassen, wenn sie alle sechzig Tartelettes gefüllt hatte. Daraufhin verabschiedete sich Jamila gegen neunzehn Uhr. Kabir wurde mit zwei Törtchen bestochen, damit er erst den Gastraum und zuletzt die Küche putzte. Er wollte die Süßigkeiten auf gar keinen Fall annehmen, aber Ruth bestand darauf, so dass er sich irgendwann breitschlagen ließ. Ruth packte schließlich vier Stück für Kabirs Familie ein.

Während ihres Pâtisserierausches hatten sich die Gedanken in Ruths Kopf heftig im Kreis gedreht. Der Staatsanwalt und seine durchgeknallte Ehefrau; Jürgen Dombroschke, der Tänzer; Dieter Dehmel; Annika und Najib – alle Personen tauchten auf und wieder ab, jagten sich in ihrem Gehirn. Als Ruth schließlich alles gebacken, gefüllt, eingefroren und aufgeräumt hatte, war es halb neun. Und sie wusste, was sie wollte. Ein gutes, aufrichtiges Gespräch führen. Mit jemandem, der von all diesen Geschichten unberührt war. Den sie über alles liebte und der sie nicht allzu ernst nahm. Der zuhören konnte und sich einfach nur freute, dass sie ihm ein Bier spendieren würde.

»Klar, Mom. Wir können uns irgendwo in der Mitte treffen.«
Lukas war schon nach dreimal Klingeln an sein Telefon ge-
gangen und klang zur Abwechslung mal ausgeschlafen.
Und fröhlich.

Umso besser, dachte Ruth. Das ist genau das, was ich
jetzt brauche.

Tatsächlich hatte sie einen wunderschönen Mutter-Sohn-
Abend mit Lukas in einer unauffälligen Kneipe in Schöne-
berg. Lukas trank Bier, Ruth ausnahmsweise auch und redete sich ihren Tag von der Seele. Sie hatte Lukas bereits
vorgewarnt, dass sie ihn zutexten würde, aber er hatte nur
gelassen gegrinst und lauschte nun geduldig.

Bei dem Thema »Staatsanwalt« hielt er sich mit Kommen-
taren zurück, über Annika und Najib wusste er weder Bescheid, noch interessierte es ihn besonders. Er bremste Ruth
aber dahingehend aus, dass sie sich gefälligst mit Kommen-
taren über die Freunde ihrer Tochter zurückhalten solle.
Annika sei ja nicht blöd.

Der Prozess interessierte ihn, aber da wiederum wollte
Ruth nicht wirklich ins Detail gehen. Sie wusste nicht, ob die
Schweigepflicht sie auch jetzt noch band, obwohl der Prozess von vorn begann. Aber alles in allem tat es ihr gut, dass
sie sich ihren Frust von der Seele geredet hatte, und dafür
dankte sie ihrem Sohn auch. Sie fühlte sich gut und nahm
sich vor, sich von all dem, was heute passiert war, nicht run-
terziehen zu lassen. Nichts davon hat direkt mit mir zu tun,
sagte sie sich befreit, nur mittelbar.

Kurz vor Mitternacht verließen sie die Kneipe. Es hatte
aufgehört zu regnen, und die Temperatur lag deutlich unter
null. Die Nacht war sternenklar, und auf den Straßen glit-
zerte eine dünne Eisschicht. Sie liefen gemeinsam zur

U-Bahn-Station Berliner Straße, von wo aus Ruth die U9 nahm und Lukas die Linie 7.

Es war Zeit, sich zu verabschieden. Ruth umarmte ihren Großen innig.

»Komm gut heim, mein Schatz.« Sie fuhr ihm über die blond-stoppelige Backe. Obwohl er einen Kopf größer war als sie, blickte sie manchmal noch auf ihn, als sei er ihr kleiner Junge. Das würde er immer bleiben.

»Ich hab gar nicht gefragt ...«, fügte sie entschuldigend hinzu, »... aber dir geht's auch ganz gut, oder?«

Lukas grinste und ruckelte leicht verlegen an seiner dicken Wollmütze. »Mir geht's super. Ich hab die Uni geschmissen.«

Uwe schmiss noch eine ganze Packung Rostbratwürste auf den Grill. »Leute, nich so schüchtern, greift zu.«

Mit geübtem Griff wendete er die drei Würste, die schon länger auf dem Rost lagen und bereits schwarz angekohlt waren. Die dunstigen Schwaden zogen drohend über die Nachbargrundstücke bis zur nahe gelegenen Feuerwache. Uwe hatte kurz zuvor so viel Spiritus über die glühenden Kohlen geschüttet, dass es eine große Stichflamme gegeben hatte. Zum Glück hatte sich niemand verletzt. Aber Jürgen war froh gewesen, dass die Feuerwehr in der Nähe war. Dass die Laube abbrannte, kurz nachdem sie sie übernommen hatten, hätte ihm gerade noch gefehlt.

Er sah sich um. Mittlerweile war es schon fast Abend geworden. Gerade hatte er die Außenbeleuchtung eingeschaltet. Die Kette mit den bunten Glühbirnen, die noch vom Vorbesitzer stammte, erleuchtete die kleine Holzterrasse sparsam, verbreitete dafür aber eine umso fröhlichere Atmosphäre.

Es war eine schöne Laube. Richtig gut in Schuss. Jürgen sah zu Margit hinüber, die inmitten eines Damen-Grüppchens saß und ab und an von ihrem Kullerpfirsich nippte. Wie glücklich sie gewesen war, als Uwe mit der Nachricht anrückte, dass im KGV »Friedlieb« eine Laube frei war! Margit war Uwe sogar um den Hals gefallen. Durch und durch untypisch für sie. Sie hielt immer etwas Distanz zu ihm.

Gleich am nächsten Wochenende waren sie mit Uwe zur Laubenpiepersiedlung hinausgefahren. Hatten ein Gespräch mit dem Vorbesitzer geführt, der die Laube aus Altersgründen abgeben wollte. Und sich dann dem Verein vorgestellt. Man musste sich normalerweise offiziell bewerben, auch war die Warteliste wie bei allen anderen Vereinen ellenlang – was Jürgen sehr wohl wusste, denn sie standen auf den Wartelisten aller Kleingartenvereine in der Nähe. Aber Uwe hatte wohl etwas »gedeichselt«, wie er sagte. Er deichselte immer irgendwas. Jedenfalls wurde per Handschlag vereinbart, dass sie ab dem 1. Juli die Pächter der Parzelle 83B sein würden.

Jürgen war nicht glücklich darüber. Er hatte gehofft, dass sie so lange auf den Wartelisten stehen würden, bis Margit das Interesse daran verlor. Aber Uwe hatte ihm einen Strich durch die Rechnung gemacht. Er hatte es natürlich gut gemeint, Jürgen machte seinem Freund keinen Vorwurf. Wenn Margit nur glücklich war.

Er war deshalb gegen die Laube gewesen, weil er fand, dass er und Margit schon genug um die Ohren hatten. Sein Schlüsseldienst zum Beispiel. Er musste außerhalb der Ladenöffnungszeiten öfter mal ausrücken, am Abend, in der Nacht, am Wochenende. Auch Margit war als Laborassistentin bei Schering ausgelastet. Und in jeder freien Minute tanzten sie. Aber Margit hatte sich die Laube in den Kopf gesetzt, also bekam sie die Laube.

Jürgen war nicht dumm, er wusste, woher der Wind wehte. Seit Margit sich vom Arzt hatte untersuchen lassen und die Diagnose »unfruchtbar« bekommen hatte, war sie rastlos und unzufrieden gewesen. Sie hatte sich neue Hobbys und neue Aufgaben gesucht. Sie hatte sich als Kassenwartin im Tanzverein zur Verfügung gestellt. Hatte einen Nähkurs besucht und angefangen, ihre Tanzkostüme selber zu schneidern. Und dann hieß es plötzlich: eine Laube! Ein knappes Jahr hatte es gedauert, dann war Uwe mit dieser Laube hier um die Ecke gekommen. Sie war schön, das musste Jürgen zugeben. Das Dach war dicht und gut gedeckt, ein kleiner Allesbrenner im Zimmer sorgte dafür, dass auch an kälteren Abenden Wärme in der Stube war. Nirgendwo Schimmel, ein natürlicher Feind aller Laubenpieper, deren kalte und feuchte Häuschen im Winter ungenutzt und ungelüftet vor sich hin gammelten. Sogar einen Herd gab es. Der Garten war bestens gepflegt. Gemüsebeete am Rand, vier Obstbäume, Rabatten für Einjährige und Stauden, zu Margits Entzücken gab es einen winzigen Teich am Rand der Terrasse. Margit hatte Jürgen beruhigt: Es sei nur halb so viel Arbeit, wie er befürchtete, sie mussten nichts neu anlegen, nur Bestehendes pflegen.

Das Gegenteil war natürlich der Fall. Jeden zweiten Abend stiegen sie in der Weißen Stadt in die Autobuslinie 12. Drei Stationen später stiegen sie an der Roedernallee aus und passierten zunächst zwei andere Kleingartenanlagen, bevor sie das Tor zum KGV »Friedlieb« erreichten. Ihre Laube lag etwas versteckt abseits des schnurgeraden Weges. Dadurch hatten sie nur einen unmittelbaren Nachbarn und waren nicht rechts und links eingeklemmt, so wie Uwe, dessen Laube in unmittelbarer Nähe des Vereinsheims lag.

Jürgen war am Ende des langen Arbeitstages immer erschöpft, er wollte sich nur in den Liegestuhl auf der Terrasse legen, eine Weiße trinken und in die Zeitung gucken. Aber Margit war stets auf den Beinen. Wieder und wieder sprang sie auf, um in einem Beet zu graben, eine Pflanze zu stutzen, das Netz über dem Kirschbaum festzuziehen. Und Jürgen tat es ihr aus Pflichtbewusstsein gleich, weil er es nicht gut aushielt, seine Frau schuften zu sehen, während er sich dem Müßiggang hingab.

»Na, Dommi, is doch knorke hier?!« Uwe legte seinen schweren Arm um Jürgen, so wie er es stets zu tun pflegte, und hielt die schmalen Schultern in eisernem Griff fest. Wie oft war Jürgen schon versucht gewesen, sich einfach an die starke Schulter seines Kumpels zu lehnen und sich fallen zu lassen. Einfach so. Aber das wäre bei Uwe sicher falsch angekommen.

»Allet nette Leute«, fuhr dieser nun fort. Er roch nach Schnaps, vermutlich hatte er bereits einige Mollen mit Korn, Uwes Lieblingsgetränk, intus. Jürgen nickte bekräftigend. Ja, die Nachbarn hatten ihn und Margit sofort überaus freundlich aufgenommen. Hatten das Gespräch gesucht, ihre Hilfe angeboten. Und heute, bei ihrer Einstandsparty, waren alle aus dem Drosselweg gekommen, fast alle. Nur Lehnerts waren im Urlaub auf Teneriffa, und bei Löschers war die Frau krank.

Die Damenrunde um Margit kicherte unisono, und Uwe prostete den vier Männern zu, die am kleinen Terrassentisch Skat spielten. Jürgen nickte auch freundlich. Aber er fühlte sich fremd. Das war nicht seine Welt. Er empfand die Männer größtenteils als grobschlächtig. Sicher, das war Uwe auch. Aber bei ihm war das etwas anderes. Er war wie ein Bruder. Die Männer aus dem KGV – grobe Gesellen. Oder

Langweiler. Sie sprachen über Weiber und Fußball. Oder ihre Arbeit. Letzteres war für Jürgen der einzige Punkt, an dem er sich ins Gespräch einbringen konnte. Seine Liebe galt dem Tanz. Und der Musik, das gehörte ja dazu. Aber wenn er über Frank Sinatra sprach oder das Glenn Miller Orchestra, Bert Kaempfert oder James Last, dann sahen ihn die groben Kerle mit den Arbeiterhänden an, als sei er nicht ganz dicht. Man nahm ihn nicht für voll, das spürte Jürgen. Die Männer tuschelten über ihn. Seine Anzüge, sein gepflegtes Äußeres. Seine ganze Art. Nur die Freundschaft zu Uwe schützte ihn vor offenem Spott, das war Jürgen Dombroschke durchaus bewusst. So war es immer gewesen, so würde es immer bleiben. Schon als sie kleine Jungs waren, hatte sich Uwe immer vor ihn gestellt. Hatte ihn beschützt und die Kloppe bezogen, die eigentlich Jürgen bekommen sollte.

Aber Margit zuliebe hielt Jürgen auch die schrägen Blicke aus. Die Abende in der Laube. Das gemeinsame Grillen, die Sauferei und die anzüglichen Sprüche.

Jetzt deutete Uwe mit dem Bierglas in die hintere Ecke des Gartens, dorthin, wo der Kompost stand.

»Die Reste von heute Abend dürfen da aber nich druff, Dommi.«

Jürgen sah Uwe verwundert an. »Warum?«

»Kommen die Ratten.« Uwe nahm einen Schluck von seiner Molle. »Wir haben 'ne Plage hier. Nicht nur bei uns, die sind überall. Keine Fleisch- und Essensreste druff. Das musst du gut einpacken und mitnehmen, sonst wirste die Scheißviecher nich mehr los.«

Achselzuckend wehrte Jürgen ab. »Zu uns kommen keine Ratten. Margit hat so'n Pulver mitgebracht. Aus der Arbeit. Rattengift. Sie hat ein bisschen was gestreut.«

Uwe wiegte bedenklich den dicken Schädel. »Pass bloß uff mit det Zeuch. Dit is jefährlich. Nich bloß für die Viecher.«

Jürgen nickte zum Zeichen, dass er Uwes Rat ernst nahm, aber er bezweifelte dennoch, dass ihnen mit dem Rattengift ein Missgeschick widerfahren konnte. Wenn jemand sich mit Giften auskannte, dann war das Margit.

Ruth hatte die Schnauze so was von gestrichen voll! Waren denn alle um sie herum völlig durchgeknallt? Als Lukas ihr vor ein paar Stunden offenbart hatte, dass er sein Studium hingeschmissen hatte, hätte sie sich am liebsten die Ohren zugehalten und laut gesungen – wie ein kleines Kind. Stattdessen hatte sie ihren Sohn, der ihr vorher noch geduldig zugehört hatte, als sie ihre Probleme ausgebreitet, richtig angefahren. Er versuchte noch, etwas zu seiner Rechtfertigung vorzubringen, aber Ruth wollte nichts hören. Zwar hatte sie sich noch bei ihm entschuldigt, dass sie jetzt nicht in der Lage war, die neue Information zu verarbeiten, aber da war das Kind schon in den Brunnen gefallen. Sie hatten vereinbart, dass sie in den nächsten Tagen telefonieren würden.

Zu allem Unglück war Ruth dann in der U-Bahn noch kontrolliert und beim Schwarzfahren erwischt worden. Das war nicht ihre Art, sie kaufte stets gewissenhaft ein Ticket, aber weil sie in Gedanken ganz woanders war, war ihr das durchgerutscht. Und dann stand dieser halbstarke Tätowierte vor ihr, der selbst aussah, als würde er gelegentlich in der U-Bahn um ein paar Euro betteln, und verlangte gnadenlos ihren Personalausweis. Ruth war zu müde, um zu diskutieren. Sie hatte ihren Zahlbefehl entgegengenommen, irgendwie nach Hause gefunden und war dort in einen sehr unruhigen Schlaf gefallen.

Jetzt saß sie in ihrem Fiat Doblo und war auf dem Weg in die Großmarkthalle Beusselstraße. Sie hoffte auf einen schönen schwarzen portugiesischen Kaffee von Fernando. Auf Wunsch servierte er morgens einen *pingo*, das war der kleine Schwarze mit süßer Kondensmilchcreme. Diese kleine Schweinerei würde sie jetzt trösten und ihr helfen, besser in den Tag zu kommen.

Ruth passierte die Schranke des Großmarkts und fuhr zum Parkplatz. Um diese Zeit ging es hoch her, und sie musste aufmerksam sein, dass sie zwischen den Pkws und Lieferwagen niemanden umfuhr. Zu allem Unglück klingelte das Handy. Statt es klingeln zu lassen, griff Ruth mit der rechten Hand in ihre Tasche und lenkte mit der linken. Sie bekam den kleinen Apparat zu fassen, nahm den Anruf, ohne zu gucken, von wem er kam, an und meldete sich.

»Weißt du schon, dass Lukas eine Ausbildung angefangen hat?«, tönte die Stimme ihrer Mutter grußlos an ihr Ohr, und bevor Ruth sich sammeln und antworten konnte, rumste es ganz gewaltig, und von vorn links kam ein böses Blechgeräusch. Der Wagen ruckte, Ruth stiefelte panisch in die Bremse, und dann war der Motor abgewürgt. Das Handy hatte Ruth fallen lassen.

Sie blieb kurz sitzen, die Hände um das Lenkrad gekrallt, ohne zu begreifen, was passiert war.

Sie hatte einhändig rechts eingeschlagen, um in eine freie Parkbucht zu fahren, und dabei anscheinend ein Hindernis übersehen. Zumindest hatte sie niemanden angefahren, begriff Ruth, als sie ausstieg und ihre Umgebung in Augenschein nahm.

Es war ein niedriger Granitpoller, den sie übersehen hatte. Die Stoßstange war links vorn eingedrückt, über den Kotflügel verlief eine fette Schramme. Ruth trat dagegen. So ein Mist konnte doch nur heute passieren! Ein Mann mit einer Sackkarre voller Gemüsekisten blieb neben ihr stehen. Er war in einen dicken Anorak gemummelt, trug gefütterte Arbeitshandschuhe und eine Fellkappe, die er so tief ins Gesicht gezogen hatte, dass gerade mal seine Nase hervorguckte. Sicher einer der Großmarkthelfer.

»Brauchst du Hilfe?«, fragte er in gebrochenem Deutsch. Osteuropäer, tippte Ruth.

Ruth zeigte auf das Malheur. »Ich weiß nicht, kann ich damit noch fahren?«

Der Mann brachte vorsichtig die vollgestapelte Sackkarre in eine aufrechte Position und kniete sich dann vor Ruths Auto, um sich den Schaden zu besehen. Er ruckelte an der Stoßstange, klopfte hier und da und stand dann wieder auf.

»Ist nicht schlimm.« Er tätschelte Ruth mit seinem dicken Handschuh die Schulter. »Nur Blechschaden.«

»Danke«, sagte Ruth müde. »Wird trotzdem teuer.«

»Hast du Stift?«, fragte die Nase aus der Fellmütze. Ruth nickte und kramte einen Kuli aus dem Handschuhfach. Der Mann hatte einen verknitterten Zettel aus seiner Tasche gezogen, einen Arbeitshandschuh abgestreift und kritzelte mit dem Kuli eine Handynummer darauf. Dann reichte er Ruth beides. »Fragst du Pjotr. Der macht. Nicht so teuer.«

Dann packte er wieder seine Sackkarre, nickte Ruth zu und ging weiter.

Ruth sah ihm verdattert nach. Schließlich rief sie ihm ein

»Danke« hinterher und parkte ihr demoliertes Auto ein. Ihr Handy fischte sie unter dem Sitz hervor und packte es in die Handtasche.

Ein Wildfremder, dachte sie. Hilft mir, obwohl es ihn nichts angeht. Einfach so. Aus purer Freundlichkeit. Sie lächelte in sich hinein. So geht es eben auch, dachte sie weiter. *He made my day.*

Weitere zwölf Stunden und einen ganzen Arbeitstag später schloss Ruth ihr Bistro zu, ließ den ramponierten Wagen in der Bochumer Straße stehen und machte sich auf den Weg nach Hause. Es war dunkel, aber noch gar nicht so lange. Man merkte, dass die Tage wieder länger wurden. Ein kleiner Hoffnungsstreif am Horizont, dachte Ruth und vergrub die Hände tief in den Manteltaschen. Es nieselte leicht, und sie hatte keinen Schirm dabei, aber nach einem ganzen Tag drinnen genoss sie die Feuchtigkeit und atmete tief ein, um ihre Lungen mit viel Berliner Stadtluft zu füllen.

Wie erwartet hatte ihr Fernando, der Fischhändler, einen *pingo* angeboten. Dann hatte sie lauter leckere Dinge in der Großmarkthalle gekauft, war ins Bistro gefahren und hatte sich eine Kanne Grüntee gekocht. Erst dann war sie bereit, ihre Mutter zurückzurufen. Zu ihrer großen Überraschung hatten ihre Eltern noch vor ihr von den Neuerungen in Lukas' Leben erfahren. Ruth wollte darauf erst beleidigt reagieren, empfand dann aber zu große Rührung darüber, dass ihr Sohn sich ihrem Vater als Erstem anvertraut hatte. Die beiden hatten von jeher eine enge Beziehung. Ihr Vater schien seinen Enkel in seinen neuen Plänen auch bekräftigt zu haben. Ruth erfuhr, dass Lukas das Bachelorstudium zu verschult war. Er fand sich im Unibetrieb nicht zurecht und wollte lieber etwas Praktisches anfangen. Er hatte sich für eine Ausbildung zum Altenpfleger entschieden. Im Moment machte er ein Praktikum in einem Pflegeheim.

Ruth war nach dem Anruf wie betäubt gewesen. Sie wusste nicht besonders viel von Lukas, stellte sie fest. Vielleicht lag das auch daran, dass sie nie fragte? Sie war immer davon ausgegangen, dass Lukas ihr von selbst erzählen würde, was ihn umtrieb, aber außerhalb seiner musikalischen Ambitionen war sie offenbar nicht auf dem Laufenden.

Über seine neuen Pläne dachte sie mit gemischten Gefühlen. Da sie selbst ein Hochschulstudium abgeschlossen hatte, war sie ganz selbstverständlich davon ausgegangen, dass sowohl Lukas als auch Annika diesen Weg gehen würden. Auch für ihren Exmann und Vater der Kinder, Johannes, kam wohl nichts anderes in Frage. Dass Lukas sich jetzt für einen Beruf entschied, der alles andere als leicht und bequem war, bei dem es außerdem finanziell nicht gerade rosig aussah, bestürzte sie. Und machte sie gleichzeitig auch wieder stolz. Sie hatte Lukas immer für träge mit der Tendenz zur Faulheit gehalten. Hatte gedacht, dass er jede Form von harter Arbeit scheuen würde. Dass er sich nun für einen der anstrengendsten Jobs überhaupt entschieden hatte, nötigte ihr Respekt ab.

Diese Gedanken an Lukas nahmen so viel Raum ein, dass Ruth, während sie kochte, backte, schnippelte und anrichtete, alle anderen Sorgen vom Vortag fast verdrängt hatte.

Nun, nach Arbeitsschluss, während sie durch die nassen Moabiter Straßen schlenderte, sammelte sie wieder Kraft, sich ihren Baustellen zu widmen. Sie würde mit Annika reden. In Ruhe, in schöner Atmosphäre. Vielleicht ergab sich demnächst mal ein Mutter-Tochter-Abend, dann würde sie das Thema vorsichtig anschneiden. Vielleicht hatte Annika ganz einfach ein Motivationstief, das gar nichts mit Najibs Einfluss zu tun hatte.

Mit Hannes würde sie ebenfalls versuchen, eine Verabredung zu treffen. Vielleicht konnte er sich einen Abend freischaufeln. Dann könnten sie gemeinsam überlegen, wie man mit Angelas Angriffen umgehen konnte.

Am Montag schließlich würde sie den Schöffenverband anrufen und sich genauere Informationen holen, inwieweit sie mit dem Verfahren Dombroschke noch zu tun haben würde.

An der Bugenhagenstraße kam ihr nun eine Gruppe junger Spanier entgegen, die aufgeregt und laut miteinander sprachen und lachten. Sicher Gäste des nahen Hostels um die Ecke. Mit dem Hostel war einiges Leben in ihre einstmals ruhige Ecke gekommen. Die Backpacker-Unterkunft war beliebt, und so hatten sich schnell ein paar neue Kneipen drum herum angesiedelt, in denen sich zu Ruths und auch Annikas großer Freude die internationalen Berlin-Besucher zum regen Austausch trafen.

Ruth passierte die schöne Backsteinkirche auf dem Platz, als sie direkt vor ihrer Haustür den auffälligen silbernen SUV bemerkte. Hannes' Wagen, unverkennbar. Denn das schwarze Graffito zierte immer noch die Seiten. Aus der Richtung, aus der sie kam, erkannte man das »Kack« auf der Fahrertür ganz genau. Ruths Herz hüpfte. So bescheiden der Tag begonnen hatte – so vielversprechend schien er zu enden.

Die vergangene Nacht war still gewesen, Elena hatte sogar tief und sicher geschlafen. Sie war, seit sie Moldawien verlassen hatte, zu einem gehetzten Tier geworden. All ihre Sinne waren auf mögliche Feinde und Verfolger gerichtet. Sie konnte Gefahr wittern wie ein Fuchs. Sie konnte sich flach in eine Mulde ducken und die Ohren anlegen wie ein Kaninchen. Und Haken schlagen, wenn man sie doch entdeckte. Und wenn es ihr gelang, tief zu schlafen, bedeutete das, dass kein Verfolger in der Nähe war.

Außerdem waren die Temperaturen gestiegen. Es war deutlich milder zurzeit. In den letzten Tagen hatte es geregnet, aber über Nacht hatte der Himmel aufgeklart, und jetzt schien sogar die Sonne. Es war eine schwache Wintersonne, leicht milchig, Elena saß auf dem Klappstuhl, in zwei Decken gewickelt, den Rücken an die Holzwand des Häuschens gelehnt, und streckte das Gesicht gen Himmel. Sie trank heißes Wasser und umklammerte den Becher mit beiden Händen. Zuvor hatte sie ihre Sachen gewaschen und so lange ausgewrungen und auf einen Stein geschlagen, dass diese nur noch klamm waren.

Jetzt hingen sie auf einer Leine hinter dem Haus in der Sonne. Da, wo niemand sie sehen konnte. Auch Elena saß dort. Sie dachte an Alexej. Was würde er denken, wenn sie sich nicht meldete? Sie hatte ihm versprochen, dass sie ihn immer anrufen, ihm schreiben, Geschenke schicken würde. Und nun schwieg sie. Seit fast fünf Monaten. Meine Mutter, dachte sie. Ihre Mutter würde ahnen, was passiert war. Elena musste die Augen schließen, um die Tränen zurückhalten zu können. Ihre Mutter würde denken, dass Elena in die Hände von Zuhältern gefallen war. Sie hatte sie davor gewarnt, aber Elena hatte nur gelacht. Eine studierte Ingenieurin als Hure? Niemals.

Es war gut, wenn die Trauer kam. Denn die Trauer machte Elena stark. Motivierte sie. Sie wollte nur nicht, dass die Trauer ganz Besitz von ihr ergriff. Sie musste handeln, nicht flennen.

Der einzige Mensch, der ihr hatte helfen können, war nicht mehr da. Das Geld, das sie verdient hatte, hatte sie versteckt. Aber es war nicht genug gewesen, um sich bei Pavel freizukaufen oder einen falschen Pass zu besorgen. Pavel würde sie sowieso nicht ziehen lassen, ganz gleich, welche Summe sie ihm auf den Tisch legte. Er wollte Rache. Kein Mädchen haute ihm einfach so ab.

Deutschland zu verlassen war nicht schwer. Die Probleme begannen an den Grenzen der anderen Länder. Die Bulgaren – wenn man sie dort ohne Papiere an der Grenze aufgriff, musste sie entweder Schmiergeld zahlen, oder man würde sie festhalten, um zu klären, woher sie kam, wohin sie ging, wer sie war. Nur im besten Fall würde man sie in ihre Heimat überführen.

Elena glaubte, dass es zu gefährlich war, sich schnappen zu lassen. Das Netz der Menschenhändler war weit verzweigt. Sie würde von einem zum anderen gereicht werden und am Ende doch wieder bei Pavel landen.

Sie musste es schaffen, hier in Berlin jemanden zu finden, der ihr weiterhalf. Der ihr Papiere besorgte.

Die Frauen in der Suppenküche konnte sie nicht um Hilfe bitten. Sie war illegal. Den Russen, die sich dort manchmal versorgten, traute sie keinesfalls über den Weg.

Es blieb nur der große Mann.

Der große Mann. An ihn musste Elena so oft denken. Auf welcher Seite stand er? Je öfter sie darüber nachdachte, die Dinge drehte und wendete, desto weniger fand sie eine Antwort. Er war keiner von den Guten. So viel stand fest. Aber würde er sie an Pavel verraten? Sie wusste es nicht. Aber sie war sicher, dass er für einen Gefallen Dienste verlangen würde. Und sie war noch nicht so tief gesunken, dass sie ohne weiteres bereit war, darauf einzugehen.

Elena hatte das Wasser ausgetrunken. Sie stand auf und prüfte die Wäsche auf der Leine. Unterhosen und Blusen waren fast trocken. Aber die Wollsachen, Hose und Strümpfe, fühlten sich noch feucht an. Sie würde sie später im Zimmerchen aufhängen. Manchmal wagte Elena es, den kleinen Ofen tagsüber anzumachen. Sie hoffte, dass man den Rauch, der abzog, dann weniger sehen würde als am Abend. Trockenes Holz gab hellen Rauch, Zeitungspapier dunklen. Sie verzichtete auf Zeitungspapier. Sie heizte nur kurz, damit es nicht auffiel. Hoffte sie. In den letzten Tagen hatte sie darauf verzichtet, aus Angst vor Pavel. Aber heute brauchte sie die Wärme. Draußen die Sonne und drinnen im Zimmer der Ofen. Sie hatte sofort mehr Energie, wenn sie weniger fror. Mehr Energie hieß weniger Angst. Und weniger Angst hieß, dass sie aktiv werden würde. Sie musste zurück. Zurück zu Alexej und zurück zu ihrer Mutter. Sie würde versuchen, den großen Mann zu treffen. Noch heute.

Ruth war pappsatt. Die halbe Ente mit Klößen und Rotkohl lag ihr wie Blei im Magen. Sie bräuchte jetzt einen Verdauungsspaziergang oder Mittagsschlaf. Aber den Spaziergang hatte sie schon hinter sich, und hinlegen konnte sie sich nirgends. Ruth hatte kurz überlegt, ob sie dem Angebot »Grünkohl mit Pinkel« nachgeben sollte, aber der Zusatz »... üppiger Nachschlag und eine Runde Korn aufs Haus!« hatte sie dann doch zurückschrecken lassen. Weil sie nur zu gut wusste, dass dies ein Angebot war, das sie unmöglich würde ablehnen können.

Also die halbe Ente.

Es war köstlich gewesen, Ruth hatte jedes Fitzelchen Fleisch von der Karkasse gezupft, aber nun, während sie den Fiat durch den Verkehr steuerte, war ihr ein bisschen übel. Sie hatte sich regelrecht überfressen. Zu Hause würde sie sich ein bisschen hinlegen und das Völlegefühl einfach wegschlafen, das funktionierte immer. Bloß kam sie so selten dazu.

Heute Morgen hatte sie noch gemütlich mit Hannes im Bett gefrühstückt, bevor dieser nach Hause aufgebrochen war. Ihn würde die Hölle auf Erden erwarten, das war ihm bewusst, aber er hatte es am Abend zuvor nicht mehr zu Hause ausgehalten. Seine Frau hatte ihn permanent zur

Schnecke gemacht. Besser: Sie hatte es versucht, aber sie war zu weit gegangen. Als Hannes sich Jacke und Autoschlüssel geschnappt und angekündigt hatte, dass er einfach gehen würde, hatte Angela Eisenrauch zum Messer gegriffen. Die Kinder waren nicht zu Hause gewesen, sie waren bei einer Übernachtungsparty. Das war der Grund, warum seine Frau alle Hemmungen hatte fallen lassen. Sie wollte ihn partout daran hindern, das Haus zu verlassen, hatte das scharfe Filetiermesser aus dem Küchenblock gezogen und sich damit vor die Eingangstür gestellt. Damit hatte sie eine Grenze überschritten. Hannes hatte mit seinem Handy ein Foto von ihr geschossen und es geschafft, zur Gartentür zu flüchten. Das Toben der Furie hatte er bis zur Garage gehört.

In diesem desolaten und aufgewühlten Zustand hatte er bei Ruth vor der Tür gestanden. Ruth musste gestehen, dass sie zuerst erfreut war, ihn zu sehen, aber als er sich in der Küche den ganzen Kummer von der Seele geredet hatte, war bei ihr ein schales Gefühl zurückgeblieben.

War sie der seelische Mülleimer? Warum bekam sie die Zerbrochenen ab, musste die Scherben aufkehren? Ruth hatte an ihren Ex zurückgedacht, der sich auch immer nur ausgeheult hatte. Jammer, Jammer, Jammer. Und dann hatte er eine Jüngere gefunden. Wie würde das mit Hannes Eisenrauch werden? Würde Ruth diejenige sein, die den ganzen Trennungs-Kladderadatsch geduldig aushalten musste, nur um am Ende zu erleben, wie Hannes dann mit einer ganz anderen glücklich wurde?

Deshalb hatte sie den Staatsanwalt auch gebeten, nach dem Frühstück zu gehen. Sie wollte allein sein, sich bei einem ausgedehnten Spaziergang ihre Gedanken machen. Das war ihr auch gelungen, sie war kreuz und quer auf den

Wegen bei Lübars umhergestreift und hatte ihren Gedanken und Gefühlen freien Lauf gelassen. Nur, um diese anschließend unter einer halben Ente zu begraben.

Ruth bog in die Roedernallee ein und fuhr stadteinwärts. Das Sonnenlicht blendete sie, und sie klappte die Sonnenblende herunter. Dabei fiel ihr ein, dass in der weitläufigen Kleingartenanlage zur Linken die Laube von Jürgen und Margit Dombroschke liegen musste. Sie wurde neugierig. Nun hatte sie ja mit dem Fall nichts mehr zu tun. Sie würde doch mal einen Blick darauf werfen dürfen?! Vermutlich war die Laube längst von einem anderen Pächter besetzt. Ruth hatte gehört, dass diese Schrebergärten neuerdings bei jungen Stadtfamilien heiß begehrt waren. Vielleicht würde sie keine Spur mehr von den Dombroschkes finden. Egal, es war nicht verkehrt, sich noch ein wenig die Beine zu vertreten. Also bog Ruth kurzerhand links ab und stellte ihr Auto auf einem zu den Lauben gehörenden Parkplatz ab.

Auf den ersten Blick sah sie die Eingänge zu zwei Kleingartenanlagen, aber keine davon hieß »Friedlieb«. Der altmodische Name war Ruth im Gedächtnis haften geblieben. Sie erinnerte sich, dass der KGV »Friedlieb« im Nordosten des Areals an der Roedernallee lag. Es gab mehrere Kleingartenvereine, die sich auf dem großen Gelände angesiedelt hatten, und offenbar keinen allgemeinen Plan, welcher Verein wo zu finden war.

Der Boden war schlammig, es gab keinerlei geteerte oder gekieste Wege zwischen den einzelnen Kleingartenvereinen. Die Gärten waren streng eingezäunt, Schilder warnten vor unbefugtem Betreten. Jeder KGV hat eine ganz eigene Anmutung, obwohl die darauf befindlichen Lauben und

Grundstücke nicht unterschiedlicher sein konnten. Trotz des Winters, in dem alle Beete gleich graubraun und trostlos aussahen, konnte man die Absichten der jeweiligen Besitzer deutlich erkennen. Da gab es die Pragmatischen, deren Häuschen schmucklos, aber gut in Schuss waren. Sie hatten gepflegte Obstbäume, schnurgerade Beete, auf denen im Sommer sicherlich Gemüse gedieh, und Gewächshäuser. Manchmal tummelten sich kleine Krüge oder Igel aus Ton zwischen den Beeten, aber das Augenmerk war hier klar auf den Ertrag gerichtet.

Auffällig dazu waren im Vergleich mit den Pragmatikern die Gestaltungsfreaks. Manche bevorzugten Asiatisches – mit geschnitzten Torbögen, winzigen Pagoden, Bambusmobiles und steinernen Buddhastatuen. Hier durfte der Zierteich mit kleinen Brücken nicht fehlen. Der Obst- und Gemüseanbau trat bei den Gestaltungsfreaks zugunsten der Blütenpracht und Gartenaccessoires in den Hintergrund.

Neben den Pseudo-Asiaten waren Gärten im Stil von Märchenthemenparks (mit Zwergen, Miniatureisenbahnen und künstlichen Pilzen), Versailles (Springbrunnen, Rondelle und Buchsbäume in Figurenform) sowie den Niederlanden (Windmühlen in jeder Größe) sehr beliebt.

Und dann gab es noch die Chaoten. Verfallene und bunt zusammengeklebte Häuschen, im Garten ein Trampolin, Klettergerüst oder jede Menge Plastikspielzeug.

Ruth wanderte staunend durch die Anlagen. Das war eine ihr völlig fremde Welt. Sie hatte Kleingartenbesitzer immer als spießig und ewig gestrig verlacht, aber nun öffnete sich ihr auch eine andere Dimension. Der Stolz auf dieses kleine Reich, wenn es zu mehr als einer Wohnung nicht reichte, war unübersehbar. Und auch der Wille zur Individualität.

Alle diese Menschen verwirklichten einen Traum. Es war ihre kleine Flucht vor der Großstadt. Machte sie es sich nicht ein bisschen einfach, wenn sie nur das Etikett »spießig« dafür übrig hatte? Wer Verantwortung für so einen Garten übernahm, übernahm auch Verantwortung für das, was darin wuchs und lebte. Und das wiederum machte die Menschen vielleicht achtsamer für alles, was ihre Umwelt betraf. Jedenfalls wollte Ruth das gern glauben, während sie noch immer suchend umherstreifte.

Schließlich entdeckte sie ungefähr hundert Meter weiter den Eingang zum KGV »Friedlieb«. Sie hielt darauf zu und glaubte, in einiger Entfernung am Ende des schnurgeraden Weges, der hinter dem Tor durch die Anlage führte, jemanden zu sehen. War das eine Frau? Sie war zu weit weg, aber Ruth meinte, durch das Gebüsch hindurch eine Gestalt mit Wintermantel und Kopftuch zu erkennen.

Sie lief auf das Tor zu, das zu ihrer Überraschung nicht abgesperrt war, und rief laut in Richtung der Person, die sie zu sehen geglaubt hatte. Aber falls da tatsächlich jemand war, schien er oder sie Ruth nicht gehört zu haben, die Person war jedenfalls verschwunden. Also musste Ruth sich allein auf die Suche nach Dombroschkes Laube machen. Die Nummer der Parzelle hatte sie sich nicht gemerkt, was die Sache vereinfacht hätte. Direkt neben dem Eingang war ein Anschlagsbrett des Vereins, auf dem neben den Öffnungszeiten der Vereinsgaststätte und der Bitte, die Mittags- und Nachtruhezeiten einzuhalten, auch ein Plan des Areals pinnte. Allerdings waren darauf nicht die Namen der Pächter, sondern lediglich die Nummern der Parzellen verzeichnet.

Ruth zog also los, zuerst den schnurgeraden Weg hinunter. Sie guckte links und rechts auf jedes Namensschild und entdeckte in der Mitte das von »U. Ringel«. Sie erinnerte sich, dass er es laut eigenem Bekunden gewesen war, der den Dombroschkes die Laube verschafft hatte.

Das Grundstück von Uwe Ringel war mäßig gepflegt. Er passte nicht eindeutig in Ruths Laubenpieper-Schema. Im Garten fand sich allerlei Deko-Krempel, allerdings wirkten die Sachen eher so, als habe Ringel sie wahllos in seinen Garten geworfen. Am Häuschen verschiedene Plastik-Gartenmöbel, ein Grill, eine Hertha-BSC-Fahne. Türen und Fenster waren jahreszeitengemäß fest verrammelt. Überhaupt zeigten sich in der gesamten Anlage keinerlei Anzeichen von menschlicher Anwesenheit. Im Winter ruhte der Laubenpieper. Dafür waren die Tiere umso aktiver. Überall sangen die Vögel, von der spätwinterlichen Sonne geweckt.

Ruth setzte ihren Weg fort. Nach etwa zwanzig Minuten erreichte sie ein Häuschen, das ein wenig abseits lag. Am Zaun hing tatsächlich ein kleines Metallschild mit den eingravierten Namen »M. & J. Dombroschke«.

Ruth blickte interessiert über den Zaun. Sie musterte das hübsche Holzhäuschen, als könnte es ihr irgendeinen wichtigen Hinweis liefern, warum Margit Dombroschke hatte sterben müssen, aber das Grundstück samt Haus lag ebenso im Winterschlaf wie alle anderen. Verriegelt und verrammelt. Ruth erkannte den Geräteschuppen, in dem die Polizisten den Behälter mit dem Thallium gefunden hatten, und wurde neugierig. Nur versuchshalber drückte sie die Klinke des Gartentürchens hinunter – das sich zu ihrer Überraschung tatsächlich öffnete. Sie zögerte keine Sekunde. Es war weit und breit keine Menschenseele zu sehen – was war schon dabei, wenn sie kurz hineinging und sich den Fundort ansah?! Wahrscheinlich würde der Schuppen ohnehin abgeschlossen sein. Vielleicht, so überlegte sie, durfte das Grundstück nicht anderweitig verpachtet werden, solange das Verfahren um Jürgen Dombroschke noch nicht abgeschlossen war. Schließlich könnte sich immer noch herausstellen, dass die Laube eine wie auch immer geartete Rolle gespielt hatte. Außerdem zahlte Dombroschke vermutlich immer noch die Pacht.

Ruth ging zum Schuppen. Sie versuchte gar nicht erst, diesen zu öffnen, denn ein großes Vorhängeschloss hing an der Tür. Sie drehte sich um und stand vor dem Eingang der hölzernen Laube. Versuchshalber drückte sie die Klinke herunter, aber die Tür war selbstverständlich abgesperrt. Durch das kleine Fenster in der Tür konnte sie keinen Blick nach innen werfen, ein Vorhang versperrte die Sicht. Ruth versuchte es dennoch, vielleicht gab ja ein kleiner Spalt den Blick frei. Das war nicht der Fall, aber als sie ihre Stirn und eine Hand an das Glas legte, spürte sie, dass die Scheibe ein wenig warm war. Oder zumindest nicht so kalt, wie sie bei den Temperaturen hätte sein müssen. Verwundert ging Ruth um das Häuschen herum, aber nichts deutete darauf hin, dass es bewohnt war. Ruth nahm ein paar Schritte Abstand und blickte vom Garten aus auf das Dach. Ein kleines Ofenrohr ragte daraus hervor. Und aus diesem Ofenrohr kam ein winziger weißer Rauchfaden.

Kein Zweifel: Die Laube wurde beheizt.

»Ruth, lass die Finger davon.« Die Stimme von Hannes Eisenrauch hatte einen verärgerten Unterton. Ruth hatte ihm erzählt, wo sie gewesen war. Und von der beheizten Laube.

»Hast du mir nicht zugehört?« Auch Ruth wurde immer gereizter. »Da wohnt jemand!«

»Vielleicht ein Obdachloser. Vielleicht irgendein Bekannter von Dombroschke, was weiß denn ich. Das spielt alles keine Rolle für den Prozess.«

Ruth öffnete den Mund, um etwas zu entgegnen, verkniff es sich dann aber. Sie hatte das unbedingte Gefühl, eine wichtige Entdeckung gemacht zu haben, bei Eisenrauch jedoch lief sie gegen eine Wand. Er dachte gar nicht darüber nach, ob die beheizte Laube eine wichtige Rolle spielte oder nicht. Stattdessen kanzelte er sie ab, als wäre sie ein dummes Kind. Das ärgerte Ruth. Noch mehr ärgerte sie, dass sie stritten.

»Vielleicht rufe ich die Polizei an«, versuchte sie einzulenken.

»Ja«, meinte Eisenrauch seufzend. »Tu, was du nicht lassen kannst.«

»Ich dachte, von dir kommt ein bisschen mehr Unterstützung.« Sie konnte ihre Enttäuschung nicht verbergen. »Du bist doch Ermittler, quasi.«

»Genau, Ruth. Und als solcher kann ich dir sagen: Die Ermittlungen sind abgeschlossen. Es gibt einen Angeklagten, die Beweislage ist klar, die Polizeiarbeit vorbei. Abgeschlossen.«

»Aber wenn es neue Beweise gibt?«, warf Ruth ein.

»...«

»Es könnte zum Beispiel auch der Freund gewesen sein. Uwe Ringel«, warf Ruth eifrig ein. Sie hatte den ganzen Nachmittag darüber gegrübelt. »Ich weiß nicht, wie und was das mit der Laube zu tun hat, aber er war es, der den Dombroschkes die Laube vermittelt hat. Er hat selber eine in derselben Anlage.«

Da Eisenrauch schwieg, hoffte Ruth, dass sie sein Interesse geweckt hatte, und sprach rasch weiter. »Ich dachte, dass die beiden vielleicht eine Beziehung haben. Sie sind seit ihrer Kindheit befreundet, und Dombroschke ... der ist so ein weiblicher Typ. Sehr feminin, ein Tänzer. Die Anzüge, die er immer anhat. Vielleicht war Eifersucht das Motiv. Und Gift ist sowieso eine typisch weibliche Mordwaffe.«

»Du hast aber gerade gesagt, der Freund war es.«

»Ja, ist ja egal«, wehrte Ruth ab. »So genau hab ich es noch nicht. Aber das könnte doch sein. Die beiden hatten eine Liebesbeziehung, und die Ehefrau war im Weg.«

»Nach so vielen Jahren? Ich bitte dich, Ruth. Spiel nicht Miss Marple!«

Ruth schwieg. Sie drang einfach nicht zu Hannes vor. Während sie ihre These ausgesprochen hatte, war ihr allerdings selbst aufgefallen, wie kindisch ihr Konstrukt klang. Trotzdem – mit der Laube stimmte etwas nicht.

»Können wir das Thema wechseln?« Hannes' Stimme wurde einen Tick weicher.

»Gerne. Worüber möchtest du sprechen?« Ruth gab sich versöhnlich, aber das schien nicht so anzukommen.

»Nun sei doch nicht gleich eingeschnappt.«

»Ich bin nicht ... Ach, egal. Was ist mit deiner Frau?«

Ruth wusste, dass Hannes am Abend mit den Kindern allein war. Angela Eisenrauch war ausgegangen, wohin und mit wem, wusste der Staatsanwalt nicht. Er hatte auch angerufen, um Ruth zu warnen. Es war nicht auszuschließen, dass seine Frau wieder bei ihr auftauchte.

»Ich hab mit einem Freund gesprochen und ihm das Foto geschickt ...« Hannes hielt inne.

»Und?«

»Er sagt, ich soll sie überreden, zu einem Arzt zu gehen. Das habe ich aber längst versucht, du kannst dir vorstellen, mit welchem Ergebnis.«

Jetzt schwiegen sie beide.

»Die nächste Stufe wäre, einen Antrag beim Amtsgericht auf Unterbringung einzureichen wegen Fremdgefährdung. Das ist die Ultima Ratio. Das kann ich einfach nicht machen. Ich kann nur versuchen, die Situation zu deeskalieren. Den Kindern zuliebe.«

»Und das heißt?« Ruth hatte einen Kloß im Hals, denn sie wusste ganz genau, was das hieß. Tatsächlich ließ Hannes sich Zeit mit seiner Antwort.

»Erst mal so tun, als sei alles in Ordnung. Wie früher.«

»Aha!«

»Ruth, das ist nur vorübergehend. Ich muss versuchen, einen Zugang zu ihr zu finden. Sie ist psychisch krank, das ist klar. Aber wenn ich jetzt gehe oder ihr die Kinder wegnehme – ich weiß nicht, was dann passiert. Im Moment kann ich sie nicht einschätzen.«

Was sollte sie ihm dazu sagen? Dass sie nicht einverstanden war? Dass sie ihn sehen wollte, auch auf die Gefahr hin, dass seine Frau dann völlig am Rad drehte? Dass sie ihn liebte, ihn nicht länger teilen wollte? War das überhaupt die Wahrheit? Ruth wurde traurig. Tieftraurig. Ein Gefühl der Vergeblichkeit erfasste sie. Sie presste das Ohr an den Hörer, wollte etwas sagen, aber sie bekam kein Wort heraus. Sie hatte einen Kloß im Hals, der ihr die Luft abschnürte. Ihr Herz. Sie spürte die Tränen kommen.

»Ja, gut dann. Tschüss.«

»Leg nicht auf! Ruth!«

Zu spät.

Eine halbe Flasche Rotwein und einige nasse Taschentücher später saß sie immer noch in der Küche. Vor einer einsamen Kerze. Sie wollte nicht ins Bett gehen, sie hatte Angst davor. Sie hielt sich an der Helligkeit und dem Glas Wein fest und grübelte darüber nach, wann ihre Beziehung zerbrochen war. Denn dass dem so war, dessen war Ruth sich sicher. Es gab kaum noch ein Treffen, kaum ein Gespräch mit Staatsanwalt Hannes Eisenrauch, das nicht irgendwie schwierig war. Entweder sie stritten oder redeten aneinander vorbei. Die Leichtigkeit, die Verliebtheit der ersten Wochen war verflogen. Dabei hatten sie beide kaum Gelegenheit dazu gehabt, ihr Glück auszukosten. Es waren immer gestohlene Momente. Niemand durfte von ihnen wissen – im Gericht nicht und bei Eisenrauch zu Hause erst recht nicht.

Ruth war bewusst, dass die Umstände zu schwierig waren. Vielleicht hatten sie sich einfach zur falschen Zeit kennengelernt. Sollte sie vielleicht geduldiger, toleranter sein? Johannes, ihr Exmann, hatte ihr immer vorgeworfen, dass sie zu schnell in die Luft ging. Hatte sie denselben Fehler bei Eisenrauch auch gemacht?

Aber Ruth hatte keine Lust, sich die Schuld zu geben. Hannes' Ängstlichkeit und Unentschlossenheit gingen ihr auf die Nerven. Mal war er überschwänglich, stand einfach bei ihr vor der Tür, blieb über Nacht, beteuerte ihr, wie sehr er in sie verliebt war. Und dann wieder meldete er sich tagelang nicht, war darauf bedacht, dass niemand sie zusammen sehen sollte, hielt sie hin. Das war nicht das, was Ruth wollte. Sie war fünfzig, in zwei Wochen einundfünfzig. Sie hatte keine Lust auf eine schwierige Affäre. Sie wollte eine richtige, echte Beziehung. Verdammt, sie hatte doch auch ein Recht darauf!

Und es war nicht nur das. Ruth hatte Angst. Sie dachte daran, dass Annika bald ihr Abitur haben würde. Sicher würde sie reisen, irgendwo studieren, ausziehen. Und dann war Ruth allein. Allein alt werden, das war es, wovor Ruth die allergrößte Furcht hatte.

Dieser Gedanke führte sie unwillkürlich wieder zu Dombroschke. Er war mit seiner Frau alt geworden. Die beiden waren einen langen Weg miteinander gegangen. Durch Glück und Unglück. Jürgen Dombroschke hatte seiner Frau in schlimmen Zeiten beigestanden. Hatte er am Ende einfach die Nerven verloren? Oder hatte er seiner Margit den letzten Gang erleichtern wollen? Hatte er aus Mitgefühl getötet, sie erlöst? An ihre eigene steile These vom schwulen Pärchen Uwe und Jürgen glaubte sie selbst nicht mehr.

Aber je länger sie darüber nachdachte, desto sicherer war Ruth, dass es in diesem Fall etwas gab, was noch nicht ans Licht gekommen war. Und diese verdammte Laube hatte damit zu tun.

Jetzt hörte sie den Schlüssel im Schloss. Es war Annika. Sie hatte am Abend bei ihrem Vater Johannes und seiner zweiten Frau Mona das Babysitten übernommen und schlich nun leise in den Flur. Ruth hatte überall das Licht ausgemacht und saß – theatralisch! – in der dunklen Wohnung vor der Kerze am Küchentisch. Es dauerte eine Weile, bis Annika sie bemerkte. Sie streckte den Kopf durch die Küchentür. »Du bist ja noch wach?«

»Wie du siehst.« Ruth merkte, dass sie eine schwere Zunge hatte, was sie aber nicht davon abhielt, sich noch einmal nachzuschenken.

Annika kam rasch an den Tisch und nahm Ruth die Flasche weg. »Hör auf, Mama! Du trinkst zu viel.«

»Ich trinke, soviel ich will. Ich bin ja keine Alkoholikerin! Außerdem weißt du gar nicht ...«

»Nee, weiß ich nicht«, unterbrach Annika. »Ist mir auch egal. Du hast ja immer einen Grund.«

Ruth war perplex.

Annika merkte, wie betroffen Ruth von ihrer Bemerkung war. Sie setzte sich ihrer Mutter gegenüber und schlug nun einen versöhnlicheren Ton an.

»Sorry, Mami. Aber in der letzten Zeit ...«

»Bin ich eine Säuferin?«

»Nein!« Annika lachte. »Aber pass ein bisschen auf, okay?«

Ruth war der Appetit auf ihren Wein vergangen. Sie schob das Glas zur Seite. »Ich glaube, das mit Hannes ist aus.«

Annika schwieg. Ruth schwieg lieber auch. Sie wollte nicht rumjammern.

Stattdessen fragte sie: »Wie war's bei Papa?«

»Mona ist wieder schwanger!« Annika freute sich aufrichtig. Sie hatte trotz der Trennung ein sehr gutes Verhältnis zu ihrem Vater und auch zu dessen neuer Frau. Ruth hatte das immer unterstützt. Jetzt war sie überrascht. Noch vor einem Jahr hatte es so ausgesehen, als wäre die zweite Ehe ihres Mannes mit der viel jüngeren Frau ebenfalls in die Brüche gegangen. Offenbar war das aber nur eine vorübergehende Krise gewesen. Ruth wusste, dass sie sich eigentlich darüber freuen sollte.

»Außerdem habe ich mich verplappert«, gestand Annika. »Wegen Lukas. Papa ist stinksauer. Er sagt, er dreht den Geldhahn zu.«

Ruth lachte auf. »Welchen Geldhahn? Er zahlt doch sowieso nicht!«

Annika verzog das Gesicht. Sie hatte es nicht gern, wenn Ruth so über Johannes redete.

»Aber du hast mich auf eine Idee gebracht«, lenkte Ruth ein. Sie stand auf und spürte, dass sie morgen unendliche Kopfschmerzen haben würde. Sie ging zur Spüle und füllte sich ein Glas mit Wasser. Sie würde vorsorglich zwei Aspirin nehmen. Morgen war Bürotag, und im Anschluss daran hatte sie einen Plan.

»Ich verschwinde ins Bett.« Sie küsste Annika aufs Haar. »Und keine Sorge. Ich trinke ab jetzt ein bisschen weniger. Schlaf gut.«

»Schlaf du auch gut.« Annika stand ebenfalls auf und umarmte Ruth fest. »Ich hab dich lieb, Mami.«

Ruth genoss die Umarmung. Dann löste sie sich und ging ins Bad. Bevor sie einschlief, würde sie Lukas noch eine Nachricht zukommen lassen. Sie brauchte ihn morgen.

Seit einer halben Stunde standen sie im Stau. Ruth hatte Lukas in seiner Neuköllner Wohnung abgeholt, obwohl sie von ihrem Zuhause in Moabit in direkter Linie nach Reinickendorf hätte fahren können. Aber sie hatte Lust auf die Autofahrt gehabt. Sie hörte eine alte Best-of-CD von Paolo Conte, hatte die Heizung so hoch gestellt, dass sie im T-Shirt im Auto sitzen konnte, und summte »Un gelato al limon« mit.

Heute Morgen war sie nach dem gemeinsamen Frühstück mit Annika noch einmal ins Bett geschlüpft und hatte zwei Stunden gelesen. Purer Luxus! Anschließend hatte sie den Bürokram fürs Bistro erledigt, die Steuerunterlagen zusammengesucht, hatte ihrem türkischen Metzger einen Besuch abgestattet und mehrere Lammcarrés für den nächsten Tag bestellt.

Dann hatte sie ihren Sohn abgeholt, und nun tuckerten sie gemeinsam in die Roedernallee. Das heißt, im Moment steckten sie im Berufsverkehr fest. Lukas hatte sich die unförmigen Bundeswehrstiefel, die er secondhand erworben hatte und seitdem immer trug, ausgezogen und die Füße in den dicken Socken aufs Armaturenbrett gelegt.

»Kannst du die netterweise mit dem Duftbäumchen einreiben?« Ruth zeigte erst auf die Füße, dann auf den Duftbaum, den man ihr in der Werkstatt als Weihnachtsgeschenk an den Innenspiegel gehängt hatte.

Lukas lachte. »Komm! Früher war's schlimmer.«

»Hm! Schlimmer ist eine Definitionsfrage.« Ruth schnüffelte demonstrativ und verzog dann das Gesicht. Aber Lukas hatte recht. Als er dreizehn war, hatte er angefangen zu müffeln. Sie konnte sich nicht länger als fünf Minuten in seinem Zimmer aufhalten, schon musste Ruth das Fenster aufreißen. Obwohl er gleichzeitig angefangen hatte, regelmäßig zu duschen und Deo zu benutzen, war der Geruch männlich-pubertärer Hormone allgegenwärtig gewesen. Wenn er dann noch Besuch von seinen Cola trinkenden und Chips fressenden Kumpels hatte, stank die gesamte Hundertquadratmeterwohnung nach Tigerkäfig.

Die Zeiten waren jetzt gottlob vorbei, jeder juvenile Hormonhaushalt pendelte sich irgendwann mal ein. Trotzdem rochen die Socken nicht nach Rosen.

»Übrigens hab ich mir überlegt, ob ich wegziehen soll«, sagte Lukas nun und durchsuchte neugierig das Handschuhfach des Fiats. Ruth hatte immer Bonbons darin.

Da sie keinen Zentimeter vorwärtskamen, konnte Ruth ihren Sohn in Ruhe mustern. »Was ist eigentlich bei dir los?«, erkundigte sie sich mit leichter Besorgnis. »Erst die Eröffnung mit der Uni und der Ausbildung, und jetzt willst du wegziehen? Du bist doch immer so stolz darauf gewesen, dass du echter Berliner bist? Und wohin überhaupt?«

Lukas schob sich ein Sahnebonbon in den Mund.

»Zu Oma und Opa.«

Zum Glück standen sie im Stau, denn Ruth war vor Schreck instinktiv auf die Bremse getreten. »Nach Menden? In das Kaff?«

Geduldig erläuterte Lukas ihr seinen Plan. Der Stau löste sich nun in Richtung Residenzstraße langsam auf, und in den folgenden zehn Minuten bis zur Roedernallee hörte Ruth staunend zu. Als sie den Wagen auf den Parkplatz der Kleingartenanlage lenkte, war sie über die neuen Lebenspläne ihres Sohnes ganz genau informiert. Ihr Vater hatte die Idee gehabt, dass Lukas in einem Altenheim bei ihnen in der Nähe seine Ausbildung machen könnte. Er könnte im Haus von Ruths Eltern ein Zimmer haben und müsste keine Miete zahlen. Nebenbei könnte er sich um die alten Leutchen kümmern, falls diese Hilfe brauchten.

Es war zu schön, um wahr zu sein, klang nach einer Winwin-Situation für beide Seiten, aber Ruth blieb skeptisch.

»Du bist ein junger Mann! Du hast eine Band, Freunde. Du willst was erleben«, sagte sie zu ihrem Sohn, während sie gemeinsam durch die Anlage zum KGV »Friedlieb« stapften. »Gerade, wenn du dauernd mit alten Leuten zu tun hast. In Menden ist doch der Hund begraben! Und dann sitzt du womöglich abends noch mit Oma und Opa auf dem Sofa und guckst Carmen Nebel.«

Lukas zog den Kopf tiefer zwischen die Schultern. Er ließ sich Zeit mit einer Antwort, aber er klang sehr bestimmt, als er sagte: »Ich will was Sinnvolles tun, Mama. Ich hab keinen Bock mehr auf Abhängen. Dieser ganze Yolo-Party-Hedonisten-Scheiß ödet mich an.« Er hakte sich bei ihr unter. »Das mit der Band ist ganz nett, Fun halt, aber so richtig happy macht's mich auch nicht.«

Ruth staunte nur. Gleichzeitig war sie stolz darauf, dass ihr Sohn so dachte, wie er dachte.

»Ich hab schon überlegt, ob ich ins Ausland gehe, Indien oder Afrika, und da was Soziales mache. Aber dann hab ich gedacht: Hey, das geht doch auch vor deiner eigenen Haustür.«

Ruth nickte und wies gleichzeitig auf den Eingang zum KGV.

»Wir sind da.«

Sie blieben vor dem Maschendrahtzaun stehen. Es dämmerte stark, man konnte das Ende des Weges vor ihnen kaum noch erkennen. In zehn Minuten würde es stockfinster sein. In keinem der Häuschen war Licht zu sehen, auch nicht in den anderen Kleingartenanlagen, die sie durchquert hatten.

»Ich habe eine Taschenlampe dabei«, sagte Ruth.

»Was willst du eigentlich machen?«, erkundigte sich Lukas. »Klopfen? Oder dich anschleichen?«

Ruth zuckte mit den Schultern. »Einfach nur gucken.«

Stumm gingen sie in der Dämmerung bis zu Dombroschkes Laube. Es war absolut still, nur die Vögel hörte man vereinzelt singen, bevor auch sie sich in der Dunkelheit zur Ruhe begaben.

Als sie das Grundstück erreicht hatten, deutete nichts darauf hin, dass Leben in der Laube war. Kein Licht, kein Geräusch, kein Rauch. Ruth bedeutete Lukas, auf dem Weg stehen zu bleiben, sie wollte die Laube noch einmal in Augenschein nehmen. Mittlerweile war es fast finster.

Ruth schlich zur Tür, dabei spürte sie, wie ihr das Herz bis zum Hals klopfte. Völlig idiotisch, schimpfte sie mit sich. Sie würde hier schließlich keinen Mörder stellen. Vermutlich gab es eine harmlose Erklärung. Sie fasste an die Scheibe der Eingangstür, aber die war kalt.

Elena schlug sich auf dem kleinen Trampelpfad durch das Gebüsch. Sie benutzte nie die großen Wege, das war viel zu gefährlich. Sie war bislang unentdeckt geblieben, hoffte sie zumindest.

In der einen Hand trug sie ihren Einkaufsbeutel mit Orangen und zwei Joghurts. Sie war stolz auf ihre Ausbeute. Vor drei Tagen hatte sie ein junges Mädchen beobachtet, wie diese im Hof hinter dem Supermarkt Essen aus dem Müllcontainer gefischt hatte. Schließlich hatte das Mädchen, eine ziemlich heruntergekommene Punkerin mit Hund, Elena bemerkt und sie angebrüllt, wahrscheinlich, weil sie dachte, Elena würde sie verpfeifen. Aber dann hatte sie gemerkt, dass Elena nur neugierig war. Vorsichtig hatte Elena sich zu ihr gewagt, und das Mädchen hatte ihr schließlich gezeigt, was sie aus dem Müll holte. Essen, das noch gut war. Gemüse mit kleinen Stellen, verpacktes Brot und Joghurts, deren Verfallsdaten abgelaufen waren. Das Mädchen hatte Elena erklärt, dass die Lebensmittel noch gut waren, aber das hatte Elena schließlich mit eigenen Augen sehen können. Den Leuten hier ging es zu gut.

Das Mädchen hatte schnell begriffen, dass Elena auch auf der Straße lebte und außerdem die Sprache nur schlecht beherrschte. »Das ist mein Container, okay?!«, hatte sie ihr drohend klargemacht. »Du kannst dir auch was nehmen – aber nur, wenn ich es erlaube! Und komm ja nicht auf die Idee, deiner Sippe was davon zu erzählen.«

Elena hatte brav genickt, obwohl sie nicht jedes Wort verstand, das die Punkerin sagte. Aber sie hatte die Sachen, die das Mädchen ihr überließ, dankbar eingepackt. Nun war sie jeden Tag zur selben Zeit zum Container gegangen und hatte sich von dem Mädchen Lebensmittel geben lassen.

Elena war froh. Das Essensproblem schien gelöst. Wenigstens für den Moment. Nicht aber das andere. Das Pavel-Problem.

Elena war in der Siedlung gewesen und hatte dem großen Mann einen Zettel durchgesteckt. Sie wusste, wo er wohnte, weil sie schon einmal von Pavel dorthin geschickt worden war.

Ob er kommen und ihr helfen würde? Und was würde er dafür verlangen?

Elena war so in Gedanken versunken gewesen, dass sie dem Trampelpfad fast bis zu ihrer Unterkunft gefolgt wäre. Doch nun blieb sie abrupt stehen und wagte kaum zu atmen. Da war jemand. Ein Schatten. An ihrer Laube. Panisch drehte Elena sich um und wollte flüchten. Doch hinter ihr stand jemand. Ein Mann. Sie lief direkt in seine Arme.

»Hör auf zu heulen!« Pavels Linke flog so schnell über den Sitz nach hinten, dass sich Elena nicht rechtzeitig in Sicherheit bringen konnte. Seine Hand knallte an ihren Kopf, die dicken Ringe prallten mit dumpfem Geräusch auf den Knochen und würden eine dicke Schwellung hinterlassen. Elena senkte sofort den Kopf, um einem zweiten Schlag zu entgehen, und ließ die langen blonden Haare wie einen Vorhang vor ihr Gesicht fallen.

Pavel gab ihnen auf Russisch noch die üblichen Instruktionen – ohne Gummi nur gegen Aufpreis, seid nett zu den Jungs, macht alles, was sie von euch wollen, lächeln, lächeln, lächeln, ziert euch nicht, und schluckt es runter ... Er sagte immer dasselbe.

Elena saß eingeklemmt zwischen Katarina, einer minderjährigen Polin, die aber schon länger dabei und durch die Drogen, die sie nahm, vollkommen abgestumpft war, und Maria aus dem Senegal. Maria hieß im Leben nicht Maria, aber Pavel hatte ihr den Namen gegeben, als er sie vor ein paar Wochen angeschleift hatte. Maria war stumm wie ein Fisch. Sie machte alles mit – ohne Begeisterung, aber auch ohne zu klagen. Passiv. Tot. Elena vermutete, dass die Schwarze, deren Alter sie nicht einschätzen konnte, irgendetwas zwischen vierzehn und vierzig, schon Schlimmeres erlebt hatte. Maria war Pavels persönliches Spielzeug, was ihn nicht davon abhielt, sie unablässig an Freier zu vermieten.

Die Mädchen trugen alle die gleichen schwarzen Plastik-Minis, Pavel schien Mengenrabatt bekommen zu haben und bestand darauf, dass sie immer diese winzigen Röcke trugen, die Scham und Pobacken mehr zur Schau stellten, als sie zu verhüllen. Maria hatte schwarze Lackstiefel an, die ihr weit übers Knie reichten, Katarina trug, ebenso wie Elena, glitzernde Billig-Stilettos. Ihre jeweiligen Oberteile waren kleine bunte Stofffetzen, die den Namen T-Shirt nicht verdienten.

Soviel Elena verstanden hatte, waren sie heute in eine Männerrunde »eingeladen«. Sie wurden von dem Freier, der sie für drei Stunden gemietet hatte, erwartet und sollten sich heimlich in ein Gartenhaus schleichen. So lautete der Auftrag.

Stascha, Pavels rechte Hand, öffnete auf Marias Seite die Tür des gelben Camaro und scheuchte die Mädchen nach draußen.

Es dämmerte, und Elena erkannte, dass sie in einer Gartensiedlung parkten. Sie kannte solche Siedlungen vom Vorbeifahren. Die Deutschen hatten kleine Häuschen mit Garten, aber sie wohnten nicht darin. Sie hatten sie zusätzlich zu ihren Wohnungen. Die Gartenhäuser sind in einem besseren Zustand als viele Häuser in Moldawien, dachte Elena. Wie gut musste es diesen Menschen gehen.

Der Mann, der sie gemietet hatte, erwartete sie unter einem Baum. Er war sehr groß und gar nicht mehr jung. Er hatte einen mächtigen Bauch und riesige Pranken. Als er die drei Frauen auf sich zuwackeln sah, blickte er sich nervös um, gleichzeitig leckte er sich die Lippen. Dann grinste er und nickte anerkennend. Er zwickte Maria sofort in den Hintern, als sie bei ihm angelangt waren.

»Sprecht ihr Deutsch?«, war seine Begrüßung, während er Stascha ein Geldbündel übergab.

Da Maria und Katarina nicht reagierten, schüttelte Elena für sie alle den Kopf. Sie sprach als Einzige ein paar Brocken. Sie hatte in Moldawien einen Kurs besucht, um sich auf ihre Karriere in Deutschland vorzubereiten.

»Is ooch ejal«, sagte der Mann, der von nahem besehen schon im Großvateralter war. »Ihr werdet ja nich fürs Reden bezahlt.«

Dann lachte er und bedeutete den Mädchen, ihm zu folgen. Sie schlängelten sich hinter dem Mann über einen Trampelpfad – mit den High Heels ein akrobatisches Kunststück. Schließlich kamen sie an der Rückwand eines Gartenhäuschens heraus. Der Mann legte den Zeigefinger auf die Lippen, dann öffnete er die Tür. Er wurde mit großem Hallo empfangen. Elena hörte die Stimmen einiger Männer. Männer, die getrunken hatten.

Als die drei Mädchen den Raum betraten, wurde das Hallo größer. Elena zählte vier weitere Männer. Sie saßen an einem Tisch in der Mitte des Raumes, in dem dicke Schwaden von Zigarettenrauch hingen, und spielten Karten. Es roch nach Bier und Schnaps.

Katarina und Maria gingen wie ferngesteuert auf zwei der Männer zu und setzten sich ohne zu fragen auf deren Schoß. Elena blieb an der Tür stehen. Sie versuchte, die Situation einzuschätzen. Welcher der fünf Herren war der am meisten Betrunkene? Wer war aggressiv-betrunken, und welcher war eher müde? Gab es einen in der Runde, dem die

Situation peinlich war? Ihren beiden Kolleginnen war ohnehin alles egal, aber sie versuchte immer, sich den Freier herauszupicken, der ihr am willfährigsten schien. Einen Schüchternen gab es immer. Sie nahm einen Endfünfziger ins Visier, der sich krampfhaft an seinen Spielkarten festhielt und es kaum wagte, die Mädchen anzuschauen.

»Und denkt daran«, ließ sich der Große hinter ihr vernehmen, »keenen Mucks, damit die Ollen keenen Verdacht schöpfen.«

Dreckiges Gelächter. Dann begann die Party. Jemand schob Elena einen Schnaps zu. Sie spürte Hände auf den Schenkeln. Sie dachte an ihre Heimat. An ihre Familie, an ihren kleinen Sohn. Sie war in einer anderen Welt.

Drei Stunden später schlichen sie wieder durchs Gebüsch. Elena fühlte sich wie zerschlagen. Aber der gelbe Camaro wartete bereits. Die Türen standen offen, Pavel und Stascha lehnten am Wagen und rauchten. Als der Alte die Mädchen bei ihnen ablieferte, musterte der Zuhälter seine Pferdchen.

»Zufrieden?«, fragte er den Freier.

Der nickte. »Nächste Woche um die gleiche Zeit?«

Pavel grinste. Dann scheuchte er seine Ware ins Auto. Stascha schmiss die Türen zu, Pavel ließ den Motor an und drehte seine Hip-Hop-Musik auf Anschlag.

»Der Nächste wartet«, ließ er die Mädchen wissen und fädelte sich in den Verkehr ein.

Maria starrte aus dem Fenster. Katarina nestelte Tabletten aus ihrer kleinen Handtasche und schluckte gleich drei davon.

Elena schloss die Augen.

»Da ist niemand.« Ruth kam wieder zu Lukas an die Gartenpforte. Sie warf noch einmal einen Blick zurück auf die Laube von Dombroschke und zuckte mit den Schultern.

»Vielleicht habe ich mich getäuscht.«

Lukas schwieg. Dann machten sie sich durch die Dunkelheit auf den Weg zum Auto.

Sie waren gerade in den schnurgeraden Weg eingebogen, der am Vereinsheim vorbei aus der Anlage führte, als Ruth glaubte, in der Dunkelheit vor sich zwei Personen zu sehen.

»Da geht doch jemand«, sagte sie zu Lukas. Der nickte.

»Hallo!« Unwillkürlich beschleunigte Ruth ihre Schritte. Die beiden Personen vor ihr drehten sich nicht um. Ruth rief erneut, aber dann waren die Schatten nicht mehr zu sehen.

»Seltsam.«

Lukas zuckte mit den Schultern. »Keine Ahnung. Sind verschwunden. Ach nee!« Er deutete auf eine Laube zur Rechten. »Da brennt jetzt Licht.«

Tatsächlich sahen sie beide einen schwachen Lichtschein in der Dunkelheit. Er kam aus einem kleinen Fenster.

Ruth ging engagiert darauf zu. »Kann doch nicht sein, dass die uns nicht gehört haben!« Dann blieb sie abrupt vor dem Grundstück stehen, auf dem die Laube mit dem erleuchteten Fenster stand.

Sie wusste sofort, um wessen Laube es sich handelte. Die Hertha-BSC-Fahne war ihr im Gedächtnis geblieben.

Ruth stieß das Gartentor auf und ging mit großen Schritten über den Kiesweg zur Laube. Lukas folgte ihr.

Kurz war sie versucht, einfach durch das erleuchtete Fenster zu spähen, aber dann besann sie sich und klopfte.

Im Inneren der Laube konnte man Rumoren hören, so als ob jemand Möbel verschob. Schließlich öffnete sich die Tür einen Spaltbreit, und ein Mann schob seinen massigen Körper heraus. Er versperrte Ruth und Lukas damit die Sicht ins Innere.

»Uwe Ringel?« Ruth ließ dem älteren Mann keine Zeit für Fragen. »Wir kennen uns. Ruth Holländer. Ich bin Richterin im Prozess Dombroschke.«

Ruth spürte, dass Lukas zusammenzuckte. Uwe Ringel klappte den Mund überrascht auf, dann wieder zu und zog skeptisch die Brauen zusammen.

»Ich war gestern schon mal hier, habe mir die Laube Ihres Freundes Dombroschke angesehen«, fuhr Ruth fort. »Da wurde geheizt. Wissen Sie etwas darüber?«

Der Rentner schien sich langsam von seiner Verwunderung zu erholen. »Sie sind doch nicht von der Polizei?«

»Nein.« Ruth wollte keinen Rückzieher machen. »Wie gesagt, ich bin Richterin.« Lukas warf ihr einen scheelen Seitenblick zu. »Ehrenamtliche Richterin. Und mit dem Prozess betraut. Ich wollte mir selber mal ein Bild machen.«

»Aber die Ermittlungen sind doch abgeschlossen«, stellte Uwe Ringel sehr richtig fest.

Ruth sah ihre Felle davonschwimmen, rettete sich aber in eine Notlüge. »Sie haben vielleicht gehört, dass der Prozess abgebrochen wurde und wieder neu aufgenommen werden muss.«

Ringel schüttelte den Kopf, aber der skeptische Ausdruck in seinem Gesicht blieb.

»Tja, also, können Sie mir sagen, ob die Laube im Moment benutzt wird?« Ruth rang sich ein Lächeln ab. Gleichzeitig versuchte sie, einen Blick in den Raum hinter Ringel zu werfen, aber das gelang ihr nicht, sie war so klein, dass sie ihm nicht über die Schulter gucken konnte.

Der große Mann ließ sich Zeit mit einer Antwort. Er blickte hinüber in die Richtung, in der die Laube der Dombroschkes liegen musste.

»Nee«, sagte er dann gedehnt. Er richtete seinen Blick auf Ruth und grinste plötzlich breit. »Da is niemand. Ich heize da manchmal. Damit es keenen Schimmel gibt. Vielleicht kommt Dommi ja doch raus. Und dann soll allet schick sein, wa?«

Ruth starrte ihn an. Er lächelte zurück. Er hatte sie entwaffnet. Hier gab es für sie keine Fragen mehr. Ruth wusste, wann sie verloren hatte. Sie nickte und trat den Rückzug an. »So. Na ja. Nett von Ihnen. Schönen Abend.« Dann fiel ihr etwas ein. »Falls Sie sich vielleicht doch noch an das ein oder andere erinnern, rufen Sie mich bitte an.« Sie zog eine Visitenkarte des »La Paysanne« aus der Tasche und drückte sie dem verdutzten Ringel in die Hand. Dann drehte sie sich um und ging mit Lukas rasch den Weg zum Gartentor. Uwe Ringels Blick brannte in ihrem Rücken.

Als sie wieder auf dem Hauptweg waren, zischte Lukas: »Du spinnst doch, Mama. Du kannst dich doch nicht als Richterin ausgeben. Und dann noch die Karte vom Bistro! Denkst du, der ist dämlich?«

»Ich hab ja gesagt, ehrenamtliche Richterin«, gab Ruth zurück.

Lukas schüttelte nur vorwurfsvoll den Kopf. »Trotzdem. Eins ist klar: Der hat gelogen. Außerdem war er nicht allein. Ich glaube, hinten saß 'ne junge Frau.«

»Ja.« Ruth war froh, dass ihr Sohn es ausgesprochen hatte. Sie war der gleichen Meinung. »Aber was mache ich jetzt damit?«

»Ah!« Ruth schrie auf und zog den Finger vom Schneidbrett. Das Blut schoss aus der glatten Schnittwunde. Es war so viel, dass Ruth davor zurückschreckte, den Finger in den Mund zu stecken. Sie presste stattdessen das Mulltuch, mit dem sie den Fond abseihen wollte, darauf.

Jamila erfasste die Situation mit einem Blick und zog rasch die Schublade auf, in der sie den Erste-Hilfe-Kasten aufbewahrten. Dann legte sie Ruth fachmännisch einen dicken Verband an.

Währenddessen schimpfte sie mit ihrer Chefin.

»Du bist so dermaßen unkonzentriert, Ruth!« Jamila schüttelte missbilligend den Kopf. »Du hast wieder eine Phase.«

»Eine Phase?« Ruth hielt den Blick krampfhaft an die Decke der Küche gerichtet. Der Schnitt mit dem Filetiermesser war tief gegangen, fast bis auf den Knochen. Es tat nicht allzu weh, das Messer hatte eine so dünne und scharfe Klinge, dass der Schnitt wie durch Butter hindurchgegangen war, aber Ruth konnte den Anblick der klaffenden Fleischwunde nicht ertragen. »Ich hab nicht *eine* Phase. Das sind ganz schön viele Scheißphasen, das reißt gar nicht mehr ab.«

Jamila musste lächeln. »Jetzt übertreibst du aber.«

Ruth besah sich den dick verpackten Zeigefinger und

schniefte. »Na, guck mal hier, schon wieder zwei neue Phasen.« Sie hielt den Finger hoch. »Jetzt kann ich nicht mehr richtig arbeiten. Und 'ne Triefnase bekomme ich auch, also Grippe im Anzug.«

»Armes kleines Häschen.« Jamila zog ein übertrieben mitleidiges Gesicht und streichelte Ruth über die Haare.

»Miau«, machte diese, um dann gleich in die Hände zu klatschen. »Genug Pause, jetzt wird wieder rangeklotzt.«

Wie aufs Stichwort streckte Susan den Kopf herein und heftete zwei neue Bons ans Zettelbrett. »Zweimal Lammcarré, einmal die Birnen-Lachs-Tarte.«

Und schon war sie wieder raus. Die beiden Frauen arbeiteten konzentriert bis zum Ende des Mittagsservices. Ruth war zwar durch den verbundenen Finger, der jetzt anfing, heftig zu pochen, gehandicapt, aber es gab durchaus einige Arbeiten, die sie auch ohne den linken Zeigefinger erledigen konnte. Zwischendrin klingelte ihr Handy mehrmals, aber sie ignorierte die Anrufe. Erst als es Zeit für Jamilas Entspannungszigarette war, warf Ruth einen Blick aufs Display. Ihre Mutter, natürlich. Als ob die nicht wusste, dass Ruth mittags den größten Stress hatte. Sicherlich wollte sie nur plaudern, Rückruf nicht nötig. Hannes hatte gleich zweimal angerufen, aber zum Glück auch eine Nachricht hinterlassen.

»Hey. Ich, ähm ... das war ein Scheißgespräch neulich. Also ... Können wir noch mal einen Versuch starten? Ruf mich bitte an. Ich möchte deine Stimme hören. ... So zwischen sieben und acht. Vorher habe ich Termine, um acht wollte ich zu Hause sein, also wenn ... Ja dann bis später.«

Ruth war beim Abhören der Nachricht hin- und hergerissen. Sie war einerseits sofort weich geworden, als sie die

Stimme des Staatsanwalts gehört hatte, andererseits aber auch wütend. Zwischen sieben und acht? Das war ihr Zeitfenster? Reingequetscht zwischen Job und trautem Heim?! Wahrscheinlich wäre es ideal, wenn sie ihn auf dem Heimweg im Auto erwischen würde. Dann würde sie ihn bei keiner anderen wichtigen Tätigkeit stören.

Ebenfalls kein Rückruf, notierte Ruth auf ihrer inneren To-do-Liste.

Der dritte Anrufer war Johannes. Auch er hatte eine Nachricht auf der Mobilbox hinterlassen. Ruth stellte sich draußen in den Hinterhof neben Jamila und schaltete ihr Handy auf Lautsprecher.

»Ja, Ruth, Johannes hier«, tönte es zackig aus dem kleinen Apparat. »Ich muss mit dir wegen Lukas sprechen. Das geht so nicht. Bitte um Rückruf.«

Die beiden Frauen sahen sich an. »Was für ein Arsch«, kommentierte Ruth, dann lachten sie beide. Sie löschte die Nachricht sofort. Anschließend berichtete sie Jamila ausführlich von ihrem Besuch in der Laubenkolonie und von ihrem Verdacht. Jamila war stets eine gute Ratgeberin. Sie war viel pragmatischer als Ruth und sah nicht überall Gespenster.

»Ich glaube, du siehst Gespenster«, war dann auch prompt der erste Kommentar der Freundin.

Ruth seufzte. Sie hätte gern etwas anderes gehört. Diese Laube war für sie zur fixen Idee geworden, seit sie aus dem Prozess ausgeschieden war. Sie musste sich selbst eingestehen, dass es ihr Spaß machte, Detektiv zu spielen und wild herumzuspekulieren. Als Miss Marple wollte sie trotzdem nicht abgestempelt werden.

»Du steigerst dich da rein, weil du dich mit dem anderen

Schlamassel in deinem Leben nicht beschäftigen willst«, stellte Jamila fest und hatte damit natürlich den Nagel auf den Kopf getroffen. Ruth protestierte nur schwach.

»Der beste Rat, den ich dir geben kann«, fuhr Jamila fort, während sie wieder hineingingen, »ist, mit der Polizei zu sprechen. Dann hast du deine Ruhe. Und fahr da bloß nicht mehr hin!«

Damit stellte sich Jamila direkt vor Ruth und sah ihr in die Augen. Und beide wussten, dass Ruth sich nicht daran halten würde.

Allerdings fasste sich Ruth zwei Stunden später ein Herz und telefonierte sich so lange durch einige Polizeidienststellen, bis sie Kriminalhauptkommissar Jörg Wenk am Apparat hatte. Er war sehr irritiert, die Schöffin am Apparat zu haben, und in der Folge auch keineswegs erfreut. So war es Ruth schon unangenehm, ihm zu erzählen, dass sie aus reiner Neugier in den KGV »Friedlieb« gefahren war. Und natürlich fragte Wenk sie vorwurfsvoll, was sie sich davon erhofft hatte.

Augen zu und durch, dachte Ruth, jetzt gab es kein Zurück mehr. Also erzählte sie von der Beobachtung, die sie am Sonntag gemacht hatte, von ihrem wiederholten Besuch dort und dem Gespräch mit Uwe Ringel. Der Ermittler wurde richtig wütend.

»Sie haben da nichts zu suchen, Frau Holländer! Sie greifen in einen laufenden Prozess ein. In einen Prozess wohlgemerkt, in den Sie gar nicht mehr eingebunden sind. Im Prinzip muss ich das melden.«

Ruth kroch kleinlaut zu Kreuze und entschuldigte sich mehrmals für ihre Neugier.

»Ich habe aber ein komisches Gefühl«, beharrte sie. »Ich weiß, dass ich da nichts mehr zu suchen habe, aber trotzdem. Können Sie nicht mal nach dem Rechten schauen?«

Wenk schnaufte in den Hörer. »Glauben Sie im Ernst, wir sind unterbeschäftigt? Der Fall Dombroschke ist für mich erst mal vom Tisch. Wir haben unsere Arbeit gemacht. Und zwar, Frau Holländer, ob Sie's glauben oder nicht, ordentlich. Für mich besteht also keine Veranlassung, meine Leute zusätzlich zu belasten. Und Sie möchte ich bitten ...«

»Ja, ich weiß«, fiel Ruth ihm ins Wort. »Tut mir leid. Kommt nicht wieder vor.«

Sie verabschiedete sich und legte auf. Und dachte nach. In den kommenden Tagen würde sie durchgängig arbeiten. Und an ihrem nächsten freien Tag ... ein Spaziergang schadete nie.

Die Enten waren überaus zutraulich. Sie waren das Füttern durch Menschenhand gewöhnt und drängelten sich nun schubsend und schnatternd um die Toastbrotkrumen, die Elena ihnen hinwarf. Sie war in Spendierlaune. Die Sonne schien, sie saß auf einer Bank an dem kleinen Gewässer und krümelte das Brot, das sie aus dem Abfallbehälter geholt hatte, in kleine Bröckchen. Es war ein glücklicher Tag. Einer von sehr wenigen, die Elena erlebt hatte, seit sie aus ihrer Heimat weggegangen war. Sie fror nicht, sie hatte gegessen, und sie hatte endlich wieder Hoffnung!

Dabei hatte es zuerst nicht so ausgesehen, als ob die Entscheidung, den großen Mann da hineinzuziehen, so richtig war. An dem Abend, in der Kleingartenanlage, als sie sich umdrehte und er direkt vor ihr stand, hatte sie furchtbare Angst gehabt. Sie hatte erwartet, dass Pavel sofort hinter ihm auftauchte und sie mitnehmen würde. Aber Pavel kam nicht, und sie war dem Mann schließlich in seine Laube gefolgt – immerhin war es draußen auch gefährlich, Leute waren unterwegs und schlichen um ihr Versteck.

Kaum waren sie in der Laube angekommen, hatte es geklopft. Der große Mann hatte mit jemandem geredet und denjenigen dann abgewimmelt. Er hatte Elena anschließend erklärt, dass es Leute vom Gericht waren. Sie hatten gemerkt, dass in Jürgens Laube geheizt wurde. Aber es war ihm gelungen, die Leute anzulügen. Der große Mann versuchte, Elena zu beruhigen. Er versicherte ihr immer wieder, dass die Leute nicht wiederkommen würden, sie hätten ihm bestimmt geglaubt.

Aber Elena war nicht sicher, ob *sie* ihm trauen konnte. Nicht nur Pavel war ihr also auf den Fersen, nun auch noch die Polizei. Höchste Zeit, dass sie verschwand. Sie musste weg aus der Laube, weg aus Berlin. Je eher, desto besser.

Dann erzählte sie dem großen Mann, Uwe, von ihrer Lage. Dass sie keinen Pass hatte. Dass sie Pavel entkommen war. Dass er sie halb totschlagen würde, wenn er sie erwischte. Und schließlich erzählte sie, dass sie ein kleines Kind habe. Einen Sohn. Alexej. Sechs Jahre alt.

Sie konnte sich nicht zurückhalten, es war alles aus ihr herausgesprudelt. Sie radebrechte auf Russisch, Englisch und ein paar Brocken Deutsch, die Jürgen ihr beigebracht hatte. Sie weinte, und sie flehte um Hilfe, aber am Ende wusste sie nicht, ob der Mann sie verstanden hatte. Er schüttelte nur immerzu den Kopf und fasste sich ans Herz. Trank Bier und rauchte. Als sie am Ende ihrer Geschichte angelangt war und um Hilfe flehte, hatte er nur dagesessen und sie angestarrt.

»Hast du Hunger?«, hatte er sie schließlich gefragt. Da war Elena klargeworden, dass er nichts verstanden hatte. Vielleicht war er zu alt. Er verstand nicht, warum die Hure, die er jeden Mittwoch für sich und seine Freunde in die Laube geholt hatte, plötzlich vor ihm saß und von ihrem Sohn erzählte. Der Mann vor ihr verstand nicht, dass sie mehr war als eine Hure, für die er zu zahlen gewohnt war. Er konnte nicht begreifen, dass sie nicht als Hure in seine Laube gekommen war. Er war alt, und er hatte getrunken.

Elena erkannte, dass sie jetzt das Steuer übernehmen musste.

Sie war aufgestanden, hatte sich vor ihm aufgebaut und in sehr wenigen, aber sehr klaren Worten wiederholt, was er für sie tun sollte. Papiere beschaffen. Sie nach Budapest bringen. Von da würde sie sich alleine durchschlagen. Sie hatte Verbindungen. Geld brauchte sie außerdem.

Wie erwartet, hatte er die deutlichen Worte verstanden. Er hatte genickt. Papiere, das sei ein Problem, wandte er allerdings ein. Aber Elena wollte sich nicht darauf einlassen. Sie hatte ihn radebrechend daran erinnert, dass er an allem schuld war. Sie appellierte an sein Gewissen. Ohne ihn wäre sie nie zu Jürgen gekommen. Dass sie ohne Jürgen allerdings immer noch für Pavel anschaffen würde, erwähnte sie nicht, und sein Gehirn war glücklicherweise zu langsam, um das zu begreifen.

Es hatte gereicht, Jürgen zu erwähnen. Der große alte Mann war sofort zusammengesackt. Er hatte den Kopf hängenlassen und ihr alles versprochen. Alles. Er fühlte sich schuldig. Der Mann wollte ihr helfen, für Jürgen. Oder Dommi, wie er ihn nannte. Elena traute sich nicht, nach Jürgen zu fragen. Obwohl sie gern gewusst hätte, wie es ihm ging. Stattdessen vermied sie es, näher auf Jürgens Situation einzugehen, und fragte Uwe streng, ob er verstanden hatte.

Er nickte. Ja, ja. Papiere. Geld. Transfer.

Elena war zufrieden gewesen und wollte die Laube verlassen, aber dann hatte der alte Mann angefangen zu reden.

Die Toastbrotkrumen waren alle aufgegessen. Die Enten hatten noch gebettelt und waren schnatternd um die Bank, auf der sie saß, herumgelaufen, auf der Suche nach mehr Brot.

Elena stand auf. Sie war satt. Seit Tagen schon, sie konnte im Moment nicht klagen. Noch immer ging sie zur Speisung in die Gemeinde, aber zusätzlich traf sie sich jeden Abend mit dem Mädchen am Container vom Supermarkt. Immer nahm sie etwas Obst oder Gemüse mit, Milchprodukte, Kekse. Sie konnte gar nicht glauben, was alles im Müll landete. Sogar ein Pfund Kaffee hatten sie letztens erbeutet.

Aber das war es nicht, was Elenas Herz so leicht machte. Trotz der Furcht, entdeckt zu werden, spürte sie, dass ihre Zeit hier dem Ende zuging. Sie würde nach Hause kommen, dessen war sie nun gewiss. Heute Vormittag war sie zu einem Fotoautomat in der U-Bahn gegangen und hatte Bilder gemacht, für die Papiere. Die hatte sie dann wie verabredet in der Laube von Uwe deponiert. Er wollte nicht, dass sie die Fotos bei ihm zu Hause einwarf. Sie sollte sich dort nicht blicken lassen.

Bestimmt hatte auch er Angst vor Pavel. Zu Recht.

Auszug aus dem Dienstprotokoll der Streifenwagen-
besatzung PHK Reimann und POM Schultz, Dienststelle
Berlin-Reinickendorf

Auf Veranlassung von KHK Jörg Wenk erfolgte am 23. Februar um 16.10 Uhr eine außerplanmäßige Kontrolle
des Geländes zwischen Roedernallee und Heinz-Brandt-
Straße in Reinickendorf. POW Schultz und PHK Reimann
kontrollierten mit dem Streifenwagen die Zufahrten
zum Gelände sowie die Parkplätze dortselbst.

Das einzige auf dem Gelände parkende Auto war ein
auffälliger gelber Camaro mit schwarzen Rallyestrei-
fen, Kennzeichen B-PK XXX. Der Halter des Wagens, Pavel K., und ein Begleiter, Stascha R., waren anwe-
send. Bei der Überprüfung der Papiere gab es keine
Auffälligkeiten.

Der Halter des Wagens, Pavel K., ist allerdings
mehrfach vorbestraft, u. a. wegen Zuhälterei, Körper-
verletzung und Raub, und hat bereits Haftstrafen ab-
gesessen. Gleiches gilt für den Begleiter Stascha R.

Auf Nachfrage gaben die Personen als Grund für
ihre Anwesenheit auf dem Gelände der Kleingartenanlage an, dass sie dort eine Zigarettenpause einleg-
ten. Da in den vergangenen Jahren mehrfach in die
Kleingartenanlagen eingebrochen wurde, ermahnte PHK
Reimann, mit dem Hinweis auf die Überwachung der Anlage durch die Polizei, die beiden Personen, sich
nicht weiter verdächtig zu machen.

Die Personalien wurden festgehalten.

Daraufhin verließen die beiden Personen mit o. g.
Fahrzeug das Gelände.

Weitere routinemäßige Überprüfungen durch die zuständige Dienststelle werden erfolgen.

Elena sah den gelben Camaro an der Kreuzung Aroser Allee und Waldstraße, als sie auf dem Weg zurück in die Kleingartensiedlung war. Instinktiv drückte sie sich ins Gebüsch und wandte den Kopf ab. Obwohl Pavel sie in ihrem Aufzug niemals erkennen würde – Kopftuch, Schal und Wintermantel verhüllten zu viel von ihr.

War es Zufall, dass Pavel hier unterwegs war?

Hatte der Alte ihn angerufen und sie verpfiffen?

Elena schlug das Herz bis zum Hals. Sie stand einfach still, traute sich nicht, sich zu bewegen, obwohl der Sportwagen längst an ihr vorbeigeschossen war.

Wusste Pavel, wo sie war?

Würde er wiederkommen?

Konnte sie es wagen, in ihre Behausung zurückzukehren?

Aber wohin sonst? Sie konnte unmöglich auf der Straße schlafen.

Elena wurde fast wahnsinnig vor Angst. Jetzt durfte nichts mehr schiefgehen, sie war so kurz davor, hier wegzukommen.

Das Geld. Ihr ganzes Erspartes hatte sie in dem Geräteschuppen an der Laube versteckt. Sie musste noch einmal zurück, egal, wie groß die Gefahr war.

Sie überlegte fieberhaft. Ob es besser war, jetzt in die Laube zu gehen und alles herauszuholen, was ihr gehörte? Pavel war nicht dort, er war an ihr vorbeigefahren. Ob er jemanden abgestellt hatte, um den KGV zu überwachen? Elena hielt das für möglich, aber nicht für wahrscheinlich. So viel bedeutete sie nicht für Pavel. Er suchte sie, das schon, aber es durfte nicht sein Tagesgeschäft beeinträchtigen. Pavel war ein vielbeschäftigter Mann. Elena glaubte eher, dass er sich ab und zu dort blicken ließ, um sie zu warnen. Sie aufzuschrecken. Wahrscheinlich wollte er genau das erreichen: dass sie kopflos wurde und in Panik ihr Versteck verließ. Dann würde er zuschlagen.

Vielleicht, so überlegte Elena, sollte sie auf der Hut bleiben, aber jetzt nichts Unüberlegtes tun. Sich dem Grundstück vorsichtig nähern. Auf der Lauer liegen. Die Laube beobachten. Wenn die Luft rein war, hineinschlüpfen. Kein Licht machen, nicht kochen, nicht heizen, nicht waschen. Nur im Dunkeln hocken und die Luft anhalten.

Elena beschleunigte ihre Schritte. Sie fasste einen Plan. Bis zum Einbruch der Dunkelheit würde sie sich auf die Lauer legen.

Je länger sie über den alten Mann nachdachte, desto weniger glaubte sie, dass er Pavel alles erzählt hatte. Er hatte Angst vor dem Zuhälter. Und er wollte eine Schuld abtragen. Dieser Uwe wusste, dass Jürgen ihr geholfen hatte. Und nach dem, was er seinem Freund angetan hatte, musste er jetzt an dessen Stelle treten und ihr helfen.

Das Gemüse aus der Tajine schmeckte göttlich. Ruth ließ sich von Jamila noch eine dritte kleine Portion auffüllen, obwohl sie eigentlich schon pappsatt war. Farid, der Ehemann von Jamila, war ein begnadeter Koch. Ruth war bei den beiden zum Essen eingeladen – eigentlich mit Hannes Eisenrauch, den sowohl Farid als auch Jamila gerne näher kennengelernt hätten. Sie kannten ihn bereits flüchtig von Ruths letztjährigem Geburtstag, dem fünfzigsten, und waren entsprechend neugierig, wie sich die Liaison der beiden entwickelt hatte. Aber Ruth hatte das abgeblockt. Ihr Verhältnis zu Hannes war schwierig. Sie schrieben sich gelegentlich SMS – er mehr als sie –, aber Ruth wollte ihn nicht sehen. Weil sie wusste, dass sie sofort wieder schwach werden würde. Sie müsste nur in seine Augen blicken, in die weichen Hüftröllchen zwicken und seine Hände auf ihrem Körper spüren. Schon würde sie seine Unzuverlässigkeit und vor allem seine durchgeknallte Ehefrau vergessen. Und das komplizierte Spiel würde von vorn anfangen. Also hatte sie Farid und Jamila gern zugesagt, aber nur für sich allein.

»Ich stelle fest«, sagte Farid mit einem feinen Lächeln, »dass das Essen für deinen Freund nicht mehr gereicht hätte.«

Ruth nickte, die blonden Locken hüpften auf und ab. Sie

hatte den Mund voll, kaute und spülte mit einem Schluck Pfefferminztee nach. Dabei schielte sie voller Verlangen zu dem vollen Glas Rotwein, das Jamila Farid eingoss. Jamila selbst trank ebenfalls frischen Minztee – aus Solidarität, wie Ruth annahm.

»Ist denn jetzt richtig Schluss mit Hannes?«, erkundigte sich Jamila – wohl wissend, dass Ruth sich brennend für den Rotwein interessierte. »Oder macht ihr eine Beziehungspause?«

Ruth schnaubte. »Jamila, ehrlich. Wann hat das jemals funktioniert: Beziehungspause? Das ist immer der Anfang vom Ende.«

Farid lachte auf und küsste seine Jamila zärtlich in den Nacken. Mit einem leichten Anflug von Neid bemerkte Ruth, wie er seine wunderschöne Ehefrau verliebt ansah. Die beiden waren in ihren Augen das perfekte Paar.

»Nein«, bekräftigte Ruth. »Ich glaube, es ist vorbei.«

Ihre Gastgeber sahen sie an. Ein bisschen mitleidig. Ruth seufzte. »Ich habe es mir vielleicht zu sehr gewünscht. Ich wollte mich unbedingt wieder verlieben. Und habe dabei vielleicht die Signale übersehen – die schon auf Orange standen.«

Jamila nahm Ruths Hand und küsste sie. Es war eine typische Jamila-Geste, liebevoll und tröstend. Aber Ruth war jedes Mal ein wenig befremdet. So etwas machten Deutsche nicht. Sich gegenseitig die Hände küssen.

»Gib nicht so schnell auf«, sagte Jamila. »Gib ihm eine Chance. Er hat jetzt richtige Probleme. Da hast du einfach keinen Platz. Aber wenn er alles geregelt hat mit seiner Frau ... wer weiß.«

»Ja.« Ruth wollte nicht die Jammertante und Spaßbremse

geben, deshalb rang sie sich ein Lächeln ab. »Wer weiß.« Sie war sich aber sicher: Wenn es jemals dazu kam, dass Hannes Eisenrauch das Chaos in seinem Leben geregelt bekam, dann wäre es zu spät. Er würde sich eine Neue suchen und von vorn anfangen. Sie war darüber todtraurig, aber sie wollte sich selbst schützen und ihm nicht nachlaufen, bis sie rettungslos verloren war.

Sie versuchte, vom Thema abzulenken, und erwähnte, dass sie heute eigentlich einen weiteren Verhandlungstag im Dombroschke-Prozess gehabt hätte. Der Verhandlungstag war aber ausgefallen – nicht nur für sie, auch für alle anderen. Erst in der kommenden Woche würde es wieder weitergehen oder besser: von vorn beginnen.

»Der arme Mann«, bemerkte Jamila und meinte damit den Angeklagten Jürgen Dombroschke. Ruth stimmte ihr zu, aber Farid war aufrichtig empört.

»Der Typ hat möglicherweise seine Frau vergiftet, mit Rattengift – wieso tut der euch leid?«

»Selbst wenn er es getan hat – und da bin ich noch nicht einmal sicher –, hat er es aus Überforderung getan. Aus Hilflosigkeit, irgendwie aus Liebe.« Ruth dachte daran, wie verloren der Rentner im Gerichtssaal gewirkt hatte.

»Für mich ist das trotzdem eine Straftat. Mord oder Totschlag, egal. Er bestimmt nicht darüber, wer leben darf und wer sterben muss. Er hat sich versündigt, und dafür muss er büßen.« Farid hatte plötzlich einen ganz strengen Gesichtsausdruck. So hatte Ruth ihn noch nie gesehen. Aber Jamila lächelte ihren Ehemann trotzdem an. »Du Moralapostel«, sagte sie. »Geh in die Küche, und mach uns einen Kaffee.« Zu Ruths großem Erstaunen stand Farid auch folgsam auf und verzog sich in die Küche.

»Ich hab nie gefragt«, entschuldigte sich Ruth jetzt, »aber ist er eigentlich gläubig?«

»Klar ist er das. Immer, wenn es ihm passt.« Jamila lachte. Dann erkundigte sie sich danach, wie es Ruth damit ging, dass sie plötzlich nichts mehr mit dem Fall zu tun hatte.

Ruth antwortete ausweichend. Sie wusste, dass sie keinem, nicht mal mehr Lukas, erzählen durfte, dass ihr die Sache mit Uwe Ringel und der geheizten Laube keine Ruhe ließ. Niemand, und schon gar nicht Jamila, würde es gutheißen, dass sie dort herumschnüffelte. Schließlich hatte sie ihre Pflicht und Schuldigkeit getan und der Polizei ihre Beobachtungen mitgeteilt. Dumm nur, dass sich die Polizei nicht die Bohne dafür interessiert hatte.

»Och, ich habe jetzt ein bisschen frei, weil die zwei Verhandlungstage wegfallen«, sagte Ruth. »Das ist ja für alle Beteiligten gut. Und nächsten Monat habe ich einen neuen Prozess, mal sehen, was da auf mich zukommt.«

Jamila sah sie skeptisch an. »Du hältst aber die Füße still, okay?«

»*I swear*!«, gab Ruth zurück und hob eine Hand. Die Finger der anderen kreuzte sie jedoch.

Farid servierte noch einen Mokka mit köstlichem Mandelkuchen, und sie quatschten sich gemütlich fest bis kurz nach Mitternacht. Als Ruth gähnte und zum Aufbruch blies, blickten sich Jamila und Farid nachdenklich an.

Farid nickte. »Sag's ihr!« Ruth guckte erstaunt zu Jamila. Diese lächelte plötzlich breit.

»Also Ruth, du bist die Erste, die es erfährt«, begann sie, und Ruth dämmerte etwas. »Ich bin schwanger.«

Es war dem Ehepaar anzusehen, wie sehr sie sich darüber freuten. Jamila platzte fast vor Glück, und Ruth verstand nun noch besser, warum Farid seine wunderschöne und kluge Frau den ganzen Abend so stolz angesehen hatte.

»Das ... wow!« Ruth nahm Jamila in den Arm und drückte sie. »Ich freu mich für euch«, murmelte sie in Jamilas Haarmähne hinein. Und das entsprach auch der Wahrheit. Jamila ging bereits auf die vierzig zu, da war eine Schwangerschaft nicht mehr so selbstverständlich. Natürlich freute sich Ruth über diese Nachricht – und zugleich fürchtete sie sie. Sie hatte im Bistro bereits einmal eine Schwangerschaft Jamilas überbrückt – damals mit Naima –, und es war eine enorme Belastung für sie gewesen. Weniger finanziell – sie musste lediglich das Gehalt für die Aushilfe übernehmen, das von Jamila wurde von der Krankenkasse ausbezahlt – als organisatorisch. Sie hatte es mit sage und schreibe fünf verschiedenen Aushilfen versucht. Ruth hatte jede von ihnen sorgfältig eingearbeitet, hatte es zumindest versucht, um dann nach kurzer Zeit zu verzweifeln. Alle Aushilfen wurden vom Arbeitsamt übermittelt, und keine leistete auch nur ansatzweise das, was Jamila leistete. Natürlich war Ruth auch sehr anspruchsvoll, es war quasi gar nicht möglich, Jamila wirklich zu ersetzen. Aber selbst wenn sie ihre Ansprüche herunterschraubte, waren die Küchenhilfen nur das: Küchenhilfen. Jamila war eine ihr ebenbürtige Köchin, beziehungsweise, sie hatte sich im Lauf der Zeit dazu entwickelt. Außerdem dachte und handelte sie absolut selbständig, Ruth musste ihr nie auf die Finger gucken – eher umgekehrt. Und jetzt, nach sechs Jahren erfolgreicher Zusammenarbeit, waren sie ein traumhaft eingespieltes Team – Jamila war einfach unersetzlich.

Die Freundin bemerkte, dass Ruth sich nicht nur über die Neuigkeit freute.

»Ruth, ich bin erst knapp im dritten Monat«, versuchte Jamila zu trösten. »Bis ich in den Mutterschutz gehe, ist es noch ein Weilchen hin.« Sie sah ihren Mann an. »Und dann komme ich auch gleich wieder. Farid nimmt Elternzeit.«

Farid grinste stolz.

Ruth schämte sich dafür, dass sie sich nicht selbstloser für die beiden gefreut hatte. »Das finde ich ja toll, Farid. Du bist moderner als manche deutsche Typen. Frag mal Johannes – der würde das niemals machen.« Dabei fiel ihr ein, was Annika erzählt hatte. Dass auch Mona ihr zweites Kind bekam. Ruth fühlte sich schlagartig steinalt mit ihren erwachsenen Kindern.

»Wir kriegen das schon hin«, sagte sie tapfer und holte ihren Mantel von der Garderobe. »Dieses Mal suche ich mir rechtzeitig selber eine Aushilfe.«

Farid und Jamila wechselten einen bedeutungsvollen Blick. »Wir haben uns da schon was überlegt«, gab Farid zu. »Wie wäre es mit Najib? Der kennt dich und das Bistro – und du hast selbst gesagt, er hat sich gut angestellt.«

Ruth gefror das Lächeln im Gesicht.

Als Ruth eine halbe Stunde später ihre Wohnungstür aufschloss, war sie trotz der überraschenden Nachricht von Jamilas Schwangerschaft leicht beschwingt. Möglicherweise lag es daran, dass sie von dem vielen marokkanischen Pfefferminztee aufgeputscht war, oder aber an der Tatsache, dass sie sage und schreibe acht SMS von Hannes auf ihrem Handy gefunden hatte. Acht Nachrichten, aus denen hervorging, wie sehr er sie vermisste und dass er sich nichts mehr wünschte, als bei ihr zu sein. Ruth hatte noch nicht geantwortet. Sie wollte das – untypisch für sie – erst nach reiflicher Überlegung tun. Sich doch noch einen alkoholischen Schlummertrunk gönnen und gemütlich in ihrem Bett sitzend darüber nachdenken, wie sie es schaffte, Eisenrauch eine Nachricht zu schicken, die ihn sowohl auf Distanz hielt als auch ihrer ungebrochenen Zuneigung versicherte.

Doch kaum hatte sie ihren Wohnungsflur betreten, hörte sie unappetitliche und unzweideutige Geräusche aus der Toilette. Da übergab sich jemand heftig. Hoffentlich in die Kloschüssel und nicht daneben, betete Ruth. Da das für Annika, die nicht viel trank, eher untypisch war, wollte Ruth sich gleich um ihre Tochter kümmern und steuerte die Toilette an. Sie hatte die Klinke bereits in der Hand, als Annika, die sie über der Kloschüssel hängend vermutete, aus ihrem Zimmer schoss.

»Mama, sorry, nicht reingehen.« Annika sah ziemlich zerknirscht aus.

Ruth wies mit einem fragenden Blick auf die Toilettentür.

»Najib«, gab ihre Tochter beschämt zur Antwort. »Er ... fühlt sich nicht besonders.«

»Da wäre ich jetzt nicht draufgekommen«, gab Ruth schnippisch zurück und war sich ziemlich sicher, dass Najib nicht ihre erste Wahl als Aushilfskoch war.

Den Anblick von Annikas derangiertem Freund ersparte sich Ruth am nächsten Morgen. Sie musste früh ins Bistro. Jamila hatte frei, und zum ersten Mal, seit sie zusammenarbeiteten, war Ruth darüber nicht unglücklich. Sie musste sich ein bisschen sortieren. Es würde noch gute vier Monate dauern, bis Jamila in den Schwangerschaftsurlaub gehen würde, bis dahin musste es Ruth einfach gelingen, eine geeignete Aushilfe zu finden und einzuarbeiten. Najib kam für sie einfach nicht in Frage. Dieser forsche Nachwuchsmacho. Sie würde Annika natürlich verheimlichen müssen, dass Jamila und Farid den jungen Marokkaner dafür ins Gespräch gebracht hatten.

Ruth lief zu Fuß ins Bistro. Morgens um acht herrschte auf der Straße schon hektische Betriebsamkeit. Auf der Straße Alt-Moabit drängten sich die Autos in Richtung Autobahn oder Innenstadt oder zum Ausflug ins Grüne.

Ruth überquerte den breiten Damm und lief die Dortmunder Straße in der Sonne zum Ufer hinunter. Seit einer Woche herrschte Frühlingswetter in Berlin, obwohl es erst Mitte Februar war. Sonne, milde Temperaturen, die Vögel zwitscherten, und es roch nach feuchter Erde. Gleich würde sie ein paar Tische ins Freie stellen. Am Wochenende war das Bistro tagsüber gut besucht. Viele Leute bummelten über den Flohmarkt am 17. Juni oder besuchten den Tiergarten. Nicht wenige führte der Weg dann am Hansa-Ufer entlang. Viele Lokale gab es hier noch nicht, so dass Ruths Bistro in der Regel Anlaufstelle Nummer eins war.

Das »La Paysanne« lag an einer Straßenkreuzung, und Ruth hatte dadurch ein bisschen Platz auf dem Bürgersteig für vier Tische. Die Sonne beschien den Platz vom Morgen bis zum späten Mittag, man hatte Blick auf die träge dahinziehenden Boote auf dem Kanal, außerdem ließ eine Trauerweide ihre Äste idyllisch über das Fleckchen hängen.

Ruth schloss das Bistro auf, warf die italienische Kaffeemaschine an, die sie aus der Auflösungsmasse einer Bar in Meran erstanden hatte, und entfernte Abdeckplane und

Sicherungskette von den Gartentischen, die an der Mauer des Bistros lehnten.

Bis um neun, der regulären Öffnungszeit des »La Paysanne«, arbeitete sie in der Sonne, unterstützt von einem Café au Lait, vor sich hin. Sie stellte die Tische und Stühle auf, wusch diese mit Seifenlauge ab, stellte Aschenbecher, Windlichter und kleine Primeln, die sie unterwegs besorgt hatte, darauf. Zu guter Letzt nahm sie sich eine der Fleecedecken, die sie für unbelehrbare Raucher draußen bereithielt, wickelte sich darin ein, setzte sich mit einem Kaffee an den Tisch und streckte das Gesicht in die Sonne.

Sie hatte dringenden Bedarf nach Veränderung. Noch war das Gefühl diffus. Reichte es, mal wieder zum Frisör zu gehen, oder musste es ein Umzug sein? Sollte sie nur einen Frühjahrsputz machen oder das »Paysanne« neu streichen?

Dieses »Aufräum-Gefühl« hatte Ruth öfter mal, meistens, wenn der Frühling kam, und dann teilte sie es mit vierzig Millionen anderen. Trennkost, Zumba oder Fett absaugen – all diese Phänomene würde es ohne dieses unbestimmte »Alles-neu-im-Frühling«-Gefühl nicht geben, davon war Ruth überzeugt.

Die ersten Gäste kamen, Ruth nahm die Frühstücksbestellung auf, und noch während sie die Sachen nach draußen brachte, wusste sie, wo sie beginnen musste.

Sie nahm sich den Kalender vor und pickte sich eine Woche im März heraus. In dieser Woche würde sie das Bistro schließen und ein bisschen auf Vordermann bringen. Neu streichen, dekorieren, umgruppieren. Und im Anschluss bliebe es eine weitere Woche geschlossen, in der sie sich erholen würde. Und in den Süden fahren. Einen billigen Flug suchen, und ab in die Sonne. Ganz alleine. Nach La Gomera,

Fuerteventura, Ischia – völlig egal. Hauptsache Urlaub. Sie hatte, seit sie das »Paysanne« aufgemacht hatte, keinen Urlaub mehr genommen – und das war sechs Jahre her! Jetzt musste sie allerdings noch über die Finanzierung nachdenken.

Ein bisschen Luft war durch Lukas' Abwanderung ins Sauerland gewonnen. Er würde etwas verdienen, wenn er tatsächlich eine Ausbildungsstelle als Altenpfleger bekam. Wenig zwar, aber er wollte bei ihren Eltern mietfrei wohnen – also auch bei ihnen verpflegt werden. Ruth kannte ihre Eltern gut genug und wusste, dass sie ihren Enkel in der Zeit der Ausbildung verwöhnen würden. Sie konnte ihn also von ihrer Gehaltsliste streichen.

Bei Annika würde sie den Rotstift ebenfalls ansetzen, da war sie viel zu weichherzig und bezahlte stets dies nebenbei und das außer der Reihe. Außerdem, Ruth war nun so richtig in Fahrt, würde sie sich eine neue Wohnung suchen, sobald Annika ausziehen würde. Beziehungsweise wenn Ruth ihr im kommenden Jahr, nach dem Abi, nahegelegt haben würde auszuziehen. Warum sollte sie hundert Quadratmeter allein bewohnen? Ihr reichten auch weniger.

Susan kam, und Ruth verzog sich zum Mittagsservice in die Küche. Sie hatte heute nicht viel zu tun. Wenn Jamila freihatte, plante Ruth die Essen stets so, dass sie allein gut zurechtkam. So gab es heute eine Bouillabaisse, deren Basis, den Fischfond, sie gestern bereits angesetzt hatte. Außerdem einen Rinder-Rotwein-Schmortopf, der nur noch warm gemacht werden musste. Ruth hatte das Gefühl, dass allein ihre Pläne zur Neuorganisation ihres Lebens sie leichter und beschwingter machten, und summte bei der Arbeit vor sich hin. Während ihr einfiel, dass sie auch die Öffnungszeiten des Bistros ändern könnte – vielleicht schloss sie am Sonntag ganz, öffnete dafür aber Freitag- und Samstagabend?! –, kam Susan mit dem Telefon in die Küche.

»Ist für dich!«, sagte sie und hielt Ruth den Apparat hin.

Ruth guckte nur fragend.

»Ein Herr Ringel«, gab Susan auf den Blick zur Antwort.

Das war allerdings eine Überraschung. Ruth nahm den Hörer.

»Ruth Holländer.«

Zuerst hörte sie nur schweres Schnaufen. Dann räusperte sich jemand und sagte: »Uwe Ringel. Ick hab nachjedacht. Ick bin da in wat reinjeraten ...«

Ruth hielt die Luft an. »Ja?«, fragte sie atemlos nach.

»Ick gloobe, wir sollten uns treffen.«

»Ich kann um halb acht bei Ihnen sein«, bot Ruth an.

Ringel schnaufte schwer. »Kommse in die Laube. Dit is mir lieber.«

Dann legte er auf.

Ruth ließ den Hörer sinken. Ihre Hände zitterten vor Aufregung. Da gab es wohl doch noch etwas im Fall Dombroschke. Sie hatte den richtigen Riecher gehabt.

Sie konnte einfach nicht damit aufhören. Und sie hasste sich dafür.

Margit streifte die Einmalhandschuhe ab, hängte ihren Kittel weg und verabschiedete sich von ihren Kollegen. Sie lief den langen Flur entlang, der die Labore miteinander verband, passierte den Trakt, in dem die Tierversuche stattfanden, und nahm den Aufzug nach unten. Als sie endlich auf der vielbefahrenen Müllerstraße stand, atmete sie tief ein. Die Luft war alles andere als sauber, sie konnte die Auspuffgase der Autokolonne deutlich riechen, aber alles war besser als die Luft im Labor. Trotz der Masken, die sie bei ihren Versuchen trugen, hatte Margit das Gefühl, einer permanenten Giftwolke ausgesetzt zu sein. Insbesondere, seit der Arzt bei ihr Unfruchtbarkeit diagnostiziert und eine vorsichtige Andeutung gemacht hatte, dass möglicherweise ihre Arbeit daran schuld sein könnte.

Margit war immer sehr stolz auf ihre Arbeit als Laborassistentin bei Schering gewesen. Sie war interessiert an allem, sie kniete sich in die Arbeit, las in ihrer Freizeit die Doktorarbeiten ihrer Vorgesetzten und hatte nie den leisesten Argwohn gehabt, dass etwas an dem, was sie dort im Labor erforschten, ihr schaden könnte. Bis zu der Andeutung des Arztes. Das hatte sie hellhörig gemacht. Sie hatte sich die Arbeitsschutzvorschriften angesehen und festgestellt, dass diese bei ihnen zum Teil nur recht lax befolgt wurden. Dann hatte es eine junge Chemikerin erwischt – bei einer Verpuffung waren Gase frei geworden, die der jungen Frau das Gesicht verätzt hatten. Sie hatte lediglich einen Mundschutz getragen. Margit würde das geschwollene Gesicht nie vergessen: Es sah aus, als hätte man sie lebendig gehäutet. Das Gesicht hatte sich buchstäblich aufgelöst.

Und vor zwei Monaten das Unglück in Seveso. Bei der Arbeit hatten sie das Thema weitgehend vermieden. Klar, das war Italien, die Fässer waren unsachgemäß gelagert worden – was hatte das mit Schering zu tun? Trotzdem, Margits Unbehagen wuchs. Dass chemische Substanzen schädlich sein konnten, das war die Basis ihrer Arbeit. Aber sie war, ebenso wie alle anderen im Labor, stets davon ausgegangen, dass ihr nichts passieren konnte. Nicht, wenn sie ihre Arbeit professionell und mit aller gebotenen Vorsicht ausübten.

Aber dass es schleichende, unsichtbare Gefahren gab, das hatte Margit nicht wahrhaben wollen.

Der Bus kam, Margit ging nach oben und setzte sich so weit vorn wie möglich hin. Sie blickte aus dem Fenster. Die Müllerstraße zog an ihr vorbei.

Schleichende Gefahr. Davon fühlte sie sich bedroht. Es war etwas in ihr Leben getreten, was sie früher nicht gekannt hatte. Und damit meinte sie nicht nur die Gefahr, die von Gift ausging. Es steckte in ihr, Margit konnte es spüren. Etwas begann, sich in ihr auszubreiten.

Manchmal gelang es ihr, dagegen anzukämpfen. Gestern zum Beispiel. Jürgen und sie hatten an einem Showtanz-Event in Wetzlar teilgenommen und sich in die Herzen der Zuschauer getanzt. Da es sich nicht um ein Turnier im engeren Sinne handelte, hatten sie sich für ihre Fantasiekostüme entschieden und wie erwartet die Aufmerksamkeit auf ihrer Seite gehabt.

Margit hatte diese Kostüme entworfen und sich in der Farbgebung an Pfauen orientiert. Schillerndes tiefes Blau, das an Armen und Beinen in strahlendes Grün auslief. Jürgen trug einen engen Einteiler, körpernah, nur die Hosenbeine waren unten weit ausgestellt. Für sich hatte Margit ein Kleid mit einem Hauch von Oberteil gewählt, mit tiefer Taille, die dann in einen weiten Rock mit ausladendem Petticoat mündete. Beide Kostüme waren aufwendig mit Strass und Perlen bestickt. Zwei Monate hatte sie daran gearbeitet, aber es hatte sich gelohnt.

Wenn sie an Jürgens Arm in das Scheinwerferlicht trat, hörte Margit, wie ein Raunen und Stöhnen durch die Reihen der Zuschauer ging. Sie lächelte strahlend, und sie musste sich keine Mühe geben, sie war glücklich. Dann setzte die Musik ein – gestern hatten sie »Kiss and say goodbye« gewählt. Die ersten Takte erklangen, Margit spürte, wie Jürgen sich straffte und der Druck seiner Hände plötzlich fester wurde. Dann trug er sie durch den Abend. Margit schwebte. Sie war befreit von allen schweren Gedanken. Ihr Körper gehorchte ihr, er war so federleicht, alles ging wie von selbst.

Eine kleine Irritation gab es am Tag zuvor, während des Jive. Margits rechter Knöchel knickte um, eine kleine Bewegung nur, aber es verstörte sie zutiefst. Die Zuschauer hatten mit Sicherheit nichts bemerkt, Margit war sich nicht einmal sicher, ob Jürgen es gemerkt hatte. Natürlich konnte das passieren, sie vergaß es zunächst auch schnell wieder.

Der Applaus war rauschend gewesen, fast frenetisch, es hatte vereinzelte stehende Ovationen gegeben. Deshalb hatte der Dachverband sie auch eingeladen. So eine Tanzver-anstaltung war wichtig, um neue Mitglieder zu gewinnen. Und Margit und Jürgen waren ein attraktives glamouröses Paar, die perfekten Werbeträger.

Als Zugabe hatten sie zu »Waterloo« getanzt, und die Halle hatte gekocht. Alle hatten rhythmisch mitgeklatscht. Abba war nicht die Musik, die sie und Jürgen gern hörten, aber natürlich mussten sie mit der Mode gehen, und so ein Hit zog immer, das war ihnen klar.

Auf der Heimfahrt hatte Margit geschwebt. Das war ihr Leben, der Tanz ebenso wie die Musik. Und das teilte sie mit Jürgen. Mit niemandem sonst könnte sie dieses Hoch erleben.

Aber leider waren das die einzigen Glücksmomente in ihrer Ehe.

Deshalb hatte sie versucht, das Glück noch woanders zu suchen.

Aber Glück – was war das schon. Margit lenkte sich ab. Sie tat Dinge, die sie zufrieden machten. Wie ihre Arbeit. Sie nähte. Sie kümmerte sich um den Garten. Sie schlief mit Uwe.

Glücklich machte sie all das nicht.

In den Zeitungen war so viel zu lesen von sexueller Revolution und Orgasmus und Kamasutra und all dem. Margit verschlang die Artikel, aber nichts davon war wahr. Sie erlebte ihre Höhepunkte, wenn sie mit Jürgen tanzte. Sexuell hatte er sie noch nie befriedigt. Allerdings schaffte das auch Uwe nicht, aber sie konnte bei ihm wenigstens so tun als ob.

Margit und Jürgen schliefen nicht mehr miteinander. Seit Jahren nicht mehr. Jürgen schien es nichts auszumachen. Margit hatte von Anfang an den Verdacht gehabt, dass

ihm Sex nichts bedeutete. Er absolvierte ein Pflichtpro-
gramm, aber seit sie keine Initiative mehr zeigte, schien er
erleichtert darüber, dass er diesen Punkt des ehelichen Pro-
gramms für immer abhaken konnte.

Auch Margit war nie auf Sex scharf gewesen. Ihr hatte
das, was sie mit Jürgen hatte, eigentlich ausgereicht. Bis sie
es mit Uwe probiert hatte, weil sie wissen wollte, ob sie nicht
doch schwanger werden konnte. Nicht dass sie das Zusam-
mensein mit Uwe befriedigte. Dafür war er zu plump. Aber
es war ihre Art, ihren Ehemann zu bestrafen.

Sie hatte Jürgen wirklich gemocht, sie mochte ihn noch
immer. Sie brauchte ihn, er gab ihr Halt. Mit ihm tanzte sie
in den siebten Himmel. Aber über die Jahre hatte sie den
Respekt vor ihm verloren. Jürgen fügte sich immer drein. Er
lächelte, er war lieb, er ordnete sich ihr unter.

Manchmal hasste sie ihn. Dann musste sie Uwe besuchen.

Margit stieg an der Roedernallee aus dem Bus und schaute
sich um. Jürgen war heute Abend beschäftigt, sie wusste,
dass er zu tun hatte, ein Neubau in Frohnau, bei dem er für
die Schließanlage zuständig war. Trotzdem mussten sie
vorsichtig sein. Sie nahm auch nicht den Haupteingang. Jeder würde sie sehen, es war ein schöner Sommerabend, alle
würden da sein, alle. Zwar wäre es nicht weiter auffällig,
wenn sie Uwe besuchte, schließlich wussten alle im KGV,
dass sie und ihr Mann eng mit ihm befreundet waren, aber
die Gefahr, dass jemand das Jürgen erzählte, war zu groß.

»Na, Jürgen, was macht denn deine Margit immer bei
dem Uwe? Steckrüben pflanzen, haha« – nein danke, kein
Bedarf, darauf konnte Margit gut verzichten.

Der Trampelpfad führte an den rückwärtigen Gärten entlang bis zum Vereinsheim. Vermutlich hatten die Kinder ihn immer benutzt.

Margit musste nicht klopfen. Uwe saß auf seiner Terrasse und erwartete sie bereits.

Als er sie sah, lächelte er und stand sofort auf. Sie schlängelte sich durch die Tür ins Innere der Laube, Uwe folgte ihr. Er drückte sie sofort an die Wand, vergrub seinen Kopf in ihrer Halsbeuge, küsste sie. Sie hatte ihm verboten zu sprechen. Er hatte ihr immer Komplimente gemacht, ihr versichert, wie sehr er sie begehrte. Margit wollte das nicht hören. Sie wusste auch so, dass Uwe sie liebte. Seit dem ersten Abend in der »Feen-Grotte« wusste sie es. Es beruhte keineswegs auf Gegenseitigkeit. Er war ein guter Kerl. Er liebte sie, und er liebte Jürgen. Margit wusste, wie sehr es Uwe quälte, dass er die Frau seines besten, ja seines einzigen Freundes liebte. Aber es bereitete ihr Genugtuung, Uwe weh zu tun. Sich selbst weh zu tun. Ihrem Mann weh zu tun.

Sie liebte Schmerzen.

Der Akt an sich war schnell vorüber. Uwe schwitzte und atmete schwer. Er streichelte sie sanft, fuhr ihr mit dem Zeigefinger über das Schlüsselbein, aber Margit schob seine Hand zur Seite. Sie stand auf und suchte ihre Sachen zusammen. Dass Uwe keine Dusche hatte, war ein Problem. Aber sie würde zusehen, dass sie schnell nach Hause kam.

Sie richtete sich noch flüchtig das Haar im Spiegel und bemerkte, wie Uwe sie ansah. Traurig, wie ein geprügelter Hund.

Margit blickte sich nicht mehr um, sie sagte kein Wort. Sie öffnete die Tür und wollte die Laube verlassen.

Draußen stand Jürgen.

Ruth saß wie auf Kohlen. Das Lokal hatte jetzt Schließzeit. Sie hatte bereits die Küche dichtgemacht, die Vorräte weggeräumt, die Reste eingefroren und das Essen für Kabir und seine Familie in ein Alu-Schälchen gefüllt. Jetzt wartete sie darauf, dass dieses Pärchen da vorn in der linken Ecke sich endlich verdünnisierte. Sie hatte bereits abkassiert, aber das schien die beiden nicht im mindesten zu beeindrucken. Richtig resolut werden konnte Ruth auch nicht. Erstens war es erst wenige Minuten nach sieben, außerdem turtelten die beiden so verliebt miteinander, dass sie nicht einfach dazwischentreten und »Raus!« brüllen konnte. Obwohl sie das am liebsten getan hätte. Sie war um halb acht mit Uwe Ringel in seiner Laube verabredet und gespannt wie ein Flitzebogen, was er ihr wohl zu erzählen hatte.

Jetzt öffnete sich zu allem Überfluss auch noch die Tür des Bistros. Neue Gäste im Anmarsch. Ruth sprang schon von ihrem Barhocker, um die Neuankömmlinge zu stoppen, aber dann erkannte sie, wer da in das »Paysanne« stolperte. Es war Hannes Eisenrauch. Völlig durch den Wind. Blass und derangiert. Am schlimmsten aber war das Blut. Am Hemd, am Mantel, an seinem Schal, und sogar im Gesicht hatte er Spuren von getrocknetem Blut. Noch bevor Ruth fragen konnte, was passiert war, sah sie, dass er nicht allein war.

Hinter ihm waren zwei Kinder mit ins Lokal gekommen, die sich verwundert umsahen.

»Ruth, kann ich ... Sorry, dass ich dich so überfalle«, begann er. »Aber du bist die Erste, die mir eingefallen ist.« Und zu den Kindern gewandt sagte er: »Das ist Ruth. Eine Kollegin von mir. Die kümmert sich um euch.«

Ruth glaubte, sich verhört zu haben, erwiderte aber nichts. Die Situation schien einfach zu unwirklich. Außerdem hatte sie sofort begriffen, dass es sich hier um einen wie auch immer gearteten Notfall handelte.

Ruth sah die Kinder an und nickte, obwohl sie nichts begriff. Die Kinder sahen sie an. Skeptisch.

Hannes Eisenrauch atmete erleichtert aus. Dann schob er die Kinder vor sich in die Mitte des Bistros.

Ruth lächelte die beiden an. Ein Junge und ein Mädchen, ungefähr zehn und vierzehn Jahre alt.

»Leon und Sofie«, beantwortete Eisenrauch ihre unausgesprochene Frage. »Der Kleinste ist über Nacht bei einem Freund«, fügte er hinzu.

Das Liebespärchen vom Ecktisch hatte aufgehört zu turteln und starrte den blutbefleckten Mann an. Ruth nahm sich zusammen und zauberte ein Lächeln auf ihr Gesicht. Irgendetwas lief hier total schräg, irgendetwas Schreckliches war geschehen, und nun kam es darauf an, dass sie einen klaren Kopf behielt, mitspielte und keine Fragen stellte.

»Darf ich wenigstens wissen, was passiert ist?«, fragte sie, aber Eisenrauch machte ihr mit Blicken klar, dass er jetzt nicht reden konnte. Er beugte sich zu seinen Kindern, umarmte sie fest und liebevoll und sagte ihnen, dass er bald wiederkommen und sie bei Ruth in der Wohnung später abholen würde.

»Ruth macht euch gerne eine Schokolade, und dann geht ihr nachher mit zu ihr. Sie hat eine ganz gemütliche Wohnung, und da wartet ihr, bis ich komme. Okay?! Alles wird gut.«

Die Kinder erwiderten seine Umarmung, und Ruth sah, wie wenig sie ihn gehen lassen wollten. Sie hingen förmlich an seinem Hals. Aber dann machte er sich los und nickte Ruth zu.

»Setzt euch irgendwo hin, ich mache euch gleich was zu trinken«, sagte sie zu den beiden und versuchte, so gewinnend wie möglich auszusehen. Dann folgte sie Hannes nach draußen.

»Was ist los?«

Hannes fuhr sich mit der Hand über die Augen. Er sah grauenhaft aus. »Ich muss ins Krankenhaus. Ich komme zurück, sobald ich kann.«

Ruth sah ihm in die Augen. Krankenhaus. Das Blut. Eine Ahnung stieg in ihr hoch. »Deine Frau?«

Eisenrauch nickte. »Sie hat versucht ... Zum Glück waren die Kinder nicht da.«

Mehr musste er nicht sagen. Ruth begriff das Ausmaß der Tragödie. »Was wissen sie?«

»Mama hat einen Unfall gehabt. Sie hat sich mit dem Messer verletzt. Beim Kochen.« Hannes' Stimme zitterte, und am liebsten hätte Ruth ihn jetzt in den Arm genommen.

Aber Hannes war bereits an seinem Auto, das er direkt vor dem Bistro auf dem Bürgersteig geparkt hatte. Er warf Ruth noch ein »Danke« zu, bevor er einstieg und den Motor anließ. Dann brauste der SUV durch die Nacht davon.

Ruth ging ins Bistro zurück. Das Liebespärchen glotzte,

und Ruth sagte nur »Jetzt ist geschlossen«, bevor sie sich den Kindern zuwandte.

Diese hatten sich an einen Bistrotisch gesetzt und sahen sie verunsichert, aber nicht verängstigt an. Zum Glück ahnten die beiden das Ausmaß der familiären Katastrophe nicht einmal.

»Okay. Ich bin Ruth. Aber das wisst ihr ja schon. Ich arbeite auch bei Gericht, daher kenne ich euren Papa.«

Die Kinder blickten skeptisch drein, aber Ruth war sicher, die beiden wussten nicht, dass sie und Hannes eine Beziehung hatten. Gehabt hatten. Haben wollten. Wie auch immer.

Vermutlich fragten sie sich nur, wer diese komische Frau mit den Strubbellocken war, die da plötzlich aus dem Nichts auftauchte.

»Euer Papa hat euch bestimmt zu mir gebracht, weil er weiß, dass ich die besten kleinen Kuchen mache, die ihr euch vorstellen könnt!«, sagte sie mit gespielter Munterkeit.

»Was für Kuchen?«, fragte Leon interessiert und handelte sich dafür einen tadelnden Blick von seiner großen Schwester ein, die sich von Ruth offensichtlich nicht wie ein Kleinkind behandeln lassen wollte.

»Wollen wir mal gucken?«, forderte Ruth die beiden auf. »Ich habe zwar schon alles weggepackt, aber wir stöbern mal ein bisschen, was wir für euch finden.«

Die Kinder zogen ihre Jacken, Mützen und Handschuhe aus und folgten Ruth nach hinten. Ihr Ablenkungsmanöver schien gelungen.

Und sie verschwendete keinen Gedanken mehr daran, dass sie eigentlich verabredet war.

»Wo sind Papiere?« Elena war fassungslos. Zwei Tage, hatte
er behauptet. Nun waren sieben ins Land gegangen, und der
Mann stand mit leeren Händen vor ihr. Er behauptete, seine
Kontaktleute hätten ihn versetzt. Sie glaubte ihm kein Wort.
Aber was sollte sie tun?

»Ich brauche Papiere!« Sie ließ jede Vorsicht fahren und
erhob die Stimme, so dass man sie mit Sicherheit noch ein,
zwei Grundstücke weiter hörte. Elena spürte, wie sie immer
hysterischer wurde, aber sie konnte das Gefühl nicht stoppen, sie war panisch vor Angst. Seit dieser Uwe ihr versichert hatte, er würde sie hier rausbringen, dachte sie täglich,
stündlich daran, wie es war, endlich wieder zu Hause zu
sein. Wie es sein würde, den kleinen Alexej in die Arme zu
schließen. Du meine Güte, wie würde er gewachsen sein.
Sie hatte seit einem Dreivierteljahr seine Stimme nicht
mehr gehört, kein Foto von ihm gesehen. Aber jede Nacht
von ihm geträumt.

Der große alte Mann, der jetzt vor ihr stand, hatte die
Arme sinken lassen und blickte sie mutlos an.

»Es dauert noch, haben sie gesagt.«

»Wie lange?« Ihre Stimme überschlug sich.

Er zuckte mit den Schultern. »Vielleicht ein, vielleicht
zwei Tage.«

Sie starrte ihn an. Er wich ihrem Blick aus. Ob er log? Aber warum?

Elena ließ sich auf den Stuhl fallen. Sie wischte mit der Hand fahrig über den kleinen hölzernen Tisch. Die Kerze, die darauf stand, war die einzige Lichtquelle im Raum. Elena traute sich nicht, das elektrische Licht anzumachen. Sie lebte in ständiger Furcht. Nachdem ihr Pavels Sportwagen letztens auf der Roedernallee entgegengekommen war, hatte sie ihn noch zweimal gesehen. Immer in der Nähe der Kleingartenanlage. Er suchte sie. Er ahnte, dass sie sich hier irgendwo versteckte. Er wollte sie einschüchtern, sie aufschrecken. Noch wusste er nicht, in welcher Laube sie sich versteckte. Aber es war nur eine Frage der Zeit, bis er es herausfand. Und dann musste sie weit, weit weg sein, sonst gnade ihr Gott.

Zu guter Letzt hatten sie sich für Steak frites entschieden. Pommes und ein ordentliches Stück Fleisch. Leon hatte es tatsächlich geschafft, danach noch ein Törtchen mit Karamellcrème zu verdrücken. Das Stöbern in der Küche hatte die Stimmung etwas aufgelockert. Erleichtert hatte Ruth gemerkt, dass die beiden tatsächlich nicht argwöhnten, dass an der Geschichte mit der Verletzung in der Küche etwas faul sein könnte. Die Kinder hatten Zutrauen zu ihr gefasst und sich in ihrer kleinen Gastro-Küche alles von ihr erklären lassen. Dann hatten sie gemeinsam das Essen zubereitet, wobei Leon und Sofie kaum glauben konnten, dass Ruth die Pommes frites von Hand gestiftet hatte. Für die beiden kamen Pommes aus der Tiefkühltüte direkt in die Fritteuse. Dass Ruth die Pommes in einem tiefen Topf mit feinem Öl portionsweise frittierte und dazu selbstgemachtes Ketchup reichte, konnten die Kids kaum fassen. Dafür schmeckte es ihnen nachher umso besser.

Während der Aktion hatte Ruth einen Hilferuf an Annika abgesetzt. Diese war mit Najib und irgendwelchen Freunden in einer Shisha-Bar, aber Ruth hatte sie gebeten, nach Hause zu kommen. Nicht etwa, weil sie nicht gewusst hätte, wie sie die Kinder allein bespaßen sollte – schließlich erinnerten die Kinder Eisenrauchs sie sehr an ihre eigenen, sie hatten ungefähr den gleichen Altersunterschied –, aber sie wusste auch, dass Halbwüchsige mit ein wenig Älteren viel mehr Spaß hatten. Und sich schneller entspannten. Darauf kam es an, denn spätestens am kommenden Tag würde Hannes den Kindern gegenüber deutlicher werden müssen, was ihre Mutter anging.

Zumindest hatte Angela überlebt. Eisenrauch hatte eine SMS aus der Klinik geschickt, dass Angela operiert und stabilisiert wurde. Sie hatte weniger Blut verloren als befürchtet.

Details wusste Ruth nicht. Aber sie wollte auch nichts wissen. Ihr war es wichtig, dass sich die Kinder bei ihr wohl fühlten, und das war der Fall.

Sie hatte großes Mitleid mit den beiden. Annika und Lukas hatte damals die Trennung von Johannes schon schwer mitgenommen. Und das war weit weniger traumatisch, als zu erfahren, dass sich die Mutter das Leben nehmen wollte. Hannes würde nicht darum herumkommen, den Kindern das zu offenbaren, denn sobald Angela aus der Klinik entlassen wurde, würde sie in stationäre psychiatrische Behandlung kommen, das war unausweichlich.

Nach dem Essen war Ruth mit den beiden Nachwuchs-Eisenrauchs in ihre Wohnung gefahren, wo Annika und Najib bereits warteten. Ruth war überaus dankbar, dass die beiden ihr Samstagabendvergnügen zugunsten der Kinderbespaßung geopfert hatten.

Als sie sich dahingehend äußerte, nahm Najib sie ungebeten in den Arm und verkündete strahlend, dass das gar kein Problem sei und ganz selbstverständlich, denn für die Familie tue er alles.

Familie?, fragte sich Ruth befremdet.

»Alter, ich bin Najib!«, begrüßte der junge Marokkaner den kleinen Leon und gab ihm High Five. »Was geht, Alter?«

Ruth verdrehte über die Ranschmeiße innerlich die Augen – was geht, Alter, das sagte doch kein Mensch mehr!

Aber weit gefehlt. Leon strahlte begeistert und schlug ein.

Sofie sah scheu zu Annika, und die Mädchen kicherten ein bisschen.

Ruth war platt, wie selbstverständlich hier längst überlebt geglaubte Rollenklischees eingenommen wurden. Die Mädchen kicherten, und die Jungs machten auf dicke Hose?! Na, das konnte ja ein großartiger Abend werden.

»Alter, wer ist der Babo?«, grölte Najib gerade, und Leon piepste begeistert: »Ich bin der Babo!«

Dann hielt Najib drei DVDs hoch: ein Actionstreifen mit Bruce Willis und Sylvester Stallone als Söldner, ein neuer James Bond mit Daniel Craig und ein weiterer Actionstreifen mit Autos, die in die Luft flogen, und Stars, die Ruth nicht kannte. Keiner der drei Filme war für Kinder unter sechzehn. Ruth wollte streng protestieren, aber bevor sie auch nur den Mund öffnen konnte, war sie von den Begeisterungsrufen ihrer beiden »Pflege«kinder übertönt, und die vier zogen ins Wohnzimmer ab.

Ruth beschloss, sich anderweitig zu beschäftigen. Sie warf noch einen pflichtschuldigen Blick ins Wohnzimmer, registrierte mehrere Chipstüten und Zwei-Liter-Colaflaschen und trat den Rückzug an.

Spaßbremse unerwünscht.

Als Annika gegen Mitternacht zu ihr in die Küche kam, um ihr zu sagen, dass Leon und Sofie beide schliefen, war Ruth bass erstaunt. Ihr war nicht aufgefallen, dass Najib und

Leon ihre Anfeuerungsrufe (»Mach ihn kalt, Schizzo!«) eingestellt hatten, aber als sie ins Wohnzimmer kam, sah sie, dass die beiden Kinder friedlich zwischen den leeren Chipstüten auf dem Sofa schliefen. Najib war bereits dabei, den Müll einzusammeln, und zwinkerte Ruth triumphierend zu. »Voll geil, oder? Die sind total drauf abgefahren, der Kleine hat noch nie so einen Mist gesehen.« Er kicherte stolz.

Annika nahm sich ein Herz und wagte sich vor. Ruth hatte ihr am Telefon nur gesagt, dass sie die Kinder von Hannes betreuen musste, hatte ihr den Grund aber verschwiegen.

»Warum sind die denn bei uns, Mama?«

»Weil ...« Ruth war nicht sicher, ob es Hannes recht wäre, wenn sie Annika und Najib einweihte. Andererseits hatten die zwei sich gekümmert, also warum sollte sie ihnen nicht die Wahrheit sagen. »Weil ihre Mutter versucht hat, sich umzubringen. Sie hat sich die Pulsadern aufgeschnitten.«

»Fuck! Scheiße, das geht ja mal gar nicht!«, entfuhr es Najib.

»Ich hätte es vielleicht etwas anders ausgedrückt«, kommentierte Ruth. »Aber im Prinzip hast du recht.«

»Und ist sie ...« Annika war kreidebleich geworden.

»Nein.«

Wie auf Bestellung klingelte in dem Moment Ruths Handy. Hastig nahm sie den Anruf an.

»Kann ich hochkommen?«, hörte sie Hannes' Stimme. »Ist alles okay?«

Offenbar hatte er aus Rücksicht so spät nicht mehr klingeln wollen. Ruth ging mit dem Handy am Ohr in den Flur und betätigte den Summer. »Ja, die beiden schlafen. Komm hoch.«

Sie öffnete die Tür und hörte seine schweren Schritte. Es dauerte ein Weilchen, bis er im vierten Stock angelangt war. Er keuchte, als er endlich vor Ruth stand.

Hannes hatte vorhin schon miserabel ausgesehen, jetzt wirkte er wie der wandelnde Tod. Ruth ließ ihn herein und ging vor in die Küche.

»Möchtest du was trinken?«, fragte sie, während sich Hannes schwer auf die Küchenbank fallen ließ. Dann schreckte er wieder hoch. »Wo sind sie?«

Ruth wies auf Annika, die mit Najib in der offenen Küchentür stand. Beide sahen Hannes betreten an. Als dieser ihnen ins Wohnzimmer folgte, nahm Najib Hannes in den Arm. Er drückte ihn männlich kurz, aber innig.

»Was 'ne Scheiße, Mann«, murmelte er. »Möge Allah mit dir sein.«

»Danke«, gab Eisenrauch leicht irritiert zurück und klopfte dem jungen Mann auf die Schulter. Dann sah er nach den schlafenden Kindern und kam wieder zurück in die Küche.

»Was möchtest du trinken?«, erkundigte sich Ruth. Sie hatte tausend Fragen, aber sie wollte sie aus Rücksicht auf Hannes nicht stellen. Er würde selbst entscheiden, was er ihr erzählte und was nicht.

»Wasser. Ich fahre noch nach Hause.«

Ruth nickte und stellte Flasche und Glas auf den Tisch.

»Und einen Schnaps«, entschied sich Hannes. »Ich brauche das jetzt.«

Auch diesen Wunsch erfüllte sie bereitwillig. Sie entschied sich dafür, es Hannes gleichzutun. Dann setzte sie sich ihm gegenüber und sah ihn an. »Du willst noch fahren?«

Hannes nickte. »Ich habe jetzt zu Hause geputzt. Zwei Stunden.«

Er schwieg.

Ruth schwieg ebenfalls. Auch Annika und Najib, die wieder in der Tür standen, sagten kein Wort. Sie hatten alle die entsprechenden Bilder vor Augen.

»Ich will, dass sie zu Hause schlafen. Dass erst mal alles ganz normal ist.« Eisenrauch hielt inne. »Es wird schon noch schwer genug.«

Dann hob er das Schnapsglas. Er sah Ruth in die Augen, zum ersten Mal an diesem Abend. »Auf dass alles gut wird.« Dann legte Hannes den Kopf in den Nacken und kippte den Schnaps in einem Schluck hinunter.

Ruth hatte einen Kloß im Hals. Sie spürte, wie ihr die Tränen in die Augen stiegen. Sie war mit der Situation überfordert. Aber dann nippte sie an dem Schnaps, einem Himbeergeist aus der Schweiz, den sie seit vielen Jahren im Regal stehen hatte und der einfach nicht alle wurde. Der klare Brand breitete sich sofort in ihrem Magen aus. Es war ein gutes Gefühl.

Dann fing Eisenrauch an zu erzählen. Die Worte sprudelten nur so aus ihm heraus, er konnte gar nicht mehr aufhören. Er redete sich das Erlebte, so gut es ging, von der Seele.

Den Vormittag hatte er im Büro verbracht. Die Kinder waren bei ihren Freunden, das war abgemacht gewesen. Sie sollten bis auf Gabriel, den Kleinsten, erst abends wieder nach Hause kommen. Er selbst war um fünf mit seiner Frau zu Hause verabredet. Zu einem Gespräch. Er hatte ihr vorher ein Ultimatum gesetzt. Sie sollte sich in Therapie begeben, sonst würde er mit den Kindern ausziehen.

Angela hatte daraufhin um dieses Gespräch gebeten.

Aber als er nach Hause kam, war es seltsam ruhig gewesen. Hannes schilderte, wie er durch die Räume gegangen war, wie sich das Gefühl in ihm ausgebreitet hatte, dass etwas geschehen war. Als hätte er es geahnt.

Ruth wurde es beim Zuhören eiskalt.

Im Bad hatte er sie gefunden. Der Klassiker. Mit aufgeschnittenen Pulsadern in der Badewanne. Alles war voller Blut. Die nackte, bewusstlose Angela hatte wie ein weißer Engel im dunkelroten Wasser gelegen.

Dann konnte sich Hannes nicht mehr genau erinnern. Notarzt, er hatte Angela aus der Wanne gezogen, Druckverbände, Wiederbelebungsmaßnahmen.

Zum Glück hatte sie es schlecht gemacht. Sie war aufgewacht, noch bevor der Notarzt gekommen war, und hatte ihn voller Hass angesehen.

Als der Notarztwagen vor dem Haus stand, waren die beiden größeren Kinder zurückgekommen. Sie hatten ihre Mutter zum Glück nicht gesehen, und Hannes hatte ihnen die Notlüge von dem Küchenmesser auftischen können. Dann hatte er die beiden zu Ruth gebracht.

Als er mit seiner Erzählung fertig war, sah Ruth, wie viel es ihn kostete, die Haltung zu bewahren. Sie verzichtete darauf, weiter in ihn zu dringen. Obwohl sie sich fragte, wie es dazu hatte kommen können. Was war los mit Angela Eisenrauch? Wollte sie sich selbst bestrafen, weil sie ihre Familie zwei Jahre zuvor hatte sitzenlassen?

»Sie ist manisch depressiv«, hörte sie Hannes nun sagen. »Ich habe es immer schon gewusst. Oder geahnt, oder ... keine Ahnung. Das war früher irgendwie ein Teil von ihrer Persönlichkeit, der mich angezogen hat. Dieses Verrückte, Unberechenbare. Aber seit einiger Zeit ...«

»Mach dir keine Vorwürfe.« Das war alles, was Ruth jetzt sagen konnte. Sie legte ihre Hand auf seine. Er reagierte nicht.

»Krank«, ließ sich Najib vernehmen.

Hannes Eisenrauch nickte resigniert. »Ja, Najib. Krank.« Dann erst nahm er Ruths Hand und erwiderte ihren Druck. »Aber jetzt bekommt sie Hilfe.« Dann seufzte er und stand auf. »Ich muss los. Ich pack mal die Kinder ein.«

»Ich helfe dir!« Najib knuffte Hannes ganz locker an den Oberarm. »Wir tragen die runter und tun die ins Auto.«

Eisenrauch nickte. »Danke.«

Im Wohnzimmer nahm Hannes behutsam seine Tochter, Najib schulterte den kleinen Leon. Die Kinder wurden nicht richtig wach. Annika schnappte sich die Klamotten der beiden, Ruth ging vor und öffnete die Türen.

Als sie die Kinder schließlich im Auto verstaut hatten, öffnete Najib die Beifahrertür, nicht ohne einen fragenden Blick auf das »Arsch«-Graffito zu werfen, und schlug Eisenrauch vor, dass er ihn nach Hause begleiten und ihm dort noch beim Hineintragen der Kinder helfen würde. Hannes sollte ihm dann ein Taxi für den Nachhauseweg spendieren. Das nahm Eisenrauch gern an. Und dann fuhren die beiden Männer davon.

Als Ruth und ihre Tochter wieder ins Haus gingen, erklärte Annika: »Er ist gar nicht so verkehrt.«

Ruth nickte, war sich aber nicht sicher, wen der beiden Männer ihre Tochter damit meinte.

Das Aufstehen war die Hölle gewesen. Ruth schleppte sich seit Stunden durch den Arbeitstag. Sie spürte jeden Knochen im Leib, die sich allesamt anfühlten, als hätte sie jemand mit dem Vorschlaghammer bearbeitet. Sie hatte knappe fünf Stunden im Bett verbracht und allenfalls die Hälfte davon geschlafen. Die verbliebenen zwei Stunden hatte sie sich hin und her gewälzt, immer die Gesichter von Leon und Sofie vor Augen, wenn sie erfahren würden, was geschehen war. Bilder von blutbefleckten Badezimmern tauchten vor ihrem geistigen Auge auf. Und immer wieder Hannes. Hannes, wie er Angela fand. Hannes, wie er versuchte, seine Frau wiederzubeleben. Hannes, wie er die Wohnung putzte und versuchte, die Spuren zu beseitigen.

Ruth empfand unendliches Mitleid. Für ihn, für seine Kinder, ja sogar für die verzweifelte Ehefrau und Mutter.

Aber sie wusste, dass sie nicht die Stärke hatte, jetzt an Eisenrauchs Seite zu stehen. Dazu waren sie noch nicht vertraut genug miteinander. Ihre Beziehung war von vorneherein problembeladen gewesen, und Ruth wusste, trotz der starken Gefühle, die sie für Hannes hatte, dass sie nicht bereit war, das alles mitzutragen. Sie hatte so viel Energie aufgewendet, um sich selbst und ihre beiden Kinder nach der Trennung aus der Krise herauszuholen, dass sie nicht in einen solchen Abgrund zurückwollte. Sie hatte bodenlose Angst davor.

Aber wie sollte sie das Hannes sagen? Jetzt, wo er eine Stütze dringender brauchen würde denn je? Sorry, aber dir geht's so schlecht, das ertrage ich nicht. Nein, das brachte sie nicht übers Herz.

Ruth kam bis zum Morgengrauen zu keiner Lösung. Sie hätte geschworen, dass sie die ganze Nacht gegrübelt hatte, aber als der Wecker um sechs klingelte, befand sie sich im Tiefschlaf.

Sie wälzte sich stöhnend aus dem Bett, duschte so lange heiß, bis nur noch kaltes Wasser kam, und hüllte sich schließlich in die bequemsten Klamotten, die sie finden konnte. Warm, weich und schlabbrig. Bett-Gefühl. Optik war egal.

Glücklicherweise war der Sonnenschein vom Vortag richtig miesem Februarwetter gewichen: Feuchte Kälte kroch vom Fluss herauf. Die Sonne drang nicht durch die dichte Wolkendecke, und so hatten Stadt und Himmel die gleiche Farbe: neblig-grau. Das passte zu Ruths Stimmung, außerdem war dadurch die Zahl der Spaziergänger überschaubar, und als Susan um elf zur Schicht anrückte, war das Bistro nur vereinzelt besetzt. Ruth hatte überall Kerzen und Duftlämpchen verteilt, sie selbst trank bereits den vierten honiggesüßten Chai-Tee. Das Bett-Gefühl eben. Den Gedanken an die Verabredung mit Uwe Ringel hatte sie weit weggeschoben.

Der Mittagsservice und die nachmittägliche *Mise en Place* vergingen dann erstaunlicherweise doch wie im Flug. Am späten Nachmittag war das Bistro wieder nur spärlich besetzt, und Ruth entschied sich, um achtzehn Uhr vorzeitig dichtzumachen. Sie wollte sich einfach nur noch mit einem guten Buch ins Bett legen – wie so oft in letzter Zeit, fiel es ihr auf. War das das Alter? Kaum passierte man die fünfzig, wollte man nur noch ausruhen? Grauenhafte Vorstellung. Aber die gestrige Nacht war nun wirklich eine absolute Ausnahmesituation gewesen, und so etwas sollte doch nicht mehr vorkommen.

Weil sie am Morgen so fertig gewesen war, hatte Ruth für die paar hundert Meter zwischen Wohnung und Bistro das Auto genommen, und sie war auch jetzt, nach dem Arbeitstag, nicht gewillt, auch nur einen überflüssigen Meter zu Fuß zu gehen.

Sie hatte kaum die Tür des Doblo hinter sich zugeschlagen, als ihr Handy klingelte. Weil sie mit einem Anruf von Hannes rechnete, nahm Ruth das Gespräch an, ohne aufs Display zu gucken.

»Wo waren Sie gestern?«, drang es ohne Begrüßung an ihr Ohr. Gleich mal ein Vorwurf, zack. Ruth fluchte. Uwe Ringel hatte gestern Abend schon mehrmals bei ihr angerufen, ohne eine Nachricht zu hinterlassen. Selbstverständlich hatte sie die Anrufe ignoriert, sie war anderweitig beschäftigt gewesen.

»Mir ist etwas dazwischengekommen. Tut mir leid, ein Notfall«, gab sie höflich zurück.

»Kommse doch jetzt.« Uwe Ringel klang irgendwie gehetzt.

»Es tut mir leid ...«, begann Ruth. Sie war todmüde und fertig mit den Nerven. Nicht allein die Fahrt nach Reinickendorf hätte sie jetzt überfordert, ihr erschien auch das Vorhaben, sich mit Uwe Ringel zu treffen, vollkommen idiotisch. Es ging um einen von der Polizei aufgeklärten Fall. Punkt. Einen Fall, mit dem sie als Schöffin nichts mehr zu tun hatte. Punkt.

»Dann geh ich zur Polizei«, schnaufte Ringel nun. Er hörte sich richtiggehend verzweifelt an.

»Das wird das Beste sein«, erwiderte Ruth erleichtert. »Bitte, Herr Ringel, es war ein Fehler von mir, meine Hilfe anzubieten. Ich bin gar nicht befugt. Sicherlich ist es besser, wenn Sie mit Herrn Wenk darüber sprechen.«

Stille am anderen Ende der Leitung. Ruth hörte das schwere Atmen. Ringel hat gewiss Bluthochdruck, schoss es Ruth durch den Kopf. Der ältere Herr sah nicht gerade nach gesundem Lebenswandel aus. Ruth musste an ihren Vater denken. Sie hatte seit über einer Woche nicht mehr mit ihm telefoniert und fühlte sich schuldig.

»Ick stecke so tief drin in dem Schlamassel.« Plötzlich war die Stimme von Uwe Ringel ganz klein. »Ich ... ob die Polizei so det Richtige is?«

»Bestimmt«, bekräftigte Ruth. Der Mann tat ihr leid.

»Es steht ja och en Menschenleben auf dem Spiel«, sagte er nun.

Ja, ja, dachte Ruth, hast du es nicht eine Nummer kleiner?

»Die junge Frau ..., ick bin ja irgendwie an allem schuld.« Ringel klang aufrichtig verzweifelt.

»Welche junge Frau?« Ruth richtete sich im Autositz auf. Vielleicht hatte Ringel doch eine wichtige Information.

»Na ja, die Russin oder wat die is. Die ist in Gefahr, und ick soll ihr helfen, aber ...« Ihm versagte die Stimme.

»Moment mal, Herr Ringel? Wovon reden Sie denn da? Hat das etwas mit dem Mordfall Dombroschke zu tun?« Ruth war verwirrt. Und leider, wie sie eingestehen musste, elektrisiert.

»Na ja, natürlich, wat denken Sie denn?« Uwe Ringel war entrüstet. »Kommen Se jetzt doch? Ick warte in der Laube.«

»Ich bin in zwanzig Minuten da.«

Entschlossen startete Ruth den Motor, legte den Gang ein und schoss gefährlich schnell durch die Hofauffahrt auf die Bochumer Straße. Ihre Müdigkeit war wie weggeblasen.

Die Euphorie der letzten Woche war tiefer Verzweiflung gewichen. Dass dieser alte Idiot sie verarscht haben könnte,
darauf war Elena nicht gekommen. Aber als er gestern mit
leeren Händen vor ihr gestanden hatte, da wusste sie genau,
dass er sie angelogen hatte. Entweder hatte er die Papiere
wirklich nicht oder nie vorgehabt, welche zu besorgen.

Was spielte der Mann für ein Spiel? Er arbeitete nicht mit
Pavel zusammen. Das konnte Elena ausschließen. Im Gegenteil, er hatte panische Angst vor dem Zuhälter. Dass dieser und Stascha sich hier herumtrieben, man immer wieder
den Camaro in der Nähe des KGV sah, das machte Uwe Ringel genauso Angst wie ihr.

Er wollte sie für sich allein, das hatte Elena zuerst gedacht. Tatsächlich hatte er aber keine Anstalten mehr gemacht, über sie herzufallen. Seit er sie Jürgen »geschenkt«
hatte, nicht mehr. Danach war sie ein für allemal Jürgens
Mädchen gewesen. Uwe hatte sie nicht mehr angefasst, sich
ihr nicht mehr genähert. Auch jetzt nicht.

Außerdem hatte sie ihn in der Hand. Sie wusste Dinge
von ihm, die sonst keiner wusste. Sie wusste von der Sache
mit dem Gift. Sie waren in Schuld miteinander verbunden.

Sie waren wie jeden Mittwoch in die Laube gekommen. Elena hatte gelernt, für Abende wie diesen eine gewisse Form der Dankbarkeit zu entwickeln. Wenn sie schon anschaffen musste, dann war der Job in der Laube noch verhältnismäßig erträglich. Sie kannten die Männer, sie wussten, was auf sie zukam. Die gewünschten Dienstleistungen waren nicht extravagant. Und je öfter sie kamen, desto netter wurden sie behandelt. Die Geilheit der alten Säcke hatte sich gelegt. Manchmal spielten sie tatsächlich noch eine Runde Karten gemeinsam, bekamen Leberwurststullen serviert und gehörten irgendwie zur Familie.

Heute aber wich Uwe von der Routine ab. Bevor Elena ihm den Reißverschluss der Hose öffnen konnte, stoppte er sie.

»Ich hab heut was Besonderes für dich«, sagte er.

Sie lächelte, aber ihr wurde kalt vor Angst. Sie hatte immer Angst, wenn eine unbekannte Situation auf sie zukam. Sie hatte Angst vor einem unberechenbaren Freier, Angst vor den Dingen, die sie vielleicht tun musste und an die sie sich nie gewöhnen würde.

Dann zog Uwe sie mit sich aus der Laube. Sie gingen zu einem anderen Grundstück hinüber. Wieder auf verschlungenen Pfaden, kletterten über Zäune und zwängten sich durch Gestrüpp. Uwe war sehr bedacht darauf, dass niemand im KGV sie bemerkte. Schließlich standen sie vor der Tür einer hölzernen Laube. Dieses Grundstück sah anders aus als das schlampige Durcheinander bei Uwe. Hier war alles sauber und gepflegt. Elena bewunderte die Beete; Obst, Gemüse und Sommerblumen ordentlich getrennt voneinander.

Ringel klopfte. Es dauerte nicht lange, dann öffnete ein sehr zarter, schmächtiger älterer Herr die Tür. Fragend sah er von Uwe zu Elena und wieder zu Uwe.

Dieser schob Elena an dem Mann vorbei ins Innere der Laube. »Alles Gute zum Geburtstag, Dommi!«

Es war für Elena offensichtlich, dass es dem Mann, in dessen Haus sie eingedrungen waren, nicht gefiel, was hier passierte. Er wollte weder sie noch den großen Mann hier haben.

»Zier dich nicht, Kumpel!«, meinte Uwe Ringel und tätschelte unter dem schwarzen Plastikmini Elenas Hintern.

Der kleine Mann – Elena fiel auf, dass er sehr feminin wirkte – schüttelte entsetzt den Kopf. Elena glaubte zu verstehen, dass er den großen Mann bat, sie wieder mitzunehmen, sie war sich aber nicht sicher.

Dann diskutierten die Männer miteinander. Elena verstand nichts, aber ihre Angst war gewichen, sobald sie den zarten Kleinen gesehen hatte. Er sah vertrauenerweckend aus. Sie setzte sich auf einen Stuhl und wartete ab.

Die Diskussion wurde heftiger, und dann öffnete der Große einfach die Tür und verschwand. Der kleine Mann starrte die Tür noch einen Moment an, bis er sich zu Elena umdrehte. Er sah ratlos aus.

»Kaffee?«, fragte er und zeigte auf die Kanne, die auf dem Tisch stand. Elena nickte vorsichtig. Sie würde abwarten.

Der kleine Mann holte eine Tasse, bot Elena Zucker und

Milch an und setzte sich schließlich ihr gegenüber. Er faltete die Hände im Schoß und schaute sie an. Es war ein vorsichtiger Blick. Nicht abwertend. Nicht feindselig. Obwohl ihn offensichtlich ihre Anwesenheit störte.

Elena beschloss, den Anfang zu machen. »Elena«, sagte sie und zeigte auf sich. Dann zupfte sie an ihrem Top, das ihre Brüste fast ganz entblößte. Es war ihr sehr unangenehm, so vor ihm zu sitzen. Aber der kleine Mann starrte nicht auf ihre Brüste. Er schien sie nicht einmal zu bemerken.

Jetzt lächelte er und zeigte auf sich. »Jürgen«, sagte er. »Woher kommst du?«

Diese Frage kannte sie schon. Fast alle Freier fragten sie das, aber keinen hatte es je wirklich interessiert. Bis auf diesen Mann ihr gegenüber. Deshalb antwortete sie dieses Mal auch wahrheitsgemäß.

»Moldawia«, sagte sie und lächelte. Sie konnte nicht anders. Obwohl sie stets traurig wurde, wenn sie an ihre Heimat dachte, musste sie doch lächeln. Sie war stolz auf ihr Land. Auch wenn es ihr keine Zukunft geboten hatte.

Der Mann zuckte mit den Schultern. Er zeigte auf sich und sagte: »Berlin.« Dann lachten sie beide.

Elena unterhielt sich so gut es ging mit dem kleinen Mann. Er versuchte, etwas von ihr zu erfahren, sie erzählte ihm, radebrechend, dass sie einen Sohn hatte. Alexej. Sie zeigte auf die Tischkante. So groß war er! Sie hielt sechs Finger hoch. So alt war ihr Sohn.

Jürgen erzählte von seiner Frau. Sie war zu Hause, so viel konnte sie verstehen. Im Bett. Er legte seine Hände flach aufeinander und hielt sie auf die eine Gesichtsseite. Dabei schloss er die Augen. Die Frau schlief. Sie war krank. Jürgen zeigte auf sein Herz und machte ein trauriges Gesicht.

Elena fasste in dem Moment, als sie Jürgen zuhörte, einen Plan.

»Ich helfen.«

Jürgen verstand nicht. Aber Elena wusste, was sie zu tun hatte. Wie sie von Pavel wegkam. Dieser Mann vor ihr würde sie retten. Noch wusste er nichts davon, aber sie würde ihre ganze Hoffnung auf seine schmalen Schultern laden.

Ruth parkte. Als sie den Schlüssel aus dem Schloss zog, zögerte sie einen Moment. War das eine gute Idee? Sie war Feuer und Flamme gewesen, als Ringel sie angerufen hatte, aber nun war sie nicht mehr sicher. Es war stockfinster. In dieser Kleingartenanlage war alles dunkel. Sie war ganz allein hier. Was, wenn man sie überfallen würde? Ruth hatte immer eine unbestimmte Angst vor Vergewaltigung, sie würde nie allein nachts durch einen Park oder eine Grünanlage gehen. Das hatte sie auch Annika stets eingebleut. Und nun wollte sie hier mutterseelenallein, fernab von jeglicher Wohnbebauung, in eine Gartenlaube gehen? Wo sie ein fremder Mann erwartete, der ihr zudem angekündigt hatte, dass irgendjemand anderer in Lebensgefahr schwebte? War das klug?

Augen zu und durch, beschloss Ruth. Jetzt war sie schon mal da. Und dieser Ringel hielt sie für eine Respektsperson, für jemanden vom Gericht. Er würde ihr schon nichts tun.

Es waren kaum achtzig Meter vom Eingang des KGV bis zu Ringels Laube. Achtzig Meter geradeaus. Keine Bäume, hinter denen sich ein potentieller Angreifer verstecken konnte. Trotzdem achtzig Meter Angst.

Ruth hatte aus dem Handschuhfach des Doblo ihre Taschenlampe mitgenommen, deren Strahl nun unruhig hin und her zuckte. Sie war nicht mehr sicher, welches der Grundstücke das von Uwe Ringel war, aber dann sah sie auf der linken Seite einen Streifen Licht. Instinktiv beschleunigte sie ihre Schritte. Der Lichtkegel ihrer Taschenlampe huschte rasch über das Schild am Gartentor: Ringel, tatsächlich. Hier war sie richtig. Sie drückte die Klinke herunter und nahm die letzten paar Meter zum Haus im Eiltempo. Das Licht in der Laube drang nur aus den Schlitzen der Fensterläden, aber es war absolut still. Kein Ton drang aus dem Inneren des Hauses.

Ängstlich klopfte Ruth an die Tür.

Sie war sicher, dass sie etwas gehört hatte. Elena blies die Kerze aus und duckte sich. Das war eigentlich überflüssig, denn man konnte von draußen nicht ins Innere des Hauses blicken. Die Fensterläden waren geschlossen, und Elena hatte außerdem alle Ritzen mit Stofffetzen verstopft, so dass niemals auch nur der kleinste Lichtschein nach draußen dringen konnte. Aber sie war instinktiv in Deckung gegangen. Es war nur ein kleines Geräusch gewesen. Eine Art Kratzen. Konnten auch die Mäuse sein. Ein Fuchs, der ums Haus strich. Elena achtete allerdings darauf, dass sie ihre Essensreste nicht in der Nähe entsorgte. Sie verteilte ihre Obst- und Eierschalen sowie den Kaffeesatz säuberlich auf die Komposthaufen anderer, etwas entfernterer Lauben. Nicht wegen der Tiere, sondern wegen Pavel. Sie hinterließ keine Spuren.

War es jetzt so weit? Hatte er herausgefunden, in welcher Laube sie sich versteckt hielt?

Elena lauschte mit klopfendem Herzen in die Dunkelheit. Es war jetzt still. Zu still. Es war ihr, als spürte sie die

Anwesenheit von jemandem. Von etwas. Mensch, Tier? Es konnte ganz harmlos sein.

Elena beschloss, noch eine Weile reglos im Dunkeln auf dem Boden der Laube auszuharren. Erst wenn sie dann nichts mehr gehört haben würde, würde sie es wagen, nach draußen zu verschwinden. Es war immer besser, die Laube vom Gebüsch aus unter Beobachtung zu haben, als drinnen, wie eine Maus in ihrem Loch, darauf zu warten, dass die Katze zuschlug.

Sie atmete ganz flach und schloss die Augen. Elena war auf dem Sprung.

»Kommse rin!«

Ruth drückte die Klinke herunter. Das Erste, was ihr im Inneren des schäbigen kleinen Häuschens auffiel, war der Geruch. Muffig. Nach Bier, Schweiß und alten Socken. Ein ungewaschener Geruch.

Der Raum wurde nur von einer nackten Glühbirne beleuchtet, die in der Mitte von der Decke baumelte. Ein Tisch stand an der Seite, vier Stühle, Flaschen, ein voller Aschenbecher. Auf der anderen Seite ein durchgelegenes altes Cordsofa. Darauf lag der Mann, mit dem sie verabredet war. Als Ruth eingetreten war, erhob er sich stöhnend und entschuldigte sich.

»Verzeihung«, sagte Uwe Ringel und setzte sich auf, »ick bin einjepennt.«

»Kein Problem.« Ruth blieb etwas unsicher stehen. Sie wusste nicht, ob sie sich setzen oder zum sofortigen Abgang lieber die Tür im Rücken haben sollte. Aber der große Mann stand schwerfällig auf und räumte die Flaschen vom Tisch. Er murmelte eine Entschuldigung, öffnete ein Fenster,

kippte kurzerhand die Zigarettenkippen aus dem Aschenbecher hinaus und wischte mit seiner großen Hand über
den Tisch. Dann bot er Ruth einen Platz an.

Sie setzte sich mit einem unwohlen Gefühl.

Der Mann ihr gegenüber schien sich nicht besser zu fühlen. Er knetete seine großen Hände und wusste nicht, wo er
anfangen sollte.

Ruth hatte ihn im Gerichtssaal ganz anders erlebt. Groß-
spurig, einer, der sich gern reden hörte und sich für keinen
schlechten Kalauer zu schade war. Jetzt aber schwieg er und
schaute betreten drein.

Ruth entschloss sich, den Stier bei den Hörnern zu pa-
cken. Sie zauberte ein gewinnendes Lächeln auf ihr Gesicht.

»Herr Ringel, es war Ihnen doch wichtig, dass ich komme, oder?«

»Ja, ja.« Er nickte und musterte seine Fußspitzen. Er trug
Socken in Adiletten.

Ruth zwang sich, ihm in die Augen zu sehen.

»Und? Worum geht es denn? Sie haben gesagt, jemand
befindet sich in Lebensgefahr ...«

Jetzt sah Uwe Ringel ihr tatsächlich ins Gesicht.

»Ja, die junge Frau. Die Nutte. Oder, na ja, eigentlich ...«
Uwe Ringel fuhr sich mit beiden Händen durch das schüt-
tere Haar, stand auf, holte sich eine Flasche Schultheiß-Bier,
öffnete diese und trank gierig ein paar Schlucke.

»Wer ist das, von dem Sie da sprechen? Und was hat die
Frau mit Jürgen Dombroschke zu tun?«, hakte Ruth nach. Sie
war verwirrt. Ob dieser Ringel nicht wusste, was er da redete?
Vielleicht war er schon betrunkener, als sie ahnte? Oder aber,
und deswegen war sie gekommen, diese Dombroschke-Sache
war verzwickter, als es sich im Prozess dargestellt hatte.

»Was hat die Frau denn mit dem Fall zu tun?« Angriff ist die beste Verteidigung, dachte Ruth.

Ringel setzte sich ihr wieder gegenüber. Er hielt eine Packung Roth-Händle hoch und bot Ruth eine an. Sie lehnte dankend ab, aber als Ringel sich achselzuckend eine Zigarette anzündete, griff sie doch zu. Nicht etwa, weil sie Appetit gehabt hätte, aber die Situation, in der sie sich befand, war so neu, so irritierend und gleichzeitig spannend für sie, dass sie das Gefühl hatte, eine Zigarette würde ihr helfen, sich zu beruhigen.

Der erste Zug brannte wie Feuer auf der Zunge und in der Lunge. Ihr wurden die Knie weich. Sie hatte vergessen, wie grauenvoll Rauchen tatsächlich war. Uwe Ringel dagegen inhalierte tief und starrte den Rauchwölkchen hinterher, die er ausstieß. Ihre Frage schien er entweder nicht gehört oder vergessen zu haben.

»Herr Ringel, was hat diese Frau mit ...« Ruth bekam einen Hustenanfall und war nicht imstande weiterzusprechen. Dafür sprach nun Uwe Ringel.

»Weil ich sie Dommi geschenkt habe. Letztes Jahr, zu seinem Geburtstag.«

Ruth versuchte krampfhaft, den Hustenreiz zu unterdrücken, was alles nur noch schlimmer machte. Sie drückte die Kippe aus, zwang sich aber dennoch, sich voll und ganz auf den Mann zu konzentrieren. Dieser fuhr ungerührt fort, er war so in Gedanken, dass er ihre Husterei gar nicht zu bemerken schien.

»Dachte, ick tu ihm wat Jutes, weil, na ja ... Ick hab mich schon schuldig jefühlt.«

»Schuldig? Warum?«

Ringel nahm einen Schluck vom Bier. »Weil ick mit Margit gepennt habe. Zwanzig, ach wat, dreißig Jahre lang. Bis sie die Krankheit jekriegt hat.« Er verstummte. Die Zigarette zwischen seinen nikotingefärbten Händen war bis auf einen winzigen Stummel heruntergebrannt. Er schien das nicht zu bemerken.

»Und ... hat Herr Dombroschke davon gewusst?« Das war das Motiv, wusste Ruth augenblicklich. Das Motiv, das sie bei Gericht so dringend gesucht hatten. Allerdings – warum hatte Dombroschke dann seine kranke Frau und nicht seinen besten Kumpel getötet? Oder sollte der auch noch dran glauben?

Uwe Ringel antwortete auch auf diese Frage nicht. Er schien in Gedanken schon ganz woanders zu sein.

»Außerdem hab ick dit Gift zu ihr nach Hause jebracht.« Er machte wieder eine Pause, aber Ruth wollte nicht mit einer Frage dazwischengehen, vielleicht hätte sie dann alles kaputtgemacht. Uwe Ringel schien sie gar nicht mehr wahrzunehmen. »Sie hat dit von mir verlangt. Margit. Sie wollte, dass ich von dem Rattengift im Schuppen wat abfülle. Damit sie es immer bei sich hat und ihrem Leben ein Ende setzen kann – wenn sie will.« Er schnaufte. »Margit wollte sich vom Tod nichts diktieren lassen. So wie sie sich nie von irgendjemandem hat Vorschriften machen lassen.« Er nickte, aber mehr zu sich selbst. »Ick wollte nicht. Ick wollte ihr dit Scheißgift nicht bringen.« Jetzt verbarg er den Kopf in seinen riesenhaften Händen. Ruth verstand ihn nur noch schlecht. »Aber so war sie, meine Margit: keene Widerrede!«

Er hob den Kopf und starrte ins Leere. »Warum?« Tiefe Verzweiflung lag in seiner Stimme. »Warum hab ick auf Margit jehört? Jetzt sitzt er im Knast und icke ...«

Der ungeschlachte Mann hob die Schultern und breitete

die Arme aus. Dann richtete er seinen glasigen Blick auf Ruth. »Und icke?«

Ruth war drauf und dran, etwas zu sagen, als plötzlich alles auf einmal geschah.

Tränen strömten aus Ringels Augen. Er ließ den Kopf hängen und weinte hemmungslos. Ruth stand auf und wollte ihn trösten, da knallte es laut, und die Tür zur Laube wurde eingetreten. Zwei Männer mit Sturmmasken und Baseballschlägern stürmten in die Laube, einer von ihnen zerschlug die Glühbirne, es wurde stockfinster. Ruth wollte schreien, aber noch bevor sie den Mund überhaupt öffnen konnte, hatte einer der Eindringlinge ihr eine Hand auf den Mund gelegt und hielt sie mit der anderen so fest, dass ihre Arme blockiert waren. Ruth war stocksteif vor Angst und Panik. Sie hörte einen schweren Schlag, jemand schrie dumpf auf und stürzte zu Boden, weitere Schläge folgten, Stöhnen. Dann nahm der eine Angreifer die Hand von Ruths Mund, drehte sie um und schlug ihr mehrmals heftig ins Gesicht. Ruth warf ihren Kopf im Finsteren zurück, um den Schlägen zu entkommen, aber dabei schlug ihr Kopf hart irgendwo auf. Sie wurde bewusstlos.

Das Geräusch war nur sehr gedämpft an ihr Ohr gedrungen, aber es reichte, um das witternde Tier in ihr aufzuschrecken. Elena lag seit einer guten halben Stunde unter dem Gebüsch in unmittelbarer Nähe der Laube. In der Zwischenzeit hatte es angefangen zu nieseln, aber sie spürte weder die Feuchtigkeit noch die Kälte. All ihre Sinne waren darauf ausgerichtet, mögliche Angreifer auszumachen und notfalls zu fliehen.

Nur deshalb hatte sie das satte Tuckern der getunten Motoren vernommen. Es war weiter entfernt, vermutlich am Parkplatz, und ein weniger aufmerksamer Mensch hätte gedacht, es handle sich um Geräusche der nahen Roedernallee, aber Elena wusste genau, um was es sich handelte.

Pavel und seine Männer.

Sie hatte sich noch tiefer ins Gebüsch gedrückt. Aber es war niemand gekommen. Ihr war klar, dass die Männer sie suchten, aber wenn sie nicht zu dieser Laube kamen, um sie zu holen, wo waren sie dann?

In einer anderen Laube.

In einer falschen Laube.

Elena musste nicht lange nachdenken, um zu wissen, wo die Männer suchten. Bei Uwe Ringel. Und das war für sie fast genauso gefährlich, wie wenn die Männer vor ihrer Laube standen.

Elena beschloss, sich näher heranzuwagen. Die Laube des großen Mannes lag strategisch günstig. Sie musste nur einige Gärten passieren und konnte dann in ausreichender Entfernung einen Blick auf das im Mittelgang gelegene Grundstück werfen. Sie musste einfach wissen, was dort vor sich ging, denn der große Mann war ihr Strohhalm, ihre Aussicht auf Rettung. Sie war so nah dran, hier wegzukommen. Wenn Ringel etwas zustoßen würde, wäre das eine Katastrophe für sie.

Er war ihr Rettungsanker.

Ruths Kopf steckte in einer Schraubzwinge. Irgendjemand drehte ganz langsam, aber unerbittlich die Zwinge weiter zu. Die Augen schmerzten in ihren Höhlen, Ruth war unfähig, sie zu öffnen. Oder den Kopf zu bewegen. Ihr war übel, jede winzige Bewegung des Kopfes löste einen Brechreiz aus. Ruth beschloss erschöpft, einfach weiterhin tot zu sein. Aufwachen lohnte sich definitiv nicht.

Doch dann schlug ihr jemand hart ins Gesicht. Schon wieder? Oder immer noch? Ruths Kopf flog nach rechts, nach links. Sie stöhnte. Der Brechreiz wurde so stark, dass sie glaubte, ihn nicht länger unter Kontrolle zu haben.

»Augen auf!« Die Stimme drang förmlich unter ihre Augenlider. Der Mann schien sein Gesicht direkt vor ihrem zu haben. Ruth roch seinen schlechten Atem. Sie würgte. Sie hatte unendliche Schmerzen, ihr Kopf dröhnte, die Wangen brannten, man musste sie oft und heftig geschlagen haben.

Aber jetzt nahm Ruth all ihren Überlebenswillen zusammen. Sie war noch nicht tot. Dann war sie auch nicht bereit, jetzt zu sterben. Stattdessen wollte sie wissen, wer ihre Peiniger waren. Sie wollte wissen, wem sie diese Tortur zu verdanken hatte. Sie öffnete die Augen, und es fühlte sich an, als hingen Gewichte an ihren Lidern. Kaum hatte sie es geschafft und blinzelte in die Dunkelheit, wurde sie von grellem Licht geblendet. Unwillkürlich kniff sie die Augen wieder zusammen. Dabei bohrten sich statt der Schraubzwingen nun feine Dolche durch die Schädeldecke.

Jemand blendete sie mit einer starken Lampe.

»Wer ist das?« Eine andere Stimme. Aber auch ein Mann. Dann ergoss sich ein Schwall russischer Worte über Ruth. Dem Ausdruck nach – die Worte wurden eher ausgespuckt als gesprochen – heftige Flüche.

Murmelnde Männerstimmen. Die Lampe in ihrem Gesicht erlosch oder wurde weggedreht. Ruth blinzelte und versuchte, etwas zu erkennen.

Es war finster. Ein Lichtkegel huschte durch den Raum. Ruth erinnerte sich plötzlich, wo sie war. Weit weg von zu

Hause. Niemand wusste, wo sie sich befand. Niemand würde sie finden. Niemand würde sie retten.

Der Lichtkegel zuckte kurz über einen Körper am Boden. Ein Stiefel trat dagegen. Erneut eine russische Wortkaskade.

Ruth registrierte, dass sie auf einem Stuhl saß. Sie wusste nicht, ob sie vorher schon darauf gesessen hatte. Mit Sicherheit waren aber ihre Hände vorher noch nicht hinter der Lehne gefesselt gewesen. Es fühlte sich an, als hätte sie nur noch Handgelenke. Danach nichts mehr, nur Taubheit. Sie ruckelte mit den Armen, aber sie war so fest verschnürt, dass sie sich nicht bewegen konnte. Dann wurde sie erneut angeleuchtet. Die Männer sagten etwas. Sprachen sie über sie? Berieten sie, was sie mit ihr machen sollten? Was war das hier, ein Überfall? Bevor Ruth weitere Überlegungen mit ihrem schmerzenden Kopf anstellen konnte, stieß ihr einer der Männer mit dem Stiefel heftig gegen die Brust, und Ruth kippte mit dem Stuhl nach hinten über. Eine Welle von Übelkeit spülte über sie hinweg, und sie war gerade noch so geistesgegenwärtig, um den Kopf zur Seite zu drehen, damit sie nicht an ihrem eigenen Erbrochenen erstickte. Dann wurde sie erneut bewusstlos.

»Hey, Anni!«

»Hi, Lukas. Was gibt's?«

»Weißt du, wo Mama ist?«

»Nö. Hier ist sie nicht. Vielleicht noch im Laden.«

»Es ist halb neun! Da geht auch keiner ran, hab's schon versucht.«

»Keine Ahnung. Was willst du denn?«

»Ich brauch 'ne Geburtsurkunde. Für das Altersheim.«

»Hast du den Job?«

»Ja.«

»Geil! Ziehst du das echt durch?«

»Denk schon. Keine Ahnung. Ich brauch die Urkunde bis morgen. Kopie reicht. Sagst du's Mama?«

»Hm. Wenn sie kommt.«

»Jamila weiß auch nicht, wo sie ist, bei der hab ich schon angerufen. Und ans Handy geht sie nicht.«

»Die ist hundertpro bei ihrem Typ.«

»Hannes?«

»Ja. Krass, der war gestern hier mit seinen Kindern. Weil die Frau versucht hat, sich umzubringen.«

»Laber nich?!«

»Echt mal. Das geht vielleicht ab bei denen. Mama ist bestimmt da.«

»Okay. Sagst du ihr das mit der Geburtsurkunde?«
»Klar. Ciao.«
»Tschüs.«

Es musste der strenge Salmiakgeruch sein, von dem sie auf-
wachte. Ruth hielt es für ein Déjà-vu. War sie nicht vorhin
schon so aufgewacht? Diese Schmerzen im Kopf. Hinter
den Augäpfeln. Ruth tastete sich gedanklich ab. Der Schul-
terbereich fühlte sich an, als hätte sie Muskelkater vom Ge-
wichtestemmen, sie war kaum in der Lage, sie zu bewegen.
Das kam mit Sicherheit von dem Sturz, sie war ungeschützt
nach hinten auf den Rücken gefallen – auf die Stuhllehne.

Die gefesselten Hände, die in Höhe des Steißbeins sein
mussten, spürte sie nicht mehr. Sie fühlte allerdings auch
keinen Schmerz. Ebenso wie die Unterschenkel mussten
diese Gliedmaßen abgestorben sein.

Ruth konzentrierte sich auf die Füße. Sie versuchte, dort
unten etwas zu bewegen, aber alles, was sie erreichte, war
ein unbestimmtes Stechen. Ein Schwert aus Watte stach in
ihre Füße. Dass ein Nichts so weh tun konnte. Auch ihre
Finger konnte sie weder bewegen noch spüren, sie musste
aber daraufliegen, direkt unter dem Steißbein fühlte sie so
etwas wie einen dicken Stein. Ihre Fäuste vielleicht.

Ruth atmete flach durch den Mund. Der Gestank ihres
eigenen Erbrochenen neben ihr war unerträglich. Sie drehte
den Kopf zur anderen Seite und öffnete langsam die Augen.

Nichts als Finsternis. Und Stille. Absolute Stille. Kein

Mensch außer ihr schien hier zu sein. Wo war »hier«? War sie noch in der Laube? Das war das Letzte, an das sie sich erinnerte. Dass sie mit Uwe Ringel in dem kleinen muffigen Raum gesessen hatte. Ringel. War er der Körper gewesen, der am Boden lag? In einem Erinnerungssplitter blitzte das Bild auf, das sie im Schein der Lampe gesehen hatte. Ein Körper am Boden, ein Stiefel, der dagegentrat.

Ruth stöhnte. Es blieb ruhig. Sie öffnete den Mund, aber kein Laut kam heraus. Ihr Mund war vollkommen ausgetrocknet, fühlte sich an, als hätte sie mit Scheuermittel gegurgelt. Sauer und trocken.

Ruth stöhnte erneut. Dieses Mal lauter und mit geöffnetem Mund. Sie konnte sich hören. Aber es kam keine Reaktion. Diese Männer, die sie überfallen hatten – waren sie noch da? Ruth wartete ab. Sie horchte in die Dunkelheit. Jetzt verdrängte etwas anderes die unbändigen Schmerzen, die sie hatte. Sie wollte raus. Raus aus der Laube. Weg von dem Stuhl, von der Finsternis, von den Schmerzen. Sie hatte rasende Angst und wollte nichts anderes als das hier hinter sich lassen.

Sie traute sich nicht zu schreien, dann würden die Angreifer vielleicht wiederkommen. Sie nahm sich zusammen und konzentrierte sich auf ihre Knie und Oberschenkel, vielleicht die einzigen Körperteile, die einigermaßen schmerzfrei und unter ihrer Kontrolle waren. Dann kippte sie die Knie nach rechts, weg von der Lache mit Erbrochenem, und tatsächlich fiel der Stuhl auf die Seite. Sie lag nun auf ihrer rechten Körperhälfte. Dabei »saß« sie aber noch auf dem Stuhl. Den Po auf der Sitzfläche, die Arme hinter der Lehne und ihre Unterschenkel an die vorderen Stuhlbeine gebunden.

Ruth stöhnte vor Anstrengung. Und wartete einen Moment. Der Stuhl hatte ein lautes Geräusch verursacht, sollte hier irgendjemand in der Nähe sein, dann würde er das Geräusch gehört haben. Aber es blieb still.

Das ermutigte Ruth, weitere Anstrengungen zu unternehmen, um sich aus der Scheißlage zu befreien. Sie ignorierte den Schmerz, ihr Überlebenswille war stärker.

Zunächst musste sie austesten, wie sie von dem Stuhl wegkam. Da sie in den Beinen mehr Gefühl hatte als in den Armen, hob und senkte sie die Knie und Oberschenkel. Die Fesseln um ihre Füße waren nur locker an den Stuhlbeinen fixiert. Da der Stuhl nun mit ihr umgekippt war, konnte sie, wenn sie versuchte, die Beine zu strecken, die Fesseln nach unten abstreifen. Sie stellte es sich leichter vor, als es war. Denn in ihrer gekrümmten Position konnte sie die Beine nicht einfach ausstrecken. Ruth ruckelte hin und her, Tränen traten ihr vor Anstrengung in die Augen. Am liebsten hätte sie laut gebrüllt, aber sie hatte nach wie vor Angst, damit ihre Angreifer zurückzuholen. Schließlich hatte sie es geschafft, das linke Bein freizubekommen. Nun rieb sie mit dem linken Fuß am rechten Fußknöchel, und so gelang es ihr, die Fessel nach unten zu streifen. Endlich war auch dieses Bein befreit.

Ruth wäre am liebsten einfach liegengeblieben, sie war zu Tode erschöpft und wurde fast verrückt vor Schmerz. Aber von der Freiheit trennte sie im Moment noch der vermaledeite Stuhl. Immer noch auf der rechten Seite liegend, hob und senkte sie die Schultern und probierte, auf diese Weise wieder Gefühl in die Arme zu bekommen. Dabei merkte sie, dass sie mit den Handgelenken gar nicht an die Lehne gefesselt war. Die Männer hatten lediglich ihre Arme auf dem Rücken zusammengebunden. Es war ihnen ganz offensichtlich nicht darum gegangen, Ruth auf dem Stuhl zu fixieren. Sie hatten etwas anderes vorgehabt. Was, das interessierte Ruth im Moment herzlich wenig. Sie versuchte, mit den freien Beinen den Stuhl so zu umklammern, dass er unten blieb, während sie die Arme nach oben zog, über die Lehne. Das war nicht so einfach, wie sie gehofft hatte. Sie brauchte eine halbe Ewigkeit, um wieder einigermaßen Gefühl in ihre Gliedmaßen zu bekommen.

Nach geraumer Zeit – Minuten? Stunden? – war sie so weit, dass sie sich über die rechte Seite auf die Knie rollen konnte. Sie kauerte nun, das Gesicht nach unten gerichtet, den Stuhl auf dem Rücken, am Boden. Sie zog die Knie bis zur Nase, so weit, dass sie die Absätze ihrer Stiefel auf die Sitzfläche des Stuhls bekam. Dann stemmte sie mit aller Kraft, die ihr verblieben war, die Füße gegen die Sitzfläche und drückte sich gleichzeitig nach oben.

Mit lautem Gepolter flog der Stuhl nach hinten, ihr Gesicht dagegen knallte auf dem Fußboden auf, aber sie war frei.

Ruth schluchzte laut. Vor Erleichterung. Vor Schmerz. Vor panischer Angst.

Als sie sich stark genug fühlte aufzustehen, richtete sie ihren Oberkörper auf und kam schließlich auf die Beine. Es war nicht einfach, das Gleichgewicht zu halten. Sie taumelte. Am Boden lag etwas. Großes. Es musste der Körper sein. Ringel vielleicht. Ruth versuchte, stehen zu bleiben und sich zu orientieren. Mittlerweile war das Finstere weniger finster, sie erkannte Schemen. Den Tisch. Die ungefähren Ausmaße des Zimmers.

Ruth schlug das Herz bis zum Hals, sie konzentrierte

sich jetzt darauf, ihre Atmung unter Kontrolle zu kriegen. Stellte sich breitbeinig hin und atmete. Sah sich um. Sie ahnte, wo die Tür sein musste, und ging, die Hände noch immer auf dem Rücken gefesselt, staksig darauf zu. Sie musste erst einmal hier raus, dann würde sie Hilfe holen. Der Körper am Boden rührte sich nicht, auch nicht, als sie ihn angesprochen hatte. Wer auch immer da lag, wirkte nicht sehr lebendig.

Je näher Ruth der Tür kam, desto sicherer wurde sie, dass sie richtig geraten hatte: Sie spürte den kalten Luftzug, der von draußen ins Innere der Hütte drang.

Sie hatte die Tür fast erreicht, als sie einen Schatten wahrnahm. Jemand stand in der zerborstenen Tür.

»Anni? Was issn?«

»Schläfst du schon?«

»Mmh.«

»Sorry. Aber Mama ist nicht da.«

»Was?«

»Mama ist nicht nach Hause gekommen. Und jetzt hab ich gedacht ...«

»Scheiße, wie spät?«

»Kurz vor zwölf. Hast du mit ihr gesprochen?«

»Was? Nee. Hast du ihren Freund angerufen, den, äh ...?«

»Hannes? Ja. Da ist sie nicht. Sie war auch nicht da. Er hat auch versucht, sie zu erreichen, aber sie geht nicht ran.«

»Fuck!«

»Ja.«

»Bist du allein?«

»Najib ist da.«

»Ruf die Bullen an.«

»Ich weiß nicht. Mama ist erwachsen. Da suchen die gar nicht.«

»Scheiße.«

»Jamila hat mit Kabir gesprochen. Der hat gesagt, sie hat eine Stunde früher zugemacht heute, weil nichts los war. Als er kam, war sie schon weg. Auch der Doblo. Und Susan meinte, Mama war total müde und wollte einfach nur nach Hause.«

»Hast du Papa angerufen?«

»Ja. Alle. Ich hab einfach alle angerufen. Sie hat sich bei niemandem gemeldet. Sie hat keinen angerufen. Sie ist einfach weg.«

»Und wenn sie nur im Kino ist? Sich mal 'nen schönen Abend machen?«

»...«

»Nicht weinen, Anni! Es ist bestimmt nichts passiert. Mama ist mit dem Auto unterwegs. Morgen hat sie frei. Wer weiß, vielleicht schickt sie nachher 'ne SMS, dass sie an der Ostsee ist.«

»Ich hab so Angst.«

»Ja, aber ... wir können nichts tun. Ich mein, das ist Berlin. Wo sollen wir da suchen?«

»Ich hab gedacht ... Du warst doch neulich mit ihr in Reinickendorf. Da hat sie was gesucht, oder?«

»Never. Da war gar nichts.«

»Lukas ...«

»Okay. Hat Najib 'ne Karre?«

»Er organisiert was.«

»Scheiße. Ich zieh mir was an. In 'ner halben Stunde Gesundbrunnen.«

»Danke, Lukas.«

»Oh Mann. Fuck.«

Es war eine Frau. Ruth hatte schreien wollen, aber die Frau war schneller gewesen. Sie hatte Ruth an sich gezogen und ihr die Hand auf den Mund gelegt.

»Schschsch«, machte die Frau. Ruth schnaufte panisch in die Hand hinein.

»Sie sind weg«, flüsterte die Frau und lockerte den Griff. Ruth nickte, zum Zeichen, dass sie verstanden hatte, und die Frau zog ihre Hand weg.

Sie standen sich in der Dunkelheit gegenüber. Sie konnten einander kaum sehen. Ruth erkannte, dass es sich um eine junge Frau handelte. Mit blondem Haar. Sie hatte sie noch nie gesehen.

»Helfen Sie mir«, flüsterte Ruth. Ihre Stimme klang fremd in ihren Ohren.

Die Frau reagierte nicht.

»Mein Handy.« Ruth drehte sich so, dass die Frau in die Jackentasche greifen konnte, in der ihr Telefon steckte. »Wir müssen die Polizei rufen.«

»Nein!« Die Frau trat einen Schritt zurück. »Nicht. Nicht Polizia.«

Jetzt hörte Ruth den gleichen osteuropäischen Akzent wie bei ihren Angreifern. Gehörte die Fremde zu ihnen? War das eine List? Würde sie gleich wieder überwältigt werden?

»Da ist ein Verletzter«, flehte Ruth. »Bitte, er braucht einen Arzt. Sie müssen mir helfen! Machen Sie mich frei, bitte!«

»Wer verletzt? Wo ist er?« Die Frau schien nervös zu werden.

Ruth deutete mit dem Kopf hinter sich in den Raum. »Am Boden. Da hinten irgendwo. Vielleicht lebt er nicht mehr.«

Die junge Frau stieß einen Laut der Überraschung aus und kümmerte sich nicht mehr um Ruth. Stattdessen ging sie weiter in die dunkle Laube hinein und murmelte leise vor sich hin. In einer Sprache, die ebenfalls Russisch sein konnte.

Ruth wurde schon wieder schlecht. Sie lehnte sich an die kaputte Holztür und schloss die Augen. Sollte sie ihrem Impuls folgen und so schnell wie möglich diese Laube verlassen? Zum Parkplatz – und dann? Ihre Hände waren noch immer auf dem Rücken gefesselt, sie konnte gar nicht fahren. Sie war nicht in der Lage, ihr Handy aus der Tasche zu holen. Sie konnte nur um Hilfe schreien, und was würde dann passieren?

Die Frau hinter ihr schrie gedämpft auf. Ruth öffnete die Augen und versuchte, in der Dunkelheit der Laube etwas zu erkennen. Ein Streichholz flammte auf. Offensichtlich hatte die Frau es entzündet. In dem winzigen Lichtschein erkannte Ruth, dass die Fremde am Boden hockte und den liegenden Körper untersuchte. Es war Ringel, der dort lag. Jetzt erkannte Ruth den dunkelgrünen Pullover, den der Mann getragen hatte.

Die Flamme erlosch. Die Frau zündete sofort ein weiteres Streichholz an. Damit stand sie auf, legte eine Hand schützend vor die Flamme und ging suchend in der Hütte umher.

»Was ist mit ihm?«, fragte Ruth.

»Tot«, sagte die Fremde. Emotionslos. Ruth wurde wieder übel. Sie würgte, aber ihr Magen war leer. Tot! Uwe Ringel lag dort tot am Boden. Ruth weigerte sich, daran zu denken, was wohl passiert war. Und was ihr hätte passieren können. Oder sollen. Sie hatte Mitleid mit dem Toten, sie hatte aber auch gleichermaßen Angst. Sie musste hier weg, sie musste die Polizei rufen.

»Bitte«, flehte sie, »machen Sie mich los!«

Die Frau reagierte nicht. Sie ging in der Hütte umher und riss ein Streichholz nach dem anderen an.

»Ich weiß nicht, wer Sie sind. Ich rufe nicht die Polizei, aber bitte, machen Sie mir diese Fesseln ab, ich will nach Hause!«

Jetzt hatte die Fremde eine Kerze gefunden und zündete sie an.

»Ich nicht können«, antwortete sie nun auf Ruths Flehen. »Ich brauchen Papiere.«

»Was für Papiere? Wer sind Sie denn?« Ruth hörte sich selbst zu, wie sie ins Quengeln verfiel, wie ein kleines Kind. Aber sie hatte einfach keine Kraft mehr. Der Schock über das, was geschehen war, die brutale Erkenntnis, dass der Mann, mit dem sie sich vorhin – heute Abend – noch unterhalten hatte, plötzlich tot am Boden lag und sie mit einer fremden Frau, deren Motive völlig undurchsichtig waren, hier stand, saß ihr tief in den Gliedern. Wenn sie nicht so schnell wie möglich von hier wegkam, würde sie zusammenbrechen. Vermutlich hatte sie eine Gehirnerschütterung, sie konnte ihren Kopf kaum bewegen, jede Drehung verursachte ihr Brechreiz. Sie brauchte Hilfe.

Die Kerze näherte sich jetzt ihrem Gesicht. Ruth erkannte, dass die Frau sehr jung und sehr schön war. Sie hatte einen bitteren Zug um den Mund, aber sie sah nicht gefährlich oder brutal aus.

»Ich brauchen Papiere«, sagte sie. »Du haben Papiere?«

Ruth versuchte kurz, den Kopf zu schütteln, aber das war eine durch und durch schlechte Idee. »Nein«, gab sie stattdessen zur Antwort. »Hören Sie, ich weiß nicht, wovon Sie reden und wer Sie sind. Ich bin überfallen worden, als ich mich hier mit Herrn Ringel getroffen habe.« Jetzt fiel ihr plötzlich ein, wovon Ringel gesprochen hatte, kurz bevor die Fremden die Laube gestürmt hatten. Von einer Prostituierten. In Lebensgefahr. Sie wagte sich aus der Deckung. »Sie kannten Herrn Ringel. Sie waren schon mal hier. Als ich geklopft habe. Neulich, mit meinem Sohn.« Lukas hatte behauptet, er habe hinter Uwe Ringel eine Frau in der Laube gesehen. Er hatte recht gehabt.

Die Frau starrte sie an. Ruth sprach weiter, sie hoffte, dadurch zu erreichen, dass die Frau ihr half.

»Und Sie kennen auch Jürgen Dombroschke.«

Jetzt nickte die junge Frau.

»Sie sind eine …« Ruth stockte. Sagte man das einer Frau einfach so ins Gesicht? Dass sie eine Prostituierte war? Und was spielte das jetzt für eine Rolle?

»Nein. Pavel sucht mich.« Die Frau zögerte jetzt auch. Vermutlich dachte sie ihrerseits darüber nach, ob sie Ruth vertrauen konnte. »Du helfen.«

Ruth nickte ganz leicht. Ihr war so elend zumute. Wie sollte sie der Frau helfen? Sie war kaum imstande, sich auf den Beinen zu halten.

»Handy«, sagte die andere und griff in Ruths Jackentasche. Endlich, dachte Ruth. Endlich. Vielleicht ruft sie einen Krankenwagen. Oder die Polizei. Oder meine Kinder. Meine Mama und meinen Papa. Aber da war kein Handy. Die Frau klopfte Ruth ab und sah sie dann fragend an. Ruth zuckte mit den Schultern. Vielleicht war das Telefon aus ihrer Tasche gefallen, als sie mit dem Stuhl umgekippt war. Wahrscheinlich war die Frau auf den gleichen Gedanken gekommen, jedenfalls suchte sie mit der Kerze den Fußboden ab.

Es sah chaotisch aus. Die Männer mit den Sturmhauben hatten ganze Arbeit geleistet. Sie hatten das Interieur der Laube kurz und klein geschlagen. Mittendrin lag der tote Uwe Ringel.

Ruth drehte sich weg. Sie musste raus aus dieser Laube, weg. Sie taumelte auf die Terrasse. Aber ihre Beine trugen sie nicht weiter, sie sank auf den Stufen, die von der Terrasse in den Garten führten, zusammen. Zumindest war sie an der Luft. Unter klarem Himmel. Ruth blickte nach oben. Keine Sterne, kein Mond, es war eine wolkenverhangene Nacht. Dennoch kam es Ruth so vor, als hätte sie niemals einen schöneren Nachthimmel gesehen. Es war der Himmel der Freiheit.

Sie hörte, wie die Fremde die Laube durchsuchte. Dann kam sie nach draußen zu Ruth und streckte ihr im Licht der Kerze etwas hin. Es war Ruths Handy. Vollständig zertrümmert. Ruth nickte. Dann würgte sie und begann zu weinen. Sie wollte, dass alles aufhörte. Dass es ein Traum war, ein Alptraum. Ruth wollte die Augen schließen und einfach nicht mehr in dieser Geschichte sein.

»Bitte, lassen Sie mich gehen. Ich will nach Hause«, schluchzte sie. »Bitte.«

Die Frau stand neben ihr und guckte auf sie herab. »Du hast Auto?« Es war mehr eine Feststellung als eine Frage.

Sie wartete die Antwort nicht ab. Stattdessen zog sie Ruth an beiden Schultern nach oben. »Du helfen«, wiederholte sie. Dann stützte sie Ruth und ging mit ihr den Gartenweg entlang zum Mittelgang. Ruth lief wie automatisch. Anfangs noch wackelig, aber je näher sie dem Ausgang der Kleingartenanlage kam, desto sicherer setzte sie ein Bein vor das andere. Sie schniefte. Die Frau zog sie mit sich, sie war bestimmt, aber nicht gewalttätig. Sie passierten das Eingangstor des KGV. Die Fremde sah Ruth fragend an. Diese deutete sehr vorsichtig mit dem Kopf in die Richtung, in der der Parkplatz lag.

Als sie den Parkplatz erreichten, stand dort kein anderes Auto als Ruths Kastenwagen. Nie war sie so glücklich gewesen, den Doblo zu sehen. Ihr schien es, als wäre er ihr rettendes Zuhause.

Die blonde junge Frau drückte Ruth mit dem Rücken gegen das Auto. »Du fahren«, sagte sie eindringlich. »Zu Uwe. Ich brauchen Papiere. Dann du gehen.«

Zum Zeichen ihres Einverständnisses schloss Ruth einmal kurz die Augen. Sie wagte nicht mehr, den Kopf zu bewegen. Die Fremde zog ein Messer aus ihrer Manteltasche. Sie schnitt mit einem Ruck die Kabelbinder durch, mit der die Männer Ruths Handgelenke zusammengebunden hatten. Dann hielt sie Ruth einen Schlüsselbund vor die Nase. Es war Ruths eigener. Vermutlich hatte sie ihn während des Angriffs verloren, und die Frau hatte ihn bei ihrer Durchsuchung gefunden. Ruth nahm den Schlüssel entgegen und sah der Frau fest in die Augen.

»Wenn ich Ihnen helfe, will ich wissen, was mit Margit Dombroschke passiert ist.«

Die Fremde zögerte kurz, dann nickte sie.

Ruth öffnete die Fahrertür und ließ sich auf den Fahrersitz sinken. Alles wird gut, sagte sie sich und umklammerte mit ihren geschundenen Händen das Lenkrad. Alles wird gut.

Sie hatten fast die ganze Zeit geschwiegen. Najib starrte konzentriert durch die Frontscheibe. Er schien ebenso müde zu sein wie sein Beifahrer. Dieser stopfte sich schon den dritten Kaugummi in den Mund.

»Da vorne links, dann die nächste gleich wieder rechts«, wies Lukas Najib an. Der nickte und fuhr. Er hatte nicht lange gebraucht, um von Moabit zum Gesundbrunnen zu kommen und von dort nach Reinickendorf. Um diese Zeit war auch in Berlin kein Verkehr, die meisten Ampeln waren ausgeschaltet. Sie würden ihr Ziel gleich erreicht haben. Nur wenige Autos kamen ihnen entgegen.

»Hier ist es! Rechts rein.« Lukas war sich sicher.

Trotz der Dunkelheit konnte er sich daran erinnern, dass er diesen Weg mit seiner Mutter gefahren war. Er hatte ein fotografisches Gedächtnis. Damals hatte Ruth ihr Auto auf dem erstbesten Platz abgestellt, dann waren sie zu Fuß weitergegangen. Aber Lukas beschloss, mit Najib so lange durch das Gewirr der Wege und Pfade zu fahren wie möglich.

Nach wenigen Minuten erreichten sie ein schmiedeeisernes Tor. KGV »Friedlieb« stand auf dem Torbogen. Lukas war sicher, dass es dieselbe Anlage war, die er auch mit Ruth durchforstet hatte.

Najib stellte den Motor ab, und sie starrten in die Dunkelheit. Kein Licht, nirgends.

»Echt jetzt?«, fragte Najib.

Statt einer Antwort öffnete Lukas die Autotür und stieg aus. Kein Laut war zu hören. Absolute Stille.

»Hast du eine Taschenlampe in der Karre?«, fragte Lukas.

Najib schnaufte nur verächtlich und zog sein Smartphone aus der Gesäßtasche. Er wischte darauf herum, und als Resultat leuchtete ein erstaunlich starkes Licht aus dem kleinen Gerät.

Lukas wollte das Tor, das bereits offen stand, passieren, aber Najib hielt ihn zurück.

»Glaubst du, das ist 'ne gute Idee?« Er wies mit dem Kopf auf das stockfinstere Grundstück. »Da ist doch keine Sau. Eure Mutter ist bestimmt nicht da.«

Lukas überlegte. Najib hatte sicher recht. Er glaubte selbst nicht daran, dass sich seine Mama hier herumtrieb. Warum auch? Nur weil sie neulich mal hier gewesen war? Was sollte sie in der Nacht in dieser menschenleeren Laubenpiepersiedlung suchen?

Andererseits hatten sie keinerlei andere Anhaltspunkte. Ruth war wie vom Erdboden verschluckt. Die Polizei würde vor Ablauf von vierundzwanzig Stunden nicht aktiv werden. Also was würden sie verlieren, wenn sie hier einmal durchgingen?

»Los«, sagte Lukas und ging voran. Najib folgte und schloss dann zu ihm auf. Er leuchtete den Weg ab.

»Und wohin genau?«

Lukas wollte gerade antworten, als sie an einem Gartentor vorbeikamen, das geöffnet war. Alle anderen waren geschlossen. Die Lauben und Grundstücke waren winterfest verriegelt und verrammelt. Die Vermutung, dass der Wind das Tor geöffnet haben konnte, erledigte sich sofort, als Najib das Licht auf das Schloss richtete. Dieses Tor war gewaltsam geöffnet worden. Jemand musste mit brachialer Gewalt dagegengetreten haben. Die kleine Tür hing schief und verbogen in den Angeln.

Die jungen Männer sahen sich kurz an, dann betraten sie gemeinsam das Grundstück. Sie beschleunigten ihre Schritte auf dem kurzen Kiesweg zur Laube. Najibs Licht flackerte unruhig über den Boden, huschte ab und an zu der kleinen Laube – und blieb schließlich an der geborstenen Eingangstür hängen.

»Scheiße!« Lukas nahm die drei kleinen Stufen zur Terrasse mit einem Satz. »Mama!«

Najib folgte zögerlicher, er suchte jetzt den Boden genauer mit seiner Lampe ab. Unweit der Terrasse fand der Lichtschein die Teile eines zerstörten Handys. Najib meinte, das Gerät von Ruth zu erkennen, und hob es auf. Dann hörte er, dass Lukas ihn rief.

»Najib, komm rein hier, verdammt.«

Es dauerte keine Sekunde, dann stand Najib an Lukas' Seite in der Tür. Er leuchtete in den Raum. Absolutes Chaos. Zerschlagene Möbel. Schrecklicher Gestank nach Erbrochenem und ein metallischer Geruch hingen in der Luft. Najib kannte den Geruch. Blut. Dann hatte das Licht seines Handys auch schon ein Bündel erfasst. In einer Ecke der Hütte lag jemand am Boden. Mit einem Satz waren die jungen Männer dort.

Während Lukas den Körper am Boden vorsichtig so umdrehte, dass er sein Gesicht sah, wählte Najib bereits den Notruf.

Lukas erkannte ihn sofort, es war der Rentner, den er und seine Mutter neulich hier gesprochen hatten. Er versuchte, den Puls zu finden, obwohl die Augen des Mannes ihm sagten, dass er tot war. Die Augen waren unnatürlich aufgerissen, schreckgeweitet, starr und leblos. Die Haut des Mannes fühlte sich kühl an.

Während Najib der Feuerwehr hektisch ihren Standort durchgab und die Situation schilderte, begann Lukas mit der Herzdruckmassage. Während er sich mit aller Macht auf den toten Brustkorb des alten Mannes stemmte, liefen ihm Tränen über die Wangen. Tränen der Angst um seine Mutter.

Er merkte sehr wohl, dass Najib versuchte, ihn von dem Körper des Mannes herunterzuziehen, aber er wollte nicht aufhören. Er hatte seine Mutter nicht gefunden, er konnte nichts tun, als sein Bestes zu geben, also ließ er erst von dem Toten ab, als die Sanitäter bereits in der Laube standen.

Najib zog ihn hoch und legte den Arm um Lukas. Dann standen sie beide vor der Laube und starrten ins Blaulicht, das vom Parkplatz und dem Mittelweg aus die gesamte Anlage in flackerndes Licht hüllte.

Das war nicht sie. Die Leiche, die sie anstarrte, hatte nichts
mit ihr zu tun. Ruth fasste sich an die Stelle am Hinterkopf,
die sich seltsam anfühlte, und die Person im Spiegel tat erstaunlicherweise dasselbe. Sie zuckte zusammen, als ihre
Hand die Feuchtigkeit berührte, und als sie die Hand wieder zurückzog, sah sie das Blut an ihren Fingern.

Ruth stand vor dem Flurspiegel in der Wohnung von Uwe
Ringel. Keine fünf Minuten zuvor hatte sie verwundert zugesehen, wie die junge Frau, mit der sie hierhergefahren
war – Elena, wie sie nun wusste –, die Haustür sehr professionell und virtuos mit zwei Drähten geöffnet hatte. Ruths
Aufgabe war es gewesen, Schmiere zu stehen, aber das Treppenhaus war um halb drei Uhr morgens völlig ausgestor-
ben. Und so hatte Ruth trotz ihrer Übelkeit, den Schmerzen
und der Kälte fasziniert zugesehen, wie diese Elena aus Moldawien zwei aufgebogene Haarnadeln in den Türschlitz ge-
steckt hatte und damit vorsichtig in Richtung Schloss gefahren war. Kurz oberhalb des Schlosses hatte sie konzentriert
hin und her geruckelt, dann hatte es leise geklickt, und
Elena hatte mit der Schulter leicht gegen die Tür gedrückt,
dann war diese aufgegangen. Ruth war der Frau wie eine
Schlafwandlerin in die fremde Wohnung gefolgt. Und hier
stand sie nun und sah der Person im Spiegel zu, wie die ihre

Verwundungen abtastete. Das weiße Gesicht im Spiegel hatte einige böse Schwellungen, Blutergüsse und Platzwunden. Die Augen waren blutunterlaufen, gleichzeitig waren sie weit aufgerissen, die Pupillen groß und schwarz wie dunkle Murmeln. Die Lippen trocken und verkrustet. Die Zunge fuhr aus dem Mund der Spiegelperson und tastete die aufgesprungenen Lippen ab.

Ruth drehte sich weg, weg von der fremden leichenblassen Frau im Flur. Sie ging in das Wohnzimmer, dort war die junge Moldawierin schon bei der Arbeit. Sie hatte die Schubladen der altmodischen Schrankwand herausgezogen und durchwühlt. Ohne Ergebnis. Die Schubladen hatte sie einfach offen gelassen.

»Nicht«, hörte Ruth sich sagen.

Elena drehte sich überrascht zu ihr um und sah sie fragend an.

»Er ist tot«, erklärte Ruth, »können wir das nicht ordentlicher machen? Es ist so ... frevelhaft.«

Frevelhaft. Absurd, dass ihr in dieser Situation ein Wort über die Lippen kam, das sie im normalen Leben nie benutzte. Und das die Moldawierin bestimmt nicht verstand. Trotzdem nickte Elena leicht und schob die Schubladen wieder zu.

»Suchen!«, befahl sie Ruth, und diese gehorchte. Sie wusste jetzt, was die junge Frau suchte. Sie hatte ihr auf der Fahrt hierher sehr knapp und unter größter Anstrengung versucht zu erklären, was passiert war. Ruth hatte verstanden, dass die Frau auf der Suche nach Arbeit in die Prostitution gezwungen worden war. Dass der Zuhälter – derselbe, der Ruth und Uwe Ringel überwältigt hatte – ihr die Papiere weggenommen hatte. Elena war geflohen und hatte sich in der Laube von Dombroschke versteckt. Und sie hatte es irgendwie geschafft, Ringel dazu zu bringen, ihr gefälschte Papiere zu besorgen. Die mussten sie jetzt suchen. Dann wollte die Frau nach Hause, nach Moldawien.

Vielleicht hätte Ruth diese Räuberpistole nicht geglaubt. Vielleicht hätte sie es kaltgelassen. Aber dann hatte diese Elena im Auto angefangen zu weinen. Weil sie von ihrem Kind erzählte. Einem Sechsjährigen, den sie bei der Großmutter zurücklassen musste und den sie seit ihrer Odyssee nicht mehr gesehen hatte.

Ruth war nicht in der Lage, einen klaren Gedanken zu fassen. Sie gehörte ins Krankenhaus, sie war verletzt und stand unter Schock. Die Polizei musste verständigt werden, damit die Angreifer aus der Laube vielleicht noch gefasst werden konnten. Aber Ruth konnte sich Elena nicht widersetzen. Sie konnte aus dem Film, in dem sie sich befand, nicht aussteigen. Es war wie ein Sog, sie war vollkommen ausgeliefert und passiv. Außerdem glaubte sie Elena. Und sie hatte die Männer in der Laube erlebt. Die Männer mit den Sturmhauben, die Uwe Ringel getötet hatten, suchten diese junge Frau. Ruth wollte sich nicht ausmalen, was passieren würde, wenn sie sie in die Finger bekämen. Und deshalb konnte sie gar nicht anders, als ihr zu helfen.

Außerdem hatte Elena ihr versprochen, dass sie ihr sagen würde, was mit Margit Dombroschke geschehen war.

»Gehst du Küche«, befahl ihr die junge Frau nun resolut. Ruth gehorchte. Sie musste nicht lange suchen, bis sie die Küche fand. Der alte Mann hatte in einer kleinen Zweizimmerwohnung gelebt. Alles in der Wohnung atmete den Hauch des Vergangenen und der Einsamkeit. Das Mobiliar sah aus, als stammte es aus den späten Siebzigern, und war entsprechend verwohnt. Ein Junggesellenhaushalt, ganz unzweifelhaft. Hier war wenig dekoriert, die Einrichtung folgte pragmatischen Gesichtspunkten.

In der Küche stand ein kleiner Tisch mit Resopalplatte am Fenster. Zwei Stühle. Das Fenster ging auf den Hinterhof hinaus. Gerührt bemerkte Ruth, dass Ringel vor dem Fenster nicht nur einen Blumenkasten angebracht hatte – der jetzt, im Februar, entsprechend verwaist war –, sondern auch ein Vogelhäuschen.

Ruth setzte sich an den Tisch und guckte in die Dunkelheit hinaus. Es war nicht mehr so stockfinster wie draußen in der Kleingartenanlage. Hier in der Stadt war es immerhin so hell, dass sie die Schemen der Mülltonnen im Hof erkennen konnte.

Quer über den Hof sah sie die dunklen Fenster eines anderen Gebäudekomplexes. Ein einziges Fenster war erleuchtet. Dem milchigen Glas nach zu urteilen, das Badezimmer. Ein Schichtarbeiter, dachte Ruth. Krankenschwester, U-Bahn-Fahrer, Bäcker, Müllarbeiter. Menschen, die arbeiten. Menschen, die diese Stadt am Laufen halten. Menschen, die alles tun, damit ich ein bequemes Leben habe. Nebenan hörte sie, wie die Moldawierin rumorte und ihren Pass suchte. Ruth verstand nicht, warum Elena so sicher war, dass sie den Pass hier finden würde, aber sie mutmaßte, dass es die pure Verzweiflung war. Elena klammerte sich mit aller Gewalt an die Hoffnung, dass Uwe ihr den Pass besorgt hatte und diesen in seiner Wohnung aufbewahrte, weil sie Gedanken, es gäbe keine Papiere, nicht zulassen durfte. Denn es waren die Papiere, die sie brauchte, um nach Hause zurückzukehren. Zu ihrem Sohn.

Ruth fühlte eine zentnerschwere Last auf ihren Schultern. Sie hätte immer dort sitzen bleiben mögen, an dem kleinen traurigen Resopaltisch des toten Uwe Ringel.

Aber sie stemmte sich hoch. An der gegenüberliegenden Wand stand ein altes Küchenbuffet. Ein einziges Foto stand dort, gerahmt. Ruth nahm es und betrachtete es. Zwei der Personen auf dem Bild waren ihr bekannt, wenngleich sie hier auf dem Foto viel jünger waren. Das Bild musste der Mode nach zu urteilen aus den sechziger Jahren stammen. Es war eine verblasste Farbfotografie. Rechts stand Uwe Ringel. Er trug ein kariertes Hemd und Jeans. Seine vollen dunklen Haare waren mit viel Pomade zu einer imposanten Tolle gekämmt. Ein Rocker, dachte Ruth, ein Elvis. Davon war nicht mehr viel übriggeblieben. Auch nicht von dem breiten Lachen des Mannes.

Auf der linken Seite ein zierliches Männlein. Gegen Ringel eine halbe Portion. In dem Mann erkannte Ruth ohne Zweifel Jürgen Dombroschke, im schmal geschnittenen Zweiteiler, mit der obligatorischen Nelke im Knopfloch. Er lächelte fein.

Zwischen den beiden Männern, die Arme um deren Hüfte gelegt, eine Frau. Sie war schmal, eher knabenhaft. Sie trug ein helles, geblümtes Sommerkleid mit einem schmalen Gürtel um die schlanke Taille und farblich passende spitze Schuhe. Ihr Gesicht war hübsch, ebenmäßig. Sie hatte Ähnlichkeit mit einem Fünfziger-Jahre-Filmstar, Sonja Ziemann oder Marianne Koch. Auch sie lachte in die Kamera, aber es schien Ruth, als sei es ein gezwungenes Lachen. Das musste Margit sein.

Ruth stellte das Bild zurück. Es machte sie noch trauriger. Das war ein Bild von Menschen, deren Zeit abgelaufen war. Zwei von ihnen waren tot, einer im Gefängnis.

Dann öffnete sie die oberen Türen des Küchenbuffets. Hier waren Gläser und Geschirr untergebracht. Ruth schob die Sachen ein wenig zur Seite, aber sie war sicher, dass hier kein Pass versteckt war. Warum sollte Uwe Ringel die falschen Papiere von Elena in seiner eigenen Wohnung auch verstecken? Das ergab überhaupt keinen Sinn.

Sie öffnete die Türen daneben. Hier herrschte totale Unordnung. Einerseits hatte Ringel in diesem Schrank seine Vorräte gelagert – Mehl, Reis, Dosen, Fertigprodukte, Gewürze –, andererseits lag dort ein Stapel Papiere. Bedienungsanleitungen, Quittungen, Zeitungsausschnitte. Und obenauf ein Dokument in festem Karton. Ruth nahm es in die Hand und schlug es auf. Ein Foto von Elena strahlte ihr entgegen.

»Ich hab es«, rief Ruth. Und es dauerte keine Sekunde, da stand die junge Frau hinter ihr und nahm ihr den Ausweis ab. Sie blätterte kurz durch die Seiten ihres Passes, drückte diesen dann an ihre Brust und sprach mit geschlossenen Augen ein Gebet. Wie Ruth vermutete.

Ruth wollte gerade die Türen des Schränkchens wieder schließen. als Elena überrascht auf etwas zeigte. Es war ein kleines Glas bei den Gewürzen. Mit einem silbrig-grauen Pulver darin. Elena deutete darauf, und Ruth wollte es anfassen und herausholen.

»Nicht!«, rief Elena. »Nicht anfassen.« Dann sah sie Ruth an. »Das ist das Gift.«

Ruth verstand. »Das Thallium?«

Elena zuckte mit den Schultern. »Ich weiß nicht, wie heißt. Aber ich weiß, dass Margit damit tot.«

»Scheiße, was … Wenk!«

»Jörg, Kasche hier, KDD.«

Kriminalhauptkommissar Jörg Wenk legte die Hand
schützend über das Handy und senkte sofort seine Stimme.
Seine Frau Marianne drehte sich seufzend auf die andere
Seite.

»Kasche, was gibt's?«

»Ich denke, wir haben hier was, was dich interessiert. Du
hast doch den Fall Dombroschke bearbeitet, wenn ich mich
recht erinnere?«

Wenk richtete sich im Bett leicht auf und rieb sich den
Schlaf aus den Augen. »Schon. Aber der sitzt – oder etwa
nicht?«

»Denke schon.« Kasche am anderen Ende der Leitung
räusperte sich. »Aber wir haben hier einen Toten, der even-
tuell damit in Verbindung stehen könnte. Uwe Ringel.«

Wenk war jetzt hellwach. Er klemmte sein Handy mit der
hochgezogenen Schulter fest und angelte nach seinen Socken, die er am Abend schlampig auf den Stuhl neben dem
Bett geschmissen hatte.

»Ringel, Scheiße. Der ist Zeuge in dem Prozess.«

»Ebendrum. Kommste?«

»Wo?«

»In der Kleingartenanlage, in der auch Dombroschke seine Laube hat. ›Friedlieb‹, Roedernallee. Wir sind da, wo's blaue Licht ist.«

Jörg Wenk drückte den Anruf kommentarlos weg und schmiss das Handy auf das Bett. Der Fall Dombroschke schien sich damals von selbst gelöst zu haben. Wenk fluchte. Wenn in seinem Job *ein* Mal etwas einfach war!

Sie passierten, immer noch schweigend, das ICC. Der silbrig schimmernde Koloss, obwohl inmitten der Stadt gelegen, markierte für Ruth das Ende der City. An ihm fuhr sie nur vorbei, wenn sie auf dem Weg ins Grüne war oder nach Westdeutschland, wie sie insgeheim noch immer sagte.

Elena neben ihr hatte ihren Pass fest an sich gepresst und schaute unter halbgeschlossenen Lidern in die vorbeiziehenden Lichter hinaus.

Ruth dagegen war hellwach. Sie musste so viel Adrenalin im Blut haben, dass sie ihre Schmerzen kaum noch spürte, sie war gedopt bis unter die Haarwurzeln. Seit sie mit Elena in der Wohnung von Uwe Ringel gewesen war, wusste sie, dass sie das hier überleben würde. Jetzt wollte sie aber noch erfahren, was mit Margit Dombroschke geschehen war. Und warum Elena davon wusste. Das war ihr Preis für den ganzen Mist hier.

Wenn Uwe Ringel das Thallium in seiner Wohnung hatte, war er aller Wahrscheinlichkeit nach der Täter. Ein Motiv, dachte Ruth detektivisch, hatte er auch gehabt. Er hatte Margit geliebt. Vermutlich wollte er sie von ihrer Krankheit erlösen. Und seinen besten Freund Jürgen in den Abgrund stoßen, indem er diesen als Gattenmörder hinstellte.

Was er allerdings gar nicht getan hatte, gestand Ruth sich in einem nachfolgenden Gedankengang ein. Uwe Ringel hatte vor Gericht deutlich gemacht, dass er es nicht für möglich gehalten hatte, dass Jürgen Dombroschke seine Frau vergiftete.

Warum dann? Liebte Uwe Ringel vielleicht gar nicht Margit, sondern Jürgen? Sollte Margit aus dem Weg geräumt werden, weil sie zwischen den Freunden stand?

Ruth setzte den linken Blinker und wechselte die Spur. Wannsee, letzte Abfahrt Westen, so war das früher gewesen. Dann war man zielstrebig auf den Kontrollpunkt Dreilinden zugesteuert. Wie oft hatte sie in jungen Jahren dort gestanden und auf eine Mitfahrgelegenheit gewartet. Jetzt war der ehemalige Grenzpunkt eine verfallene Betonwüste, die im raschen Vorbeifahren nur noch eine Ahnung vom Abenteuer Transit vermittelte.

Elena neben ihr setzte sich mit einem Ruck auf und klopfte an die Scheibe, aber Ruth schüttelte den Kopf.

»Ich setze Sie an der Raststätte Michendorf ab. Hier hält kein Mensch mehr. Vor allem nicht mitten in der Nacht.«

Elena blickte aus dem Fenster. In einem der rostroten Betonklötze leuchtete ein einsames Licht. Sie nickte.

Ruths Gedanken wanderten weiter, während ihr Blick auf die Fahrbahn gerichtet war. Es waren kaum Autos unterwegs, zum Glück, denn sie wäre in ihrem Zustand gar nicht fähig gewesen, den Wagen bei normaler Verkehrsdichte unfallfrei so weit zu steuern. Ruth war jetzt wie eine Maschine. Sie dachte nicht darüber nach, woher und wohin. Sie dachte an das, was geschehen war. An die tote Margit Dombroschke, deren halb verweste Leiche sie auf den Fotos im Gericht gesehen hatte. Sie dachte an den Ehemann, wie adrett und gleichzeitig verloren er gewesen war. Sie dachte an das Gift im Schraubglas in Uwe Ringels Küchenbuffet.

Zwar hatte ihr die junge Frau auf dem Beifahrersitz versprochen, dass sie ihr von den Dombroschkes erzählen würde, aber bislang hatte sie den Mund noch nicht aufgemacht. Ruth musste Zeit gewinnen und dafür sorgen, dass sich Elena auf dem Parkplatz nicht aus dem Staub machte.

Sie nahm die Ausfahrt und parkte den Wagen direkt vor der Raststätte.

»Wollen wir noch einen Kaffee trinken?«, fragte sie Elena.

Diese nickte erst, sah dann zu Ruth und verzog das Gesicht.

»Was?«, fragte Ruth.

Elena deutete direkt in Ruths Gesicht und schüttelte den Kopf. »So nicht.«

Ruth wusste, was die Moldawierin meinte. Sie hatte sich gerade erst in Uwe Ringels Spiegel betrachten dürfen.

»Okay«, sagte sie und zog den Zündschlüssel ab. »Wir gehen erst auf die Toilette und machen uns frisch. Sie können so auch nicht quer durch Europa reisen.« Sie warf einen Blick auf Elenas Klamotten. Sie trug eine Herrenhose, vermutlich von Dombroschke, hochgekrempelt, einen unförmigen Wintermantel und ein Kopftuch, das sie wie ein russisches Großmütterchen wirken ließ.

»Wir können tauschen«, bot Ruth der jungen Frau an. »Entweder nehmen Sie meine Hose oder meinen Mantel. Damit Sie auch jemand mitnimmt.«

Elena nickte, und dann stiegen sie aus. Als die beiden Frauen die Raststätte betraten und zielstrebig die Toiletten ansteuerten, wurden sie von einer übermüdeten Kassiererin misstrauisch beäugt. Ruth sah der Frau an, dass sie überlegte, ob sie angesichts der abgerissenen Gestalten die Autobahnpolizei rufen sollte. Zwar hatte Ruth sich ihre Lockenmähne so zusammengebunden, dass man die blutverkrustete Wunde am Hinterkopf nicht mehr so deutlich sah, aber es blieb noch immer ihr geschundenes Gesicht.

Pavels Männer hatten das Portemonnaie von Ruth nicht angefasst, ihr Ausweis, Geld und Scheckkarten waren noch da. Offenbar hatten die Männer das Handy nur zerstört, damit Ruth nicht die Polizei rufen konnte. Deshalb investierte Ruth nicht nur in den Eintritt in die Waschräume, sondern zog am Automaten noch eine Einmalzahnbürste.

Als sie sich über das Waschbecken beugte, wurde ihr sofort wieder schlecht. Sie schloss die Augen und musste sich mit beiden Händen am Waschbeckenrand festklammern, um nicht umzufallen. Ihre Beine und Hände zitterten. Der Schock saß ihr noch immer in den Gliedern. Das Bild des am Boden liegenden Uwe Ringel erschien vor ihren Augen, und Ruth fragte sich, ob es richtig gewesen war, Elena zu folgen. Warum hatte sie sich nur darauf eingelassen? Jetzt spürte sie, dass jemand die Arme um ihren Oberkörper schlang und sie zwang, sich vorsichtig auf den Boden zu setzen.

»Alles gut?« Elenas Stimme.

Ruth nickte und öffnete die Augen. Sie wollte sich wieder hochziehen, aber die junge Frau ließ sie nicht. Stattdessen hatte Elena Papiertücher nass gemacht und fuhr damit vorsichtig über Ruths Gesicht. Das Wasser brannte in den Wunden, das raue Papier schmerzte dort, wo die Haut aufgeschürft war. Aber die Fürsorglichkeit, mit der die Moldawierin sich um sie kümmerte, tat Ruth sehr gut, und sie ließ es geschehen.

»Margit«, begann Elena, »hat mich gehasst.« Dabei löste

sie sanft den Haarknäuel auf Ruths Kopf und begann, sehr vorsichtig, die Wunde zu säubern.

Ruth schloss die Augen wieder und hörte zu.

Sie hasste diese junge Frau. Schon auf den ersten Blick hasste sie dieses blonde Wesen. Von wegen Pflegerin. Sie war eine Prostituierte, das erkannte Margit auf den ersten Blick. Es war eine Farce, die Jürgen da abzog.

Schon beim ersten Mal, als er diese Elena nach Hause gebracht hatte, wäre Jürgen am liebsten vor Scham im Boden versunken, das hatte sie doch genau gesehen! Margit hatte ihn nicht aus den Augen gelassen, hatte ihn beobachtet und erkannt, wie er sich gewunden hatte. Wie er umständlich versucht hatte zu erklären, wo er dieses Wesen aufgegabelt hatte.

Warum sollte dieses Mädchen ins Haus kommen?

Wovon bezahlte Jürgen diese Hure? Doch nicht etwa von ihrer Rente?!

Beim ersten Blick auf die junge Frau wurde Margit von unbändigem Hass erfüllt.

Hass auf ihren Ehemann, dass der es wagte, ein junges Ding in ihr gemeinsames Zuhause zu holen. Dass er nicht den Anstand besaß zu warten, bis sie endlich unter der Erde lag.

Hass auf die Frau, die jung war und schön. Die einen geschmeidigen und biegsamen Körper hatte, die noch tanzen konnte, wenn sie es denn wollte, deren Haut sanft und straff war wie die einer Aprikose. Die Frau war stark und muskulös, obwohl sie grazil war. Sie schaffte es, Margit mit einem Ruck auf den Rücken zu drehen, so dass sie ihr besser den runzligen Hintern eincremen konnte. Margit hasste es, auf diese Weise noch stärker an ihren siechen Körper erinnert zu werden. Daran, dass sie nicht imstande war, ihre Bewegungen selbst zu steuern. Daran, dass ihr Rücken übersät war von nässenden Stellen, die sie sich wundgelegen hatte. Der lächelnde Mund der jungen Hure erinnerte Margit daran, dass sie nur noch mit Mühe sprechen konnte. Und wenn, dann sabberte sie und spuckte. Die Leute sahen sie irritiert an, weil sie nicht verstanden, was Margit wollte.

Sie wollte einfach nur raus aus diesem Gefängnis, das ihr Körper war.

Sehnsüchtig dachte sie an das Thallium im Küchenschrank. Warum hatte sie es nicht genommen, als sie noch fähig dazu gewesen war? Nur deshalb hatte sie Uwe das kleine Glas abfüllen lassen. Sie hatte abtreten wollen, bevor es zu spät war.

Aber jetzt war es zu spät.

Sie hatte den Zeitpunkt verpasst. Die Krankheit schritt plötzlich so schnell voran. Früher war es langsamer gewesen, es hatte sich hingezogen, manchmal waren Monate bis zum nächsten Schub vergangen. Deshalb hatte sie es immer wieder hinausgezögert. Hatte nicht wahrhaben wollen, dass es schneller gehen würde als gedacht.

Ach, wenn es nur ganz vorbei wäre. Margit dachte ständig an den Tod. Der ihr mild erschien im Vergleich zu dem, was sie erlitt.

Sie war nicht länger Gebieterin über ihr eigenes Leben. Sie hatte alles eingebüßt: ihre Schönheit, ihre Biegsamkeit, aber auch ihre freie Entscheidung. Ihr Geist war wach, wacher als je zuvor, so erschien es Margit, aber ihr Wille konnte ihren Körper nicht mehr steuern. Eine Zeitlang hatte sie Jürgen zu ihrem Werkzeug gemacht. Das war er immer schon gewesen, aber in den letzten Jahren, seit Ausbruch der Krankheit, zwang sie ihn, ihr noch stärker zu Willen zu sein als jemals zuvor. Sie fragte sich nicht, wie er damit zurechtkam. Er tat, was sie wollte, darauf kam es an.

Doch nun konnte sie ihn nicht mehr herumkommandieren – ihr Sprachzentrum war weitgehend lahmgelegt. Sie konnte sich nicht mehr richtig artikulieren. Ihre Zunge lag träge wie ein dicker Wurm in ihrem Mund. Ihre Gedanken hingegen formten sich glasklar: Gib mir die Zeitung, dreh mich um, schneid mir die Nägel. Aber sie brachte sie nicht über die Lippen. Zum ersten Mal in ihrem Leben war sie anderen Menschen vollkommen ausgeliefert.

Nur deshalb war es möglich, dass Jürgen diese kleine Hure anschleppen konnte.

Jürgen, dieser Satan. Wollte er sich rächen, dafür, dass er ein Leben lang ihr Diener gewesen war? War das sein später Triumph? Aber das würde sie nicht zulassen. Margit hatte einen Plan.

Sie hatte innerlich schon längst Abschied genommen. Sie wollte nicht mehr leben, nicht länger ein Klumpen Fleisch sein, mit dem andere machen konnten, was sie wollten. Es war Zeit zu gehen. Aber sie würde sich nicht verabschieden, ohne den jämmerlichen Jürgen und seine billige Hure mit in den Abgrund zu reißen.

»Und? Haben Sie ihr das Gift gegeben?«

Sie saßen jetzt im fahlen Neonlicht der Gaststätte am Fenster und tranken Kaffee. Die Bedienung war nicht weniger misstrauisch. Aber Ruth konnte den Kaffee bezahlen, und sie hatten augenscheinlich nicht vor zu randalieren, deshalb hatte die übermüdete Frau sich wohl entschlossen, den ramponierten Zustand der beiden Frauen zu ignorieren. Vermutlich war sie einiges gewohnt.

Elena sah Ruth direkt in die Augen. Sie wirkte traurig und ebenso erschöpft wie Ruth selbst.

»Ich habe nix gewusst von Gift«, sagte sie. »Uwe hat erzählt von Gift. Ich habe Glas gesehen in Wohnung. Aber nicht gewusst, dass Gift.«

Ruth schwieg. Was hätte die junge Frau auch antworten sollen? Ja, ich habe ihr das Gift verabreicht, aber lassen Sie mich trotzdem nach Moldawien zurückgehen, ich verspreche, dass ich nie wieder jemanden vergifte?

Wohl kaum.

»War es Jürgen?«

Elena senkte den Blick und rührte in ihrem Kaffee. Drei kleine Becherchen Kondensmilch und zwei Tütchen Zucker hatte sie hineingegeben. Jetzt war die Tasse randvoll und schwappte bei jeder kleinen Bewegung des Löffels über.

»Ich weiß nicht«, gab Elena zu. »Glaube nicht. Jürgen war guter Mann. Und war nicht Gift bei Uwe?«

Ein unschlagbares Argument. Wieso sollte Uwe Ringel das Schraubglas mit dem Thallium bei sich in der Wohnung aufbewahren, wenn er nicht der Täter war? Wenn Margit Dombroschke so unbedingt hatte sterben wollen, wie Elena behauptete, dann konnte es genauso gut der beste Freund des Ehepaares gewesen sein, der die kranke Frau von ihrem Leid erlöst hatte.

»Was dachten Sie, woran Margit Dombroschke gestorben ist?«

Elena zuckte mit den Schultern. »Margit sehr krank. Ich gedacht: sterben normal. Jürgen gesagt zu mir, jetzt kommst du nicht mehr. Warte.«

Ruth wurde klar, dass für Elena der Tod von Margit Dombroschke eine Katastrophe gewesen sein musste. Sie hatte alles darauf aufgebaut. Jürgen hatte sie für die Pflege bezahlt, ihr einen Unterschlupf gegeben. Mit dem Tod der kranken Frau hatte Elena auch die Möglichkeit verloren, jemals wieder in die Heimat zu kommen. Warum also hätte sie Margit töten sollen?

»Auf was sollten Sie warten?«, fragte Ruth nach.

»Jürgen gesagt, warte, bis ruhig. Ich gewartet. Tage. Nix kommt. Ich zu Jürgen. Margit immer noch zu Hause, tot! Jürgen gesagt: warte. Dann ich gebe Geld, gehst du Moldawia. Ich gewartet. Kommt wieder nix. Ich zu Jürgen – nix mehr da! Nix Jürgen, nix Margit. Was ich tun? Warten.«

Das war für Elenas schlechte Sprachkenntnisse eine lange Rede gewesen. Sie war emotional geworden, Ruth begriff, wie schlimm diese Zeit der Ungewissheit für die junge Frau gewesen sein musste. Plötzlich hatte sie niemanden mehr.

Ein bisschen Erspartes, aber nicht genug, kein Essen. Niemand durfte sie sehen, Pavel war ständig auf der Suche nach ihr. Ruth konnte sich kaum vorstellen, wie Elena den Winter überstanden haben musste.

»Und dann haben Sie Uwe Ringel zufällig getroffen? In der Siedlung?«

Elena nickte. »Er gesagt, Jürgen Gefängnis. Wegen Gift.«

»Und was haben Sie sich da gedacht?«

Elena sah Ruth wieder direkt ins Gesicht. »Ich nix verstanden. Ich nix geglaubt. Aber jetzt Uwe hat erzählt von Gift. Und jetzt gesehen. Bei Uwe. Wir zwei.«

Ja, dachte Ruth. Wir haben es gesehen. Ich habe es gesehen. Thalliumsulfat. Ein silbrig-graues Pulver, geruchs- und geschmacklos, so hatte es der forensische Chemiker beschrieben. Säuberlich abgefüllt in ein kleines Schraubglas. So hatte es bei Uwe Ringel im Küchenschrank gestanden. Und Uwe Ringel war tot. Niemand würde ihm die Tat beweisen können – oder das Gegenteil.

Elena stand auf. »Danke für Kaffee. Auf Wiedersehen.«

Sie reichte Ruth die Hand. Ruth schüttelte sie kurz, aber sie konnte nicht aufstehen. Sie sah Elena nach, wie diese durch die Tür auf den Parkplatz ging. Dort blickte sie sich rasch um und lief dann zielstrebig auf die parkenden Lkws zu. Sobald die Fahrer in ihren Kabinen erwachten, würde sich einer finden, der der hübschen Blonden eine Mitfahrgelegenheit bot. Quer durch Europa. Nach Moldawien. Knappe zweitausend Kilometer entfernt und doch am anderen Ende der Welt.

Ruth trank den Kaffee aus und stemmte sich mühsam hoch. Die Schmerzen kamen wieder, dazu die Müdigkeit. Sie fühlte sich vollkommen zerschlagen, aber sie wollte es noch aus eigener Kraft nach Hause schaffen. Dort würde sie die Polizei rufen und sich dann ins Bett legen. Schlafen. Alles vergessen.

Ruth schleppte sich auf den Parkplatz. Sie ließ sich schwer auf den Fahrersitz fallen und setzte das Auto in Gang. Während sie von der Raststätte rollte, schaltete sie den CD-Spieler ein. Paolo Conte überfiel sie mit der Aufforderung »Via con me«, aber Ruth wollte ihm nicht folgen und warf die CD aus. Stattdessen entschied sie sich für portugiesischen Fado, und während sie bei der nächsten Ausfahrt wendete und wieder zurück nach Berlin fuhr, klagte Mísia ihr ins Ohr.

Ruth umklammerte mit beiden Händen das Lenkrad. Die Augen starr auf die schnurgerade Autobahn gerichtet, die von traurigen Birkenwäldern flankiert wurde, spürte sie, wie sich ihre innere Anspannung löste. Sie ließ zu, dass Tränen aus ihren Augen strömten, und spürte, wie sie sich Stück für Stück befreiter fühlte, je mehr sie die Trauer zuließ.

Als sie den ehemaligen Kontrollpunkt Drewitz passierte und mit sanftem Schwung auf die Avus einbog, blinkten ihr die Lichter der Stadt vertraut entgegen. Ruth fuhr auf den Funkturm zu, die Tränen versiegten langsam, und ihre Trauer über die verwirrende Dreiecksgeschichte von Jürgen, Margit und Uwe und der Schock über das Erlebte wichen der Zuversicht und der Erleichterung. Sie hatte überlebt. Sie würde nach Hause kommen. In ein sicheres Zuhause, mit Sohn und Tochter, mit einem wunderbaren Beruf und Freunden, die sie liebten. Mehr denn je war Ruth bewusst, welches Glück sie hatte. Wie viel Schönes ihr Leben ausmachte. Wie dankbar sie war, dass sie so leben durfte und nicht wie Elena Torturen erleiden musste, um überhaupt zu überleben.

Sie wollte ihr Leben genießen, solange sie es noch konnte. Und sie wusste, mit wem sie ihr Leben teilen wollte.

Und mit wem nicht.

»Leitstelle, Direktion drei, Polizeiobermeister Konopke.«

»Schönen guten Morgen, Charité, Zentrale Virchow-Kli-
nikum. Wir hatten soeben eine Einlieferung, Verkehrsun-
fall. Die Identität der Patientin ist geklärt, aber wir haben
keinen Ansprechpartner.«

»Na, denn schieß mal los.«

»Es handelt sich um eine Frau Ruth Holländer, geboren
am 24. Februar 1964 in Menden.«

»Ich geb's mal in den Rechner ein, kleinen Moment.«

»Danke. Sonst alles schön bei euch?«

»Könnte besser nicht sein. Kaffee läuft. Oh! Hallihallo!
Eure Patientin ist zur Fahndung ausgeschrieben. Berlinweit.
Vermisste Person im Zusammenhang mit Kapitaldelikt.
Seit ... sieh mal einer an, gerade mal zwei Stunden.«

»Oh.«

»Ich geb's weiter an die zuständige Dienststelle, die setzen sich mit euch in Verbindung.«

»Alles klar. Danke. Schönen Tag noch.«

»Tschüssi.«

Kriminalhauptkommissar Jörg Wenk legte das Telefon auf und atmete tief aus. Waren das gute oder schlechte Nachrichten, die er zu vermelden hatte? Er nahm einen Schluck von dem kalten Kaffee und verließ das Zimmer. Auf den Wartebänken im Flur saßen die Angehörigen. Es wäre nicht nötig gewesen, die beiden jungen Männer hätten nach der Vernehmung auch nach Hause gehen können, aber sie wollten lieber hier warten, gemeinsam mit der Tochter dieser Ruth Holländer.

»Wir haben Nachrichten«, sagte Wenk und streckte seinen schmerzenden Rücken durch.

Drei übermüdete und fahle Gesichter sahen zu ihm hoch. Das Mädchen hatte rotgeweinte Augen.

»Ihre Mutter hatte heute Morgen einen Unfall bei der Abfahrt von der Stadtautobahn. Offensichtlich kam sie kurz vor Ende der A100 von der Spur ab und ist in die rechte Leitplanke gefahren.« Wenk machte eine Pause, er registrierte sehr wohl den Schock in den jungen Gesichtern und versuchte, eine beruhigende Geste zu machen. »Sie lebt.«

Erleichtertes Ausatmen bei den Kindern von Ruth Holländer sowie dem jungen Ausländer. Wohl der Freund der Tochter, vermutete Wenk.

»Sie ist laut Notarzt am Steuer ohnmächtig geworden. Da

sich der Aufprall aber in Grenzen gehalten hat, gehen wir davon aus, dass sie sehr langsam unterwegs war. Vermutlich eine Folge von Schock, Übermüdung – keine Ahnung. Mehr weiß ich leider auch nicht. Ich fahre jetzt in die Klinik.«

Die drei erhoben sich sofort von der Wartebank und folgten dem Polizisten.

Dramatische Wendung im Rattengift-Mord!

BERLINER KURIER VOM DARAUFFOLGENDEN MITTWOCH

Gerade noch stand Rentner Jürgen D. vor Gericht, da könnte es sein, dass er wieder auf freien Fuß kommt. Ihm wird zur Last gelegt, dass er seine Frau Margit im vergangenen Sommer mit Rattengift getötet hat und gemeinsam mit dem verwesenden Leichnam drei Wochen in der gemeinsamen Wohnung hauste. Alles sprach für Jürgen D. als Täter, da wendete sich überraschend das Blatt.

In der Nacht von Sonntag auf Montag kam es in einer Laube im KGV »Friedlieb« in Berlin-Reinickendorf zu einem Blutbad. Ein Schlägertrupp überfiel die Laube von Uwe R. und schlug alles kurz und klein. Was die Angreifer dort gesucht haben, ist derzeit noch unklar, die polizeilichen Ermittlungen laufen auf Hochtouren.

Ersten Erkenntnissen zufolge hat der Rentner Uwe R. die Täter überrascht und wurde im Verlauf des Überfalls niedergeschlagen. Aufgrund dessen erlitt er einen Herzinfarkt und verstarb noch am Tatort. In seiner Wohnung machte die Polizei dann aber eine sensationelle Entdeckung: Uwe R., der als bester Freund von Jürgen D. auch als Zeuge in dessen Prozess aussagte, besaß eine kleine Abfüllung des Rattengifts, mit dem die Rentnerin Margit D. getötet wurde. Muss der Fall nun neu aufgerollt werden? War Uwe R. der Täter? Laut Aussage der Staatsanwaltschaft wird derzeit eine Entlassung aus der U-Haft für den Angeklagten Jürgen D. geprüft. Wir berichten weiter.

»Stimmt das?«, fragte Ruth mit Blick auf die Zeitungen, die Hannes Eisenrauch ihr mitgebracht hatte.

»Was?«

»Dass Dombroschke freikommt.« Ruth beobachtete jetzt die Schwester, die strahlend den großen Strauß Tulpen, den Hannes Ruth mitgebracht hatte, in einer Vase arrangierte. Die Tulpen waren wunderschön. Rot mit flammend gelbem Rand. Gerade richtig aufgegangen: so geschlossen, dass sie frisch wirkten und noch viele Tage halten würden. Trotzdem schon so weit geöffnet, dass man ihre Farbenpracht bewundern konnte.

»Das heißt nicht, er wird freigesprochen. Sondern dass er aus der U-Haft entlassen wird«, erklärte ihr Hannes, der auf einem Stuhl ganz nah am Bett saß. Ruth musste leicht auf ihn hinuntersehen. »Das Verfahren wird bei geänderter Beweislage noch mal neu aufgerollt. Noch sind es zwei Fälle: der Überfall auf Ringel und dich mit Todesfolge.« Ruth zuckte zusammen. »Und der alte Fall Dombroschke. Aber da ganz offensichtlich ein Zusammenhang besteht ...«

Eisenrauch ließ weitere Ausführungen in der Luft hängen, aber Ruth verstand auch so. Sie hatte dem Kriminalhauptkommissar Wenk noch direkt nach ihrer Einlieferung ins Krankenhaus ausführlich alles weitergegeben, was Elena ihr berichtet hatte. Kurz hatte Ruth überlegt, ob sie die junge Frau völlig verschweigen sollte, aber sie hatte keine plausible Erklärung für die Durchsuchung von Ringels Wohnung. Also hatte sie die Wahrheit gesagt und gehofft, dass Elena bereits über alle Berge war. Ruth glaubte der jungen Frau.

»Und die Schläger?«, erkundigte sich Ruth weiter.

»Dieser Pavel hat ein Alibi und wäscht seine Hände in Unschuld. War auch nicht anders zu erwarten. Seine Handlanger sind wahrscheinlich über alle Berge.«

Ruth nickte. Dann schwiegen sie. Ihnen beiden war klar, dass sie reden mussten, aber keiner wollte den Anfang machen. Ruth war einfach zu erschöpft. Die Ärzte hatten eine schwere Gehirnerschütterung diagnostiziert, Schädel-Hirn-Trauma nicht ausgeschlossen. Sie musste zur Beobachtung noch ein paar Tage in der Klinik bleiben. Außerdem hatte der Arzt etwas von Verdacht auf akute Belastungsreaktion gesagt. Die Prellungen im Gesicht und die Wunde am Hinterkopf waren halb so schlimm, aber ein Wangenknochen war angebrochen und verursachte ihr Schmerzen. Ruth bekam einen Haufen Medikamente, und sie fühlte sich angenehm sediert und dösig. Bis auf das traurige Essen und die Tatsache, dass sie morgens um halb sechs aus dem Bett gescheucht wurde, weil die Laken gewechselt wurden, betrachtete sie ihren Krankenhausaufenthalt als Kur. Sie döste den ganzen Tag. Manchmal warf sie einen müden Blick in den kiloschweren Zeitschriftenstapel, den Annika angeschleppt hatte, oder versuchte sich an einem Hörbuch, aber meist war ihr selbst das zu anstrengend.

Hannes rutschte nervös auf dem Stuhl hin und her.

»Und das Bistro?«

Ruth musste lächeln. Er scheut sich auch, zur Sache zu kommen, dachte sie.

»Läuft. Jamila schmeißt den Laden mit Najib. Ich befürchte, wenn ich zurückkomme, ist es ein Falafelladen, und das einzig Französische ist der Café au Lait.« Sie musste in Gedanken daran selbst grinsen, und sofort schmerzte der Kopf wieder. »Das ist ungerecht«, schob sie schnell hinterher. »Jamila ist besser als ich. Aber sie beklagt sich natürlich, dass Najib so chaotisch ist. Und der ist genervt, weil Jamila sich dauernd übergeben muss.«

Hannes hob fragend die Augenbrauen.

»Sie ist schwanger«, erklärte Ruth. Der Dienstagabend war anstrengend gewesen. Jamila, Farid, ihre kleine Tochter Naima und Najib waren nach Feierabend bei ihr im Krankenhaus gewesen. Sie hatten ihr so viel zu essen mitgebracht, dass Ruth die gesamte Etage versorgen konnte, und hatten alle durcheinandergeredet. Annika hatte die marokkanischen Freunde schließlich freundlich, aber bestimmt hinauskomplimentiert, weil sie gesehen hatte, wie erschöpft Ruth gewesen war.

»Schwanger!« Eisenrauch war ehrlich überrascht.

»Ja. Sie freuen sich unendlich. Jamila ist ja auch schon Ende dreißig. Aber ich werde mir eine Aushilfe suchen müssen.«

»Klar.«

»Und Lukas zieht am Wochenende um. Zu meinen Eltern.«

»Ach!« Eisenrauch starrte auf die Bettdecke. Dann nahm er ihre Hand. Ruth spürte, wie ihr ein dicker Klumpen die Kehle zuschnürte. Jetzt nicht weinen, dachte sie.

»*Hard times*«, sagte sie rau.

Hannes sah sie an. »Ich hab mir ein paar Gedanken gemacht.«

Ruth konnte lediglich nicken. Sie brachte jetzt kein Wort über die Lippen.

»Meine ganze Situation ...« Er räusperte sich. »Das ist alles schwer und belastend. Du hast jetzt selbst so viel um die Ohren.«

Ruth nickte wieder und kam sich blöd dabei vor. Sie wollte nicht so passiv sein. Sie wollte ihm sagen, dass sie ihn liebte, aber dass sie Angst vor allem hatte. Angst davor, dass sie es nicht schaffen würde. Stattdessen starrte sie ihn an und wartete, was kommen würde.

»Ich möchte nicht, dass durch mich alles noch schwerer für dich wird. Ich liebe dich. Aber ich denke, es ist besser, wenn ich ... wenn wir beide ... vielleicht eine Pause machen.«

Ruth schloss die Augen.

Sie hörte, wie Hannes noch ein bisschen sitzen blieb. Sie hörte seinen Atem. Spürte seine warme Hand in ihrer. Sie war unendlich traurig.

Dann stand er auf und ging.

Er war frei. Direkt nach dem Freispruch war er hierhergefahren. Gar nicht nach Hause. Sondern an den See, mit einer großen Tüte Brotstücke. Jetzt saß Jürgen Dombroschke auf der Bank in der Sonne und fütterte die Enten.

Er spürte keine Erleichterung. Er hätte es genauso gut hingenommen, wenn er verurteilt worden wäre. Was sollte er draußen? In Freiheit? Margit war tot. Uwe war tot. Er war als Einziger übriggeblieben, was sollte er jetzt anfangen mit seinem Leben?

Außerdem fühlte er sich schuldig. Trotz allem. Das Verfahren war eingestellt worden, er als freier und unschuldiger Mann entlassen. Jürgen hätte alles aufklären können, natürlich, erzählen, wie es wirklich gewesen war, aber dann wäre es vielleicht noch komplizierter geworden. Und er wollte nicht, dass Elena da mit hineingezogen wurde. Schließlich war er schuld an allem. Er und Margit. Letzten Endes hatte sie ihren Willen bekommen.

Jürgen Dombroschke hielt einer Ente ein Brotbröckchen vor den Schnabel. Sie zog es ihm direkt aus der Hand, um dann eilig ihre Beute vor den schnatternden Verfolgern in Sicherheit zu bringen.

Er dachte daran, wie es gewesen war, an dem Tag im letzten Sommer.

»Jürgen, neue Medizin?«, hatte Elena aus dem Schlafzimmer gerufen. Er hatte nur mit halbem Ohr hingehört und »Jaja« geantwortet. Er war in Gedanken woanders gewesen. Hatte die Vitrine mit den Pokalen abgestaubt und vor seinen Augen immer wieder ihre Finaltänze gesehen.

Einfach nur »Jaja« gerufen. Das war das Todesurteil gewesen. Elena konnte nichts dafür. Margit hatte ihr das Pulver gegeben und ihr irgendwie klargemacht, dass es eine neue Medizin war, die sie ins Essen rühren sollte. Elena hatte ihn gefragt, bevor sie Margit gehorchte.

Und er hatte »Jaja« gerufen, nicht ahnend, dass es das vermaledeite Rattengift war. Erst später, als Elena längst weg gewesen war, hatte er das Schraubglas mit dem silbriggrauen Pulver neben Margits Bett gesehen. Und verstanden, was passiert war.

Wegen seines »Jaja«.

Jürgen hatte sofort gewusst, dass nichts mehr zu machen war. Margit hatte ihn angeblitzt und versucht zu lächeln. Da hatte er begriffen, dass sie wieder ihren Willen durchgesetzt hatte. Bis zum Schluss.

Und ihm blieb nichts anderes übrig, als ihrem Sterben zuzusehen.

Zum Schutz von Elena hatte er geschwiegen. Auch zum Schutz von Uwe. Denn es war ja nicht so, dass er nicht gewusst hätte, was es mit dem kleinen Schraubglas auf sich hatte. Er hatte es eines Tages beim Bettenmachen entdeckt. Margit musste es unter die Matratze geschoben haben. Er hatte das Glas geöffnet und daran gerochen. Das Pulver war absolut geruchlos, und gerade daran hatte Jürgen erkannt, dass es das Rattengift aus der Laube war. Jemand musste es abgefüllt und Margit gebracht haben. Da er es selbst nicht gewesen war, konnte es nur Uwe gewesen sein. Kurz hatte Jürgen damals gezögert, ob er das Glas wegwerfen sollte. Dann aber hatte er gedacht, dass Margit das Gift doch nicht nehmen würde, obwohl sie immer wieder davon sprach, dass sie sich umbringen würde.

Er hatte recht behalten. Sie hatte das Pulver nicht genommen, und schließlich war sie nicht mehr in der Lage dazu, es sich selbst zu verabreichen. Er hatte es vergessen.

Aber jetzt stand es auf dem Nachtkästchen.

Sein »Jaja«, und Margit hatte ihren teuflischen Willen bekommen.

Auf der anderen Seite des Schäfersees sah Jürgen Dombroschke jetzt die junge Punkerin mit ihrem Hund. Sie streckte sich in die Sonne. Dann sah sie ihn und starrte ihn an. Vorsichtig hob er die Hand und winkte. Sie winkte zurück. Dann zog sie wieder die Schultern hoch und ließ den Kopf hängen, so dass dieser völlig unter der Kapuze ihres schwarzen Sweatshirts verschwand, und ging mit dem Hund weiter.

Jürgen hatte das ganze Brot an die Enten verfüttert. Er faltete die Plastiktüte säuberlich zusammen, so klein wie möglich.

Er war frei.

Er würde nach Hause gehen und allein sein.

Nein, nicht ganz allein. Er tastete in seiner Jackentasche nach dem Brief. Dann zog er den Umschlag heraus und öffnete ihn. Er hatte den Brief so oft gelesen. Er betrachtete das Foto. Zum wiederholten Mal. Elena lachte ihn an. Auf dem Arm einen kleinen Jungen mit blonden Locken. Ihr Sohn Alexej, schrieb sie.

Danke, schrieb sie.

Wer schuldig ist, entkommt nicht

Im Feld wird die Leiche eines jungen Mädchens gefunden. Die 16-Jährige Larissa wurde erdrosselt. Durch eine DNA-Analyse gerät ein abgelehnter afghanischer Asylbewerber, der erst zu einer Haftstrafe verurteilt, aber nach einer Haftbeschwerde auf freien Fuß gesetzt wurde, ins Visier der Polizei. Er kann untertauchen, bevor Pia und Bodenstein mit dem Mann sprechen können.

Auf einer Landstraße im Hintertaunus wird nachts ein Mann von einem Auto erfasst und getötet. Sein Körper ist übersät mit Bisswunden, sein Gesicht entstellt. Der Mann hatte bei einem illegalen Autorennen eine schwangere Frau getötet. Wovor ist er geflohen und wer hat ihn so zugerichtet?

Pia und Bodenstein stoßen auf immer mehr rätselhafte Todes- und Vermisstenfälle und auf eine Parallele zum Mordfall Larissa. Ohne es zu ahnen, steuern sie auf eine Katastrophe zu.

Nele Neuhaus
Monster
Kriminalroman

Klappenbroschur
Auch als E-Book erhältlich
www.ullstein.de

ullstein

Ein toter Direktor eines Jugendwerkhofs, ein verschwundenes Kind und ein Ermittlerduo zwischen Ost und West

Torgau am 10.11.1989: Hoffnung weht durch die kleine Renaissancestadt an der Elbe. Die Mauer ist gerade gefallen, da wird der Direktor des örtlichen Jugendwerkhofs tot aufgefunden. Beate Vogt von der Morduntersuchungskommission wird aus Leipzig geschickt, um zu klären, was passiert ist. Kurz nach der Befragung des 14-jährigen Insassen Andreas verschwindet dieser spurlos. Steckt er hinter der Tat? Da bekommt Beate ungebetene Hilfe: Hauptkommissar Josef Almgruber aus Nürnberg soll ihr die westdeutsche Arbeitsweise nahebringen. Doch der hat keine Ahnung von DDR-Strukturen. Beate lässt ihn links liegen. Aber dann wird sie bedroht und Almgruber zusammengeschlagen. Sie begreifen, dass sie zusammenarbeiten müssen. Ob sie wollen oder nicht.

»Krimi des Monats« NDR
»Ein faszinierender und vielschichtiger Roman, der mehr ist als ein Krimi.« *Marion Brasch, Radio Eins*

Grit Poppe
Rabenkinder
Kriminalroman

Taschenbuch
Auch als E-Book erhältlich
www.ullstein.de

ullstein